악몽
조각가

박화영 소설

악몽 조각가

문학동네

차례

화장실 가이드

화장실은 언제나 어딘가의 구석에 자리한다. 조금은 비밀스럽고 사적인데다가 청결과 불결이 공존하는 곳이라면 으레 그래야만 한다는 듯이. 그래서인지는 몰라도 우리는 화장실에서 꽤 여러 가지 기이한 일들을 겪을 수 있다. 화장실에 들어간 사람이 갑자기 사라지는 일도 그러한 현상 가운데 하나다. 1년에 100만 명당 0.5명꼴로 화장실 실종사건은 실제로 일어난다. 나 역시 그 일을 직접 경험한 사람 가운데 한 명이다. 내가 사람들에게 도시의 여러 화장실을 안내하는 화장실 가이드가 된 것도 그 때문이다. 화장실을 안내하러 다니다보면 언젠가 화장실에 들어갔다가 줄곧 나오지 않고 있는 친구를 다시 만나게 될지도 모른다. 나는 그런 이유로 최대한 열심히 여러 사람을 화장실에 데려다준다. 과연 어느 누가 소개를 받아가며 화장실을 찾아다닐까 싶지만 의외로 그런 사람들은 많다. 여러 가지 이유로 사람들은 화장실 가이드인 나를 찾는다. 그중에는 다분히 미신적인 이유로 화장실을 찾는 경우도 있다. 볼일을 보고 나오면 복권 1등에 당첨된다는 화장실에서부터 세번째 칸에서 여자가 일어서서 소변을 누면 아들을 낳게 해준다는 화장실, 새벽 4시에 네번째 칸에 들어가 벽에 이름을 적으면 상대가 저주에 걸린다는 화장실에 이르기까지 도시에는 수많은 건물과 사람들만큼이나 다양하고도 비밀스러운 화장실이 곳곳에 숨어 있다. 이런 화장실에 들어가서 지켜야 할 규칙은 딱 하나다. 화장실을 나서기 전에 반드시 변기의 물을 내릴 것. 허기진 배가 꾸르륵거리는 소리를 연상시키는 특유의 소음과 더불어 물이 소용돌이를 일으키며 빠르게 내려갔다가 천천히 차오르는 동안 당신은 옷을 추스르고 문을 연 다음 그곳을 나가기만 하면 된다.

화장실에서 일어나는 가장 특이한 현상 가운데 하나는 아마도 아이가 태어나는 일일 것이다. 모종의 이유로 여러 사람들이 아이를 낳으러 화장실을 찾는다. 나 역시 화장실에서 태어났다. 나의 어머니는 꽤나 강단이 있었던 모양이다. 나중에 나를 발견한 구급대원이 고아원 원장에게 한 말을 보면 알 수 있다. 어머니는 스스로 탯줄을 끊고, 핏덩이인 나를 씻긴 다음 화장실에 걸려 있는 화장지란 화장지는 모두 풀어 바닥에 최대한 두툼하게 깔고 그곳에 나를 뉘었다. 그러고서 조금 남은 화장지로 내 배 주위를 살짝 덮었다고 한다. 어머니는 갓 태어난 나를 좌변기에 밀어넣고 물을 내릴 수도 있었지만 다행히도 그 정도로 잔인하지는 않았다. 다만 잔인하지 않았던 어머니는 나를 키울 엄두도 나지 않았던 모양이다.

이 세상에서 나의 얼굴을 두번째로 본 사람은 다름 아닌 공원의 노숙자였다. 노숙자는 한밤중에 한 손으로 배를 꾹 누르고서 서둘러 공중화장실을 나서는 교복 차림의 여학생을 발견하고는 무언가에 홀린 듯이 화장실로 향했다고 한다. 노숙자가 화장실 바닥 여기저기에 흥건히 고인 피며 갓난아기의 우렁찬 울음소리에도 뒤돌아서서 달아나지 않은 게 내가 얻은 두번째 행운이었다. 그날따라 구걸이 시원치 않아 다행히 덜 취했던 노숙자는 공중전화의 긴급 버튼을 눌러 구급대원을 부른 다음 화장실 입구에 주저앉아 사람들이 오기를 기다렸다. 구급대원이 나타나자 노숙자는 당연하다는 듯이 화장실 입구를 가로막고는 얼마간의 돈을 요구했다. 한시가 급했던 구급대원은 노숙자에게 돈 몇 푼을 쥐여주었다. 돈을 쥔 노숙자는 술을 사러 가고, 구급대원은 나를 안고 병원으로 갔다. 그동안 나는 울음을 멈추고 화장실 바닥에서 새근새근 잠들어 있었다고 한다. 지금의 내가 화장실을 보는 심미안이 생긴 것도 어찌 보면 당연한 노릇이다.

고아원에서의 생활은 그다지 기억나는 게 없다. 다만 한 가지, 어느 날 고아원 원장이 화장실 앞에서 나를 발가벗긴 채 "볼일을 봤으면 물을 내려야지" 하고 다정하게 말을 건네던 기억만은 지금도 잊지 못한다. 원장은 그 말을 하고 나서 나의 머리를 어루만질 듯이 팔을 들었다가 갑자기 내 뺨을 후려갈겼다. 그러고서 다시 자상한 표정으로 말했다. "더러운 것들은 이 세상에서 모두 쓸어버려야 한단다. 하나님도 홍수로 그러셨어요. 그러니 너도 더러운 아이가 되면 안 되겠지?" 나는 나이가 찰 때까지 최대한 고아원에서 버텼다. 그리고 마침내 고아원에서 추방되는 해방의 날이 오자 고아원의 모든 화장실 변기에다 옷이며 장난감 등 온갖 것을 쑤셔 넣어 틀어막아버렸다. 그러고서 새벽에 나 홀로 짐을 꾸려 고아원에서 나왔다. 아마도 그날만큼은 원장도 더러운 것들을 흘려보내지 못해 꽤나 애를 먹었을 것이다.

남자는 이 도시에서 셀 수 없이 많은 화장실을 찾아다녔노라고 말했다. 그러면서 부끄러운지 조금 얼굴을 붉혔다. "낯선 곳에 가면 언제나 화장실 위치부터 확인해야 마음이 놓입니다." 나는 고개를 끄덕이며 그 심정을 이해한다고 말해주었다. 자신과 어울리는 화장실에서 편안함을 느끼면서 안정을 되찾는 사람들은 의외로 많다. 실제로 일부 정신병원에서는 정서적으로 불안한 사람들을 화장실에 데려가 심리 치료를 한다. 그러자 남자는 눈을 빛내며 물었다. "정말입니까?" 물론 거짓말이었다. 남자는 보기보다 순진한 편이었다. "정말입니다." 나는 그렇게 간단히 대답해주고는 차창 밖으로 고개를 돌려 바깥 경치를 구경했다. 평일 오전 10시의 버스

안이나 바깥 풍경은 모두 한가롭기 그지없었다. 남자 둘이서 버스의 2인용 좌석에 나란히 앉아 화장실을 찾아가기에 좋은 날씨였다. 우리와 두 자리쯤 떨어진 곳에 앉은 할머니는 꾸벅꾸벅 졸고 있었다. 그 외에도 여기저기 흩어져 앉은 사람들은 서로에게 무심한 채 나름의 평화를 즐겼다. 버스 안은 화장실의 칸막이 안쪽만큼이나 평화로웠다. 물론 이러한 평화 속이라도 약간의 관심을 상대에게 요구할 수는 있다. 예를 들면 '저기, 죄송하지만 화장지 좀 주시겠습니까? 여기 화장지가 다 떨어져서요' 정도의 요구는 얼마든지 할 수 있다. 이 정도의 요구로는 화장실의 평화는 결코 깨지지 않는다. 오히려 옆 칸 사람은 큰 만족감을 느끼며 당신에게 화장지를 건넬 것이다. 그 결과 화장지를 주는 쪽이나 받는 쪽 모두 부담을 느끼지 않으면서 평화를 공유하게 된다. 물론 화장지란 한정된 자원이 부족하면 다툼이 일어나게 마련이지만, 이것은 다른 경우에도 마찬가지다.

남자는 가방 안을 뒤적거리더니 초코파이가 제대로 있는지 확인했다. 어느 날 아침, 군대 화장실에서 먹었던 초코파이 맛을 떠올린 남자는 다시 한번 그 맛을 느껴보고 싶다고 내게 부탁했다. 나는 남자에게 근무했던 부대 명을 받아 인터넷을 뒤져 부대의 화장실 사진을 찾았다. 그런 다음 보관해놓은 도시의 수많은 화장실 사진을 열어서 가장 비슷해 보이는 세 군데를 골라 남자에게 이메일로 보냈다. 남자는 곧장 세 곳을 다 가보고 싶다는 답장을 보내왔다. 하지만 아쉽게도 그의 바람은 이뤄지지 못했다. 개보수를 빌미로 그중 두 군데 화장실이 이 세상에서 사라졌기 때문이다. 내가 그같은 소식을 전하자 남자는 우울해했다. 나는 남은 한 곳이 그의 마음에 쏙 들 거라고 남자를 위로했다. 우리는 남은 화장실 한 곳을 최대한 빨리 찾아가기로 마음먹었다. 도시는 한시도 쉬지 않고 개발이라는 이름하에 소중한 공간들을 멸종시켜나갔기 때문이다. 특히나 지저분한 화장실은 이제 거의 사라져 천연기념물처럼 희귀해져버렸다.

버스에서 내린 우리는 약간의 오르막길을 오른 끝에 주류 도매상 한쪽 구석에 자리한 화장실에 도착했다. 꽤 넓은 마당에서 지게차 한 대가 열심히 돌아다니며 술을 담은 박스들을 나르는 중이었다. 남자는 불안한 듯 주위를 두리번거리며 물었다. "마음대로 들어가도 됩니까?" 이미 주인과는 이야기가 끝난 뒤였다. 잘 말해두었다는 나의 말에도 남자는 불안한 기색을 감추지 못했다. 나는 화장실 문을 노크해서 아무도 없다는 걸 남자에게 확인시킨 다음 문을 열고 그를 들여보냈다. "볼일 잘 보세요. 맛있게 드시고요." 남자는 초코파이를 손에 쥔 채로 고개를 끄덕였다. 그러나 쉽사리 화장실에 들어가지 못하고 잠시 머뭇거렸다. 나는 최대한 밝게 웃어 보이며 어서 들어가서 볼일을 보라고 말했다. 남자는 쭈뼛거리더니 다분히 분노에 찬 목소리로 조용조용 말했다. "실은 군대에 있을 때 선임이 잠든 제 몸을 만진 적이 있습니다. 저는 눈을 꼭 감고

서 깨지 않은 척했죠. 다음날 아침에 일어나보니 머리맡에 초코파이 하나가 놓여 있었습니다." 나는 당황하지 않은 모습을 보이려 애썼다. 남자는 자기도 모르겠다는 듯이 고개를 절레절레 저었다. "왜 제가 갑자기 이 이야기를 했을까요? 변기의 물을 내리기 전에 다 쏟아내고 싶었던 모양입니다." 남자는 몸을 돌려 화장실 안으로 들어갔다. 이로써 남자의 화장실 가이드는 모두 끝난 셈이었다. 나는 이제 돌아서서 가기만 하면 되었다. 그동안 남자는 볼일을 볼 것이고, 초코파이를 먹을 것이며, 화장지로 밑을 닦고, 물을 내리고, 옷을 추스르고 나오면 모든 일이 말끔하게 끝날 터였다. 그럼에도 나는 쉽사리 돌아가지 못하고 화장실 밖에서 얼마간 더 머물렀다. 그때 화장실 문 너머에서 남자가 주먹으로 벽이라도 치는지 둔탁한 소리가 들려왔다. 어디선가 초콜릿 냄새도 조금 나는 듯했다. 나는 화장실 문에 기대섰다. 남자가 나오기 전까진 누구도 화장실에 못 들어가게 할 심산이었다. 담배 생각이 났지만 참았다. 화장실 가이드를 하려면 냄새에도 민감해야 했으므로 금연은 필수였다.

"화장실만큼 혼자 울기에 적합한 장소도 드물죠." 화장실에서 골수가 흔들릴 정도로 울고 싶다는 여자에게 나는 미소를 지어 보였다. "물론 우시는 동안 문 앞에 서서 다른 사람이 방해하지 못하도록 지켜드릴 수도 있습니다." 여자는 내 말에 고개를 끄덕이며 경청하는 듯 보였지만 여전히 망설이는 중이었다. 나는 여자에게 명함을 건네고는 마음이 정해지면 연락하라고 말했다. 여자는 내 명함을 다단계 판매 물품을 보듯이 미간을 찡그리며 바라보았다. 이제 슬슬 일어서야 했다. 화장실이 필요한 사람을 문 앞까지 데려다줄 수는 있어도 억지로 들여보내고 볼일을 보게 할 수는 없는 노릇이다. 점심시간이 끝나갈 무렵이라 회사 로비에 마련된 작은 커피숍에서 커피를 마시던 직원들도 하나둘 자리를 뜨기 시작했다. 나는 그럼 가보겠노라고 말하고는 일어섰다. 여자는 나를 따라 엉거주춤 일어서더니 돌아서는 사람의 팔을 다급하게 붙잡듯이 말을 걸었다. "혹시 소개해주신 화장실에서 볼일도 볼 수 있을까요?" 나는 무슨 말인가 싶어 묻는 표정으로 여자를 바라보았다. 여자가 부끄러운 듯이 얼굴을 붉히더니 기어들어가는 목소리로 말했다. "제가 요즘 변비가 심해져서요."

화장실에서 실컷 울고 싶다는 여자의 청은 비교적 일반적인 경우이다. 화장실 가이드를 하다보면 정말 다양한 화장실만큼이나 다채로운 사람들을 만날 수 있다. 화장실에 들어가서 악을 쓰며 욕을 하는 사람도 있고, 문을 걸어 잠근 채 농성하듯이 오랫동안 앉아 있는 사람도 있다. 남자화장실에 들어갈 것처럼 하고서는 몰래 여자화장실에 들어가 카메라를 설치하던 남자와 화장실 구석에 숨어서 칼을 갈던 노인을 만나기도 했다. 그중에서 가장 나를 곤란하게 했던 사람은 화장실에서 목을 매려던 사람이었다. 줄곧 이상한 낌새를 느끼던 나는 화장실 문을 박차고 들어가 막 올가미에다 목을 집어넣으려던 남자를 뜯어말렸다. 그 결과 우리는 공공기물 파손과 쌍방 폭행으로 나란히 유치장 신세를 져야 했다.

화장실에서 원 없이 담배를 피우고 싶다던 앳된 여학생도 있었다. 여학생은 이 세상 모든 재수없는 선생의 눈길이 미치지 않는 쾌적한 학교 화장실을 찾아달라고 부탁했다. "담임이 내 가슴을 만지기 전까지만 해도 학교에 가는 게 싫지는 않았어요. 화장실에 짱박혀서 담배 피우는 맛도 쏠쏠했고." 여학생은 가래침을 머금은 듯한 표정으로 나를 바라보았다. 하지만 두 눈은 금세라도 울먹일 듯해서 나는 얼른 좋은 화장실이 있노라고 말해주었다. 여학생은 감사하다며 고개를 푹 숙여 인사했다. 담배를 피운다는 것만 빼고는 나쁘지 않은 아이였다. 나쁜 건 담배와 담임 선생이었다.

얼마 뒤 우리는 한 폐교의 화장실을 찾아갔다. 여학생은 마음에 든다는 듯이 한숨을 푹 쉬더니 여자화장실로 들어가기 전에 내게 물었다. "아저씨 혹시 불 있어요?" 정말이지 믿을 수 없는 일이었다. 여학생은 이날을 위해 일주일 전부터 만반의 준비를 해왔노라고 내게 이야기했기 때문이다. 여러 종류의 담배를 한 개비씩 모아서 숨기고, 향수와 구강청정제를 준비하고, 심지어 담배 냄새가 밸까봐 여벌의 옷까지 들고 왔다. 그런데 단 하나, 담배에 불을 붙일 라이터를 빼먹은 것이다. 불행히도 담배를 피우지 않았던 나는 인근 읍내까지 나가서 라이터를 사가지고 돌아왔다. 그동안 여학생은 폐교 운동장에서 어디서 발견했는지 혼자 축구공을 차며 놀고 있었다.

화장실 가이드를 원하는 사람들이 나를 찾는 방법은 의외로 간단하다. 인터넷에 화장실을 키워드로 검색하면 뜨는 수많은 사이트들 중에 내가 운영하는 '화장실 가이드'도 있기 때문이다. 사이트에는 회원 가입을 할 필요 없이 누구나 들어와서 글을 남길 수 있다. 덕분에 사이트 게시판은 낙서가 가득한 화장실 벽처럼 변한 지 오래였다. 누구든 와서 배설하듯이 글을 남기고 뒤도 닦지 않고 돌아서는 이 사이트에는 그래도 간간이 진짜 의뢰인이 암호를 걸고 비밀 글을 남긴다. 사실 나는 의뢰인들의 글을 보호하기 위해서 수많은 낙서 같은 글들을 남겨두고 있다. 의뢰인의 글은 주위의 수많은 낙서와 광고 글에 묻혀 유심히 찾지 않는 한 보이지 않는다. 길게 웃자란 잡초들 사이에 반지가 떨어져 있는 것과 비슷하다. 나는 의뢰인과 우리끼리만 알아볼 수 있는 비밀 댓글로 시간과 장소를 정하고, 만나서 함께 화장실에 간다. 그런 다음 화장실 앞에서 나는 돌아서고 의뢰인은 볼일을 본 뒤 물을 내리고 나온다.

"그래도 눈살이 조금 찌푸려지는 건 어쩔 수 없죠. 화장실에서 흔히 볼 수 있는 성인용품 광고나 장기 매매 전단지 같은 글이 계속 올라오니까요. 가끔은 내가 청소부 아주머니가 되어 이런 게시물들을 싹 지우고 싶을 때도 있습니다." 여자는 이해한다는 듯이 살짝 미소를 짓더니 고개를 돌려 앞을 바라보았다. 그 표정이 이제는 그만 이야기하라는 것으로 보여 나는 입을 다물었다. 먼젓번에 회사 로비 커피숍에서 만났던 여자는 몇 번의 망설임 끝에 결국 내게 화장실 가이드를 의뢰했다. 내가 남자다보니, 여자 의뢰인들의 경우 같이 화장실을 찾아가기로 마음먹기까지 다소 시간이 걸리는 편이었다. 나와 함께 화장실을 찾아가는 지금 이 순간에도 여자는 여전히 조금은 불편하고 복잡한 심정인 듯했다. 나는 줄곧 차창 밖을 응시하고 있는 여자에게 지나가는 투로 말했다. "굳이 볼일을 보지 않아도 됩니다. 시원하게 물을 내리기만 해도 한결 개운해지거든요. 나는 지금도 술에 취하면 화장실에 들어가서 아무것도 안 하고 좌변기를 내려다보다가 물을 내립니다. 고여 있던 물이 소용돌이치며 빨려들어가고 새로운 물이 천천히 솟아오르는 걸 보면 다시 태어나는 기분이죠." 여자는 나를 바라보며 말했다. "정말이지, 내 속에 가득차서 부글거리는 것들을 시원하게 내보내고 싶어요." 나는 고개를 끄덕여주었다. "꼭 그렇게 될 겁니다." 여자는 조금 안심되고 만족스럽다는 표정으로 미소를 지어 보였다. 그러고는 다시 차창 밖으로 시선을 돌렸다. 나 역시 반대편 차창을 바라보았다. 바야흐로 텅 빈 원룸을 찾아가기에 좋은 계절이었다.

술집 화장실에 들어간 친구가 실종되고 난 뒤, 이런 말을 하면 안 되지만 나는 나와 이름 없는 나의 어머니를 구원할 일말의 가능성을 찾았다. 나는 언제부터인가 이름 없는 어머니가 나를 버린 게 아니라 어쩌면 친구가 그랬듯이 화장실에서 사라져버린 것인지도 모른다고 생각했다. 한번 이러한 현상에 관심을 갖고 조사를 하다보니 유사한 화장실 실종사건을 여러 건 더 찾을 수 있었다. 다양한 사람들이 잠깐 화장실에 가겠다고 나서고는 영영 돌아오지 않았다. 그 사람들은 모두 어디로 사라져버린 것일까. 자신이 있던 현실과 비슷하지만 미묘하게 다른 평행세계로 이동했는지도 모른다. 이런 의견을 내게 들려준 사람은 화장실을 통해 벌써 열두 번이나 평행세계를 옮겨다녔다는 한 남학생이었다. 나는 남학생을 어느 낡은 상가 건물의 화장실에서 만났다. 그 화장실은 들어서자마자 아랫배가 묵직해지는 것을 느끼게 해주는 보기 드문 훌륭한 고해소 가운데 하나였다. 대부분의 사람들은 화장실이 다 거기서 거기라고 생각한다. 아니면 화장실을 평가하는 기준을 청결함에만 둔다. 하지만 정말 훌륭한 화장실은 들어섰을 때 배변 욕구가 왕성해지는 화장실이다. 신호를 느끼고 기껏 다급하게 화장실을 찾아들어갔건만 아무리 애를 써도 일을 보지 못한다면 아무 의미가 없다. 이런 화장실은 청결하고 인테리어가 훌륭하다 해도 좋은 화장실이라 할 수 없다. 반면에 문과 벽 여기저기에 낙서가 있고 오물 자국이 남아 불결해 보이지만 아랫배의 신호를 더욱 촉진시켜 바로 볼일을 보게 만드는 화장실도 있다. 이런 화장실일

수록 특별한 사연이 있는 경우가 많고 화장실 방문객들이 만족할 가능성도 높다. 특히 이 경우에는 화장실 방문객이 자신이 다녀갔다는 흔적을 마음 편히 남길 수 있어 여러모로 좋았다.

우연히 나와 마주친 남학생은 검은색 매직펜으로 하트 안에 '12'라는 숫자를 화장실 문 안쪽에다 써넣는 중이었다. 그것은 남학생이 열두번째로 방문한 화장실이라는 표시였다. 나는 그 사실을 나중에 남학생이 직접 이야기해주어서야 알았다. 당시엔 그저 중학생 정도 돼 보이는 평범한 남자아이가 수업을 몰래 빼먹고 방황하는 걸로밖에는 보이지 않았다. 나는 남학생에게 인사를 건네며 여기서 무엇을 하느냐고 물었다. 남학생은 그저 볼일을 봤을 뿐이라고 말했다. 그러고는 볼일을 다 봤으면 그만 가시라고 퉁명스럽게 덧붙였다. 나는 투덜거리며 가시를 빳빳하게 세우듯 날카롭게 구는 남학생에게서 그리운 학창 시절의 느낌을 받았다. 남학생에게 친밀감을 느낀 나는 자상하게 물었다. "그래서 물은 잘 내렸어?"

"내 말을 믿어요?" 남학생은 믿지 못하겠다는 표정으로 나에게 물었다. 우리는 예기치 않게 조우했던 상가 건물 화장실에서 나와 바로 옆에 있던 햄버거 가게에 나란히 입장한 뒤였다. 남학생은 치즈버거와 커피를, 나는 불고기버거와 콜라를 시키고 앉아서 이런저런 이야기를 나누었다. "그럼, 믿지. 나도 비슷한 경험을 한

적이 있거든." 나는 빨대로 콜라를 마셔가며 남학생의 눈치를 살폈다. 여전히 남학생은 나를 경계하는 중이었다. 나 역시 남학생의 정체를 의심하기는 마찬가지였다. 우리 두 사람은 서로 충분히 의심할 만한 입장이었다. 화장실 가이드와 열두번째 평행세계에 도착한 화장실 방문객이라니, 누가 들어도 의심스러울 만한 자기소개였다.

"내 친구도 그렇게 화장실에 가서 다시는 나오지 않았어. 실종신고를 했지만 여전히 찾지 못하고 있지. 그래서 화장실에 갔다가 전혀 다른 세계로 나왔다는 네 말을 믿어."

남학생은 인상을 조금 찌푸리더니 말했다. "전혀 다른 세계는 아니에요. 평행세계라니까요. 전에 내가 있던 세계와 거의 모든 게 똑같아요. 다만 내 주변만 조금씩 달라지는 거죠."

"어떻게 달라지는데?"

"음, 예를 들면 열번째 평행세계에서는 그전 평행세계와 달리 우리 부모님이 나에게 잘해줬어요. 우리 집안도 화목한 편이었고요. 열한번째 평행세계에서는 그동안 한 번도 없었던 여자친구도 생겼어요. 즉, 나와 가까운 주변만 변할 뿐 그 밖의 세상은 똑같아요. 차가 날아다니지도 않고, 요정이 갑자기 튀쳐나오지도 않죠."

"그럼 가급적이면 열번째나 열한번째 평행세계에서 죽 머무르는 편이 낫지 않았어?"

내 말에 남학생은 억울하다는 듯이 말했다. "나도 그러고 싶었어요. 하지만 아무리 행복해도 화장실에 안 갈 수는 없는 노릇이잖아요. 화장실에 갈 때마다 조심했어요. 이번에는 다른 곳으로 나오지 말아야지 하고 마음먹지만 소용이 없었어요. 어느 순간 화장실에 들어갔을 때와는 조금 다른 곳으로 나와버리니까요."

학교 수업이 끝났는지 거리에 교복 차림의 학생들이 늘어나고 있었다. 나는 남학생에게 학교는 어땠느냐고 물었다. 그러자 남학생은 인상을 찌푸리며 묵묵히 치즈버거를 한입 베어 물었다. 그러고는 커피를 마신 뒤 불만스럽다는 듯이 말했다. "어느 평행세계를 가나 학교는 그저 그랬어요." 남학생은 자신이 처음 평행세계에 들어가게 된 장소가 학교 화장실이었다고 말했다. 그날도 남학생은 다른 날과 마찬가지로 쉬는 시간에 화장실로 끌려갔다. 그리고 좌변기 칸에 억지로 들어가 감금된 채 반성의 시간을 가졌다. "밖에서는 계속 담배 연기가 피어올랐죠. 마치 매캐한 안개에 휩싸이는 느낌이었어요. 수업종이 울리자 그놈들이 욕지거리를 하더니 불이 붙은 담배꽁초를 내가 앉은 화장실 칸에 그대로 던져넣고는 우르르 교실로 몰려가더군요. 난 그대로 계속 갇혀 있었어요." 쉬는 시간마다 화장실로 아이들이 몰려와서 볼일을 보고 수다를 떨었지만 아무도 남학생을 꺼내주지 않았다. 심지어 남학생이 갇힌 좌변기 칸에 노크조차 하지 않았다. 그렇게 한밤중이 될 때까지 남학생은 계속 갇혀 있었다. 다음날 아침 좌변기에 앉아서 졸던 남학생은 잠에서 깨어 본능적으로 화장실 문을 밀었다. 거짓말처럼 화장실 문이 스르르 열렸다. 남학생은 화장실에서 나와 세면대로 가서 세수를 했다. 교실로 돌아가자 변함없는 풍경이 펼쳐져 있었다. "전날 받았던 수업이 다시 반복되는 걸 보고 나서야 뭔가 달라졌다는 걸 알았어요. 화장실에 갇힌 지 하루가 지났으니 다음날 수업을 해야 하는데 전날 시간표와 수업이 똑같이 진행되는 거예요. 나는 혹시나 해서 옆에 앉은 아이에게 오늘이 며칠이냐고 물었어요. 역시나 어제였어요. 화장실에 갇혀 있다가 나오면서 다른 평행세계로 이동해버린 거예요."

골수가 흔들릴 만큼 목놓아 울고 싶다던 여자와 나는 버스에서 내려 과거 그녀가 살았던 원룸 화장실을 찾아갔다. 여자는 텅 빈 원룸 안을 둘러보며 감회에 젖은 모습이었다. 우리가 함께 간 원룸은 여자가 상경해서 처음으로 얻은 방이었다. 여자는 창밖을 바라보다가 뒤돌아서서 말했다. "이곳에서 2년 조금 넘게 살았어요. 그때랑 비교해서 크게 달라진 게 없네요." 이사를 나간 지 얼마 되지 않아 방 여기저기에는 케이블이며 잡다한 종이 묶음이 널려 있었다. 집주인은 이사를 오기로 한 사람이 사정이 생겨 이틀 정도 집이 비게 되었다며 운이 좋은 줄 알라고 내게 말했다. 나는 집주인에게 한 시간만 사용하면 된다고 말하고는 하루치 방값을 지불했다. 집주인은 혹시나 이상한 짓을 하면 바로 신고하겠노라고 으름장을 놓고는 돌아갔다. 마지막에 집주인은 나와 여자를 번갈아 바라보며 뭔가를 말하고 싶은 눈치였지만 결국 아무 말도 하지 않았다. 여자는 돌아서는 집주인에게 꾸벅 인사를 했다. 집주인이 나가고 문이 닫히자 여자는 나지막하게 욕을 내뱉었다. 그러고는 나를 보며 변명조로 덧붙였다. "저 할머니는 순전히 돈밖에 몰라요. 쥐어진 돈이 너무 무거워서 무게를 줄여야 한다면 돈 대신 양심을 먼저 버릴 사람이에요." 나는 알 만하다는 뜻으로 고개를 끄덕였다. 그런 다음 화장실 문을 열어주며 말했다. "지금부터 한 시간 동안 사용할 수 있어요." 이번에는 그녀가 고개를 끄덕였다. 나는 망설이다가 물었다. "여기서 기다려줄까요? 아니면 밖에 나가서 기다릴까요?" 여자는 잠시 고민하더니 어색하게 웃으며 말했다. "여기서 기다려주세요."

화창한 주말 오후였다. 하늘은 높고 푸르렀고 곳곳에서 가을 색채가 느껴졌다. 여러 다세대주택들 사이로 좁게 난 골목길을 고양이 한 마리가 어슬렁거렸다. 고양이는 솜씨 좋게 담 위로 올라가 사뿐히 걸어가더니 이내 건물 틈새로 숨어들었다. 인근 옥상의 빨랫줄에는 빨래가 널려 있고 꽃이 핀 화분 옆으로는 빈 화분 여러 개가 나란히 놓여 있었다. 화장실에서는 물소리가 들렸다. 하지만 물소리만으로는 간간이 들려오는 신음을 감출 수 없었다. 예전에 화장실에서 목을 매려던 남자가 떠올라 나는 화장실 문에다 살짝 귀를 대보았다. 분명 여자의 신음이었지만 고통스러워서 내지르는 소리와 조금 달랐다. 나는 여자가 자위를 하고 있다는 걸 깨닫고는 조용히 발소리를 죽인 채 화장실에서 멀어졌다. 화장실에 가면 실컷 목놓아 울겠다던 여자는 우는 대신 자위를 택했다. 나로서는 어느 편이 더 나은 선택인지 알 수 없었다. 다만 자위를 하며 내뱉는 신음이나, 눈물 콧물 흘려가며 내는 울음소리나 여자로서는 매한가지였을 것이다. 마지막에 다소 큰 흐느낌이 들려온 뒤 화장실 세면대의 물소리만이 계속 들려왔다. 다시 조금 걱정되었던 나는 화장실 문을 열어보아야 하나 망설였다. 그때 물소리가 멈추더니 화장실 문이 열렸다. 여자는 다소 상기된 표정으로 나를 외면한 채 말했다. "이제 다 울었어요. 그만 갈까요?"

여자는 다시 한번 자신이 살았던 텅 빈 원룸을 바라본 후 밖으로 나갔다. 우리는 현관문을 잠그고 집주인에게 열쇠를 돌려주었다. 그런 다음 가까운 지하철역까지 함께 걸어갔다. 지하철역으로 내려가는 계단 앞에서 그녀는 내게 손을 내밀고는 악수를 청했다. "나는 여기서 버스를 타면 돼요." 나는 그녀도 당연히 지하철을 타리라 생각했다. 우리가 지하철역까지 걸어가는 동안 버스 정류장을 두 곳이나 그냥 지나쳤기 때문이다. "마지막으로 데려다주고 싶었어요. 당신도 늘 화장실 앞까지 다른 사람을 데려다주잖아요." 우리는 서로 악수를 나누었다. 헤어지기 전에 나는 마지막으로 화장실 물은 잘 내렸느냐고 물었다. 그녀는 웃으며 말했다. "물론이에요. 아주 시원스럽게 잘 내려가던걸요." 지하철역 계단을 내려가는 동안 나는 뒤돌아보지 않았다. 마지막 계단에 내려서고 나서야 나는 비로소 뒤를 돌아보았다. 아무도 없는 지하철역 계단 입구에서 환하게 햇빛이 비쳐 들고 있었다. 문득 지하철역 계단이 마지막으로 친구를 만났던 술집 계단과 비슷해 보였다.

가방을 멘 교복 차림의 학생들이 줄지어 길을 걸어갔다. 남학생과 나는 우리의 아지트로 삼은 햄버거 가게의 바 테이블에 나란히 앉아 학생들의 하굣길을 멀거니 바라보았다. 몇몇 아이들이 교복 차림의 남학생과 나를 호기심 어린 눈으로 번갈아 바라보다가 빠르게 지나치곤 했다. 남학생은 계속해서 말없이 치즈버거와 커피만 마셨다. 그날따라 말이 없는 탓에 남학생은 조금 어른스러워 보였다. 나는 지나가는 투로 물었다. “우리가 만난 지 얼마나 됐지?” 남학생은 날짜를 세어보지 않아서 모르겠다고 대답했다. 나는 말없이 불고기버거를 먹고 콜라를 마신 다음 남학생에게 술집 화장실에서 사라진 친구 사진을 슬쩍 내밀었다. 남학생은 치즈버거를 한입 베어 물고 우아하게 커피를 마시더니 사진을 집어들고는 누구냐고 물었다. “지난번에 이야기한 적 있는 내 친구야. 술집 화장실에 들어갔다가 실종됐어.” 남학생은 사진을 유심히 들여다보았다. “미인이네요. 근데 왜 이 사진을 보여줘요?” 나는 콜라를 한 모금 마시고는 큰 기대는 하지 않은 채로 물었다. “혹시 네가 평행세계를 여행하던 중에 만난 적이 있나 해서.” 남학생은 미안하다는 표정으로 고개를 저었다. 역시 예상했던 대로였다. 나는 미안해하지 말라고 남학생에게 말해주었다.

"여행중이라도 평행세계니까 늘 만나던 사람들은 꼭 보겠구나."

"그렇죠. 조금씩 성격이 달라지긴 하지만 부모님은 어딜 가든 항상 있었으니까요. 그리고……" 남학생의 말이 잦아들더니 눈에서 분노의 빛이 이글거렸다. "그놈들도 어딜 가나 있더라고요."

"그놈들?"

"날 화장실에 가둔 놈들 말이에요. 이 세계, 저 세계를 떠돌아다니게 만든 놈들."

남학생의 눈에서 불꽃이 일었다. "언젠가는 그놈들 모두에게 복수할 거예요. 그러고 나서 난 다음 세계로 떠나면 돼요."

나는 일을 저지르고 나서 근처 가까운 아무 화장실에나 뛰어들어가 문을 잠그고는 오들오들 떠는 남학생을 떠올렸다. 손이며 얼굴에는 온통 피가 묻어 있고, 화장실에 놓인 두루마리 화장지로도 그 피를 다 닦아내지 못한다. 그렇게 끈적끈적한 뒷일을 남기고는 결코 변기 물을 내리듯 가볍게 다시 여행을 떠날 수는 없을 것이다. 문득 화장실에 가려고 지하 술집 계단을 오르던 친구의 목소리가 떠올랐다. '나쁜 놈.'

"네가 하려는 복수가 어떤 건지는 잘 모르겠지만 그만두는 게 좋을 거야." 남학생은 여전히 분노에 찬 얼굴로 나를 바라보기만 할 뿐, 아무런 말도 하지 않았다. 분노하더라도 침묵할 줄 아는 아이였다. 그렇다면 그리 크게 걱정하지 않아도 될지 몰랐다. "대개의 경우 복수는 처벌을 부르거든. 그러면 결국 마지막까지 넌 피해자로 남는 거야. 나쁜 놈들이 죽어가면서까지 너를 괴롭히는 셈이지. 그건 미련한 짓이야." 남학생은 곰곰이 생각하는 눈치였다. 그러더니 반쯤 남은 치즈버거를 내려놓고는 잠시 화장실에 다녀오겠노라고 말하고는 일어섰다. 화장실에 간 남학생은 30분이 넘도록 돌아오지 않았다. 기다리던 나는 결국 화장실에 가보았다. 나의 예상대로 화장실에서도 남학생의 모습은 보이지 않았다. 자리로 돌아온 나는 남학생이 먹다 만 치즈버거 반쪽과 놓고 간 가방을 어떻게 처리해야 할지 고민했다.

술집 화장실에서 실종된 친구는 나와 마지막으로 만났을 때 맥주를 많이 마셨고 술집 화장실을 세 번이나 왔다갔다했다. 네번째로 화장실에 간 뒤로 친구는 돌아오지 않았고 남겨진 나는 경찰에 실종 신고를 했다. 그후 지금까지도 친구는 실종자로 남아 있다. 나는 친구가 실종된 날이 돌아오면 우리가 마지막으로 맥주를 마신 술집에 찾아가 술을 시키고 꼭 화장실에 가서 볼일을 본 다음 물을 내렸다. 옷을 추스르고 일어서서 밖으로 나올 때마다 친구가 나를 기다리며 앉아 있으리라 기대했다. 하지만 그런 추념도 얼마 지나지 않아 더이상 할 수 없게 되었다. 우리가 마지막으로 함께 했던 술집이 내부 수리를 하더니 결국에는 다른 가게로 바뀌었기 때문이다. 내가 태어난 공원의 공중화장실 역시 내부 공사를 거쳐 말끔하게 고쳐져 예전 모습을 찾을 수가 없었다. 그렇게 내 주변에 있던 화장실이 하나둘 모습을 바꾸거나 사라져갔다. 결국 내가 할 수 있는 일이라곤 새로운 화장실을 찾아 열심히 돌아다니는 것과 기억 속의 화장실을 최대한 원형 그대로 유지하기 위해 애쓰는 것뿐이었다. 나는 하루에 꼭 한 번씩은 회상이라는 이름의 먼지떨이로 기억에 내려앉은 망각을 털어내곤 한다. 살다보면 반드시 기억해야 할 것들이 있기 마련이다.

눈을 감으면 술집 한쪽 구석에서부터 조금씩 선명하게 기억이 되살아난다. 나는 몇 번이나 그날의 물건과 사람을 핀으로 하나하나 고정하듯 기억하고 또 기억하려 애썼다. 마치 사건 현장을 찍은 사진을 화이트보드 위에 하나하나 덧붙여나가듯이 그렇게 해왔다. 하지만 여전히 그날은 미제 사건으로 내게 남아 있다. 그러므로 지금 다시 하나하나 기억해보자. 우선은 지하 술집의 문부터. 문은 닫혀 있다. 계단으로 내려오는 발소리도 들리지 않는다. 문 옆에 놓인 작은 칠판에는 오늘의 메뉴인 소시지볶음과 서비스 안주인 노가리가 흰 분필로 쓰여 있다. '소시지볶음'이라는 글자는 분홍색 분필로 그린 긴 타원형 안에 들어 있고 노가리의 '리'자 위에는 역시 분홍색 분필로 별표가 두 개 그려져 있다. 술집 안에는 열두 개의 테이블과 테이블마다 네 개씩 총 마흔여덟 개의 의자가 놓여 있다. 그중 문 가까운 쪽 자리에 두 명의 남녀가 앉아서

칵테일을 마시고 있고, 술집 한가운데에 남자 네 명이 모여 생맥주를 마시고 있다. 그 옆으로 여자 세 명이 병맥주를 마신다. 그들은 얼마 후 서로 말을 섞고 다 같이 일어나서 술집을 나갈 예정이나 아직까지는 제각각 자리에 앉아 이야기를 나누는 중이다. 가장 구석진 테이블에서는 남자 혼자서 위스키를 홀짝거리고 있다. 바를 중심으로 오른쪽 구석에 놓인 당구대 위에는 그날따라 치는 사람이 없어 공들이 삼각형으로 얌전히 모여 있다. 흰 공 역시 제자리에 놓여 있다. 우리가 앉은 바에는 우리 이외에 오른쪽 구석진 자리에서 벽에 조금 기대고 앉아 있는 예쁜 여자 한 명이 전부다. 술집 주인도 특히 이 여자에게 관심을 기울인다. 우리는 그 여자와 의자 네 개를 사이에 두고 떨어져 앉아 있다. 친구는 병맥주를 비울 때마다 멸치 대가리를 뜯어서 테이블 위에 나란히 올린다. 하나, 둘, 셋…… 멸치 대가리는 총 일곱 개다. 평상시 친구의 주량에 비하면 조금 많이 마신 편이다. 우리 사이에는 그날의 메뉴였던 소시지볶음과 서비스 안주였던 노가리가 있다. 심지어 나는 소시지와 노가리의 개수까지 선명하게 기억한다.

술에 취한 친구가 내게 말을 건넨다. "나쁜 놈." 나는 맥주를 한 모금 마시고는 고개를 끄덕여준다. 그러고는 아무 말도 하지 않는다. "화장실에 가서 오늘 기억을 싹 다 내려보낼 거야. 푸짐하게 똥이나 쌀 거라고!" 나는 친구를 보지도 않고서는 묵묵히 노가리를 뜯는다. 친구는 한결 기어들어가는 목소리로 중얼거린다. "나쁜 놈……" 그러고는 조금 비틀거리며 자리에서 일어서서는 화장실로 향한다. 잠시 걱정된 나는 따라갈까 망설이다가 마음을 고쳐먹고 그대로 자리에 앉는다. 그날 나는 '나쁜 놈'이었고, 그 역할에 충실하기로 마음먹었기 때문이다. 그때 구석진 자리에서 위스키를 홀짝이던 남자 역시 화장실로 향한다. 남녀 화장실이 나란히 붙어 있기는 하지만 다행히 공용은 아니다. 그래도 혹시 몰라서 나는 화장실 쪽을 간간이 바라본다. 화장실에 갔던 남자가 물기 묻은 손을 가볍게 털며 제자리로 돌아간다. 나는 맥주를 마시다가 가끔 화장실 쪽을 바라보며 친구가 다시 나오기를 기다린다. 바보같이 나는 시간을 허비하고 있다. 지금이라도 의자에 앉아 있는 내 엉덩이를 발로 차서 화장실로 보내고 싶지만 그럴 수 없다. 한참이 지나서야 나는 여자화장실로 가서 조심스럽게 문을 두드리며 친구의 이름을 불러본다. 아무리 불러도 인기척이 없자 그제야 나는 조금 당황하고는 주인을 부른다. 주인은 화장실 문이 잠겨 있는 걸 확인하고 열쇠를 가지러 갔다가 다시 돌아온다. 그런 다음 화장실 문을 열고는 아무도 없는 화장실 안을 내게 보여준다. 영원히 화장실 주변을 맴도는 나쁜 놈이 탄생하는 순간이다.

주류 도매상의 화장실에서 초코파이를 먹으며 주먹으로 벽을 치던 남자가 게시판에 글을 남긴 것은 원룸 화장실을 찾은 여자를 가이드한 다음날이었다. 남자는 글에서 새 직장에 출근하게 됐다는 소식을 전했다. 그러면서 "그날 이후로 두 번 다시 초코파이는 먹지 않을 겁니다"라고 썼다. 나는 비밀 댓글로 힘내라고 적었다. 그후로 며칠이나 지났지만 남자는 내 댓글에 아무런 댓글도 달지 않았다. 원룸 화장실을 찾았던 여자 역시도 고맙다는 짤막한 글을 수많은 광고 글 사이에 수줍게 남겨놓았다. 나는 그 글에도 비밀 댓글을 달았으나 그녀 역시 아무런 댓글을 달지 않았다. 햄버거 가게 화장실에서 사라진 남학생 역시 그날 이후 다시 만나지 못했다. 나는 남학생이 화장실 문을 열고서 마주한 열세번째 세계가 평온한 곳이기를 빌었다. 가급적이면 실종된 내 친구를 만나 나쁜 놈의 안부 인사를 전해주었으면 했지만 그건 내가 생각해도 너무 큰 바람이었다. 화장실에서 나를 낳은 뒤 도망쳤던 나의 어머니로부터도 여전히 연락은 없었다. 지난 30년간 연락이 없는 걸로 봐서 앞으로도 30년은 더 기다려야 할 모양이었다. 나는 그냥 속 편하게 남학생과 친구와 어머니 모두 화장실에서 화장실로, 평행세계를 여행하는 중이라고 믿기로 했다.

모든 일들이 어느 정도 마무리되고, 화장실 가이드 일도 한가해질 무렵 나는 새로운 화장실을 찾아다녔다. 몇몇 상가 건물과 공사장의 간이화장실 등을 돌아다니며 사진을 찍고 위치를 기록으로 남겼다. 그중에는 버려진 폐가의 화장실도 있었다. 나름 오싹하고 위험한 경험이었지만 내 예상대로 여름철이 다가오자 금세 인기 있는 방문지가 되었다. 재개발로 버려진 동네의 어느 가정집 화장실 앞에서 길고양이를 만난 것도 그즈음이었다. 털빛이 온통 새까만 고양이였는데 네댓 마리의 새끼 고양이에게 젖을 먹이다가 나를 보고는 이를 드러내며 날카롭게 울어댔다. 주머니를 뒤졌지만 고양이에게 줄 게 아무것도 없었다. 나는 고양이 가족의 사진을 찍은 다음 아무 의미도 없다는 걸 알면서도 고양이에게서 몇 발짝 떨어진 자리에 천원짜리 지폐 몇 장을 놓고서 뒤돌아섰다. 다음날 나는 고양이 사료를 챙겨서 다시 버려진 가정집 화장실 앞을 찾아갔다. 사라진 천원짜리 지폐들을 대신해 누군가 놓고 간 듯한 고양이 사료 캔이 있었다. 고양이들은 텅 빈 사료 캔 앞에서 여전히 나를 경계의 눈초리로 바라보았다. 나는 가져간 고양이 사료를 조심스럽게 빈 캔 안에다 부어주고는 좀 떨어진 자리에서 관찰했다. 세번째로 찾아갔을 때에는 고양이를 담을 수 있는 커다란 케이지를 같이 들고 갔다. 고양이는 조금 망설이는 듯하더니 자기 새끼를 한 마리씩 입으로 물어 케이지로 옮기고는 마지막으로 자기도 들어와 자리를 잡고 앉았다. 나는 조심스럽게 케이지 문을 닫은 다음 일어섰다.

고양이와 함께 집으로 돌아온 나는 이내 뱃속이 부글거리는 걸 느끼고는 부리나케 화장실로 달려갔다. 얼른 문을 열고 바지를 내리는 것과 동시에 뱃속에 담긴 것들이 밖으로 배출되기 시작했다. 볼일을 어느 정도 끝마치고 조금은 개운해진 마음으로 앉아 있는데 갑자기 화장실 불이 꺼지면서 주위가 깜깜해졌다. 귓가에서 윙

윙거리는 소리가 들리고 머리를 맞은 듯 어지러웠다. 나는 고개를 숙인 채 머리를 좌우로 흔들었다. 주위가 일렁이는 듯했다. 다행히 얼마 뒤 화장실에 다시 불이 들어왔지만 불이 나가기 전과 미묘하게 달라졌다는 느낌이 들었다. 나는 남학생과 친구와 어머니를 떠올렸다. 동시에 화장실 문을 열고 나갔을 때 고양이들이 그대로 케이지 안에서 얌전히 나를 기다리고 있기를 기도했다. 가능하다면 남학생과 친구와 어머니가 고양이들과 함께 있었으면 하고 바라기도 했다.

내 몸속에 가득찬 어떤 것들은 화장실에서 버려야만 한다. 하지만 그중에는 버리지 말아야 할 것들도 분명 있다. 변기의 물을 꼭 내리되 주변을 돌아봐야 하는 법이다. 나는 정신을 차리기 위해 머리를 두어 번 더 흔들고 마른세수를 했다. 그런 다음 변기의 물을 내렸다. 그때 문 너머로 고양이가 나를 부르는 소리가 나직이 들려왔다.

자살 관광특구

유령의 고향이라 불릴 정도로 많은 유령 목격담이 전해지던 이 마을의 최대 자랑거리는 바로 호수였다. 빙하기 시절 묵묵히 밀고 내려온 거대한 얼음덩어리들이 녹으면서 만들어진 호수는 피부에 눌어붙은 화상 자국처럼 바닥이 울퉁불퉁했다. 그 요철 같은 밑바닥에 무엇이 끼어 있을지는 아무도 몰랐다. 투명도가 낮은 호수는 늪처럼 깊이를 알 수 없었고, 그에 걸맞게 갖가지 전설과 괴담을 품고 있었다. 호수는 전 세계에서 가장 많은 익사체가 떠오르는 곳이기도 했다. 마을에서 해안도로를 따라 3킬로미터쯤 떨어진 절벽도 비슷한 이유로 세간에 알려져 있었다. 절벽 아래로는 이곳 특유의 차갑고 푸른 바다가 수평선 너머까지 펼쳐졌다. 해안 절벽으로 들어서는 입구에는 화목하게 웃는 가족사진과 함께 '삶은 아름답다'라는 문구가 적힌 녹슨 경고판 하나만이 외롭게 서 있었다. 이 해안 절벽에서는 한 해에 60구가량의 익사체가 떠올랐다. 이곳의 깊숙한 해저에 영원히 잠겼거나 북극이나 반대편 북미 대륙, 이름 모를 해안까지 흘러들었을 익사체의 수는 가늠하기조차 힘들었다. 가끔씩 두서너 구의 익사체가 동시에 옹기종기 떠오르기도 했다.

이 두 가지 '명소'로 유명한 마을을 내가 찾은 것은 2월 무렵으로 마을 최대 행사인 봄 축제를 한 달 남짓 앞둔 시점이었다. 그래서인지 마을은 조용했지만 건물의 창가며 거리, 버스 정류장 같은 곳에는 요란한 치장이 돼 있었다. 슬슬 봄 축제를 알리는 포스터가 나붙을 즈음이었다. 하지만 여전히 거리 곳곳에는 개미탑처럼 눈이 쌓여 있었다. 숨을 내쉬면 하얀 입김이 피어오를 정도로 추웠기 때문에 나는 오리털 파카의 지퍼를 올리고 장갑을 꼈다. 공항에서 쉬지 않고 자동차로 세 시간을 달려 이곳에 도착한 터라 무척이나 피곤했다. 내 몸은 방금 무덤을 파헤치고 걸어나온 시체처럼 거리의 풍경에 동화되지 못하고 따로 놀았다. 내 앞으로 보이는 풍경과 나 사이에 얇은 간유리가 끼워져 있는 것 같았다. 나는 그녀가 보낸 엽서와 시청에서 얻은 관광 가이드 책자를 손에 든 채로 어기적어기적 마을 여기저기를 돌아다녔다.

그녀가 엽서에 적은 '스틱스Styx'라는 펍을 찾기 위해서는 먼저 마을 중앙에 서 있는 커다란 전나무를 찾아야 했다. 스틱스는 그

전나무에서 두 블록 정도 떨어진 길가에 있었다. 관광 가이드 책자에는 100년이 넘는 수령을 자랑하는 전나무를 찾는 것이 어렵지 않으리라고 단언하고 있었다. 실제로 마을이 꽤 잘 정돈되어 있는데다가 이 나무는 마을의 상징이면서 동시에 악명 높은 관광자원이었기에 찾아가는 길 표시가 여기저기 친절하게 붙어 있었다. 관광 가이드 책자에서도 나무에 대한 자세한 설명을 볼 수 있었다. 1893년에 심어진 이 나무는 둘레에 생선 가시처럼 빗금이 새겨져 있는 것이 특징이었다. 이 빗금은 마을에서 법적으로 금지되어 있는 자살을 시도하다가 붙잡힌 범인들을 교수형에 처할 때마다 하나씩 그은 것인데 그 수가 366개였다. 5개씩 한 묶음으로 총 73개의 묶음에 빗금 하나가 더 그어져 있었다. 맨 끝의 빗금은 '스윈들Swindle'이라고 불렸다. '스윈들'은 나무에 매달린 마지막 죄인이었고 그후 사람들은 그를 기려 이 전나무를 '스윈들 나무'라고 부르기 시작했다. 자살하려던 사람을 붙잡아 살려낸 다음 다시 교수형에 처하던 법은 폐지되었다. 결국 그는 다른 빗금과 같이 묶이지 못한 채 영원히 홀로 남겨졌다. 대신 스윈들에는 언제나 사람의 손길이 닿았다. 스윈들을 쓰다듬으면 죄를 짓지 않고 평생 행복하게 살 수 있다는 믿음 때문이었다. 하지만 지금은 만질 수 없다고 가이드 책자는 친절하게 설명을 보탰다. 술 취한 관광객 하나가 1984년 봄 축제 때 스윈들 나무의 빗금 옆에다 자기 이름을 새겨넣으려다 발각됐기 때문이다. 그후로 나무 둘레에는 커다란 유리벽이 세워지고 경보 장치까지 설치됐다.

366이라는 숫자는 어쩐지 의미심장하게 느껴졌다. 1년 365일에 하루를 더한 숫자처럼 보였기 때문이다. 이 마을에는 남몰래 살짝 덤으로 추가된 하루가 존재할 것만 같았다. 혹시 그녀는 그 덤과 같은 하루 속에 숨어 있는 건 아닐까. 나는 헛된 망상이란 것을 알면서도 그러한 상상을 멈출 수 없었다. 빗금을 보고 있자니 그녀의 푸념이 다시 생각났다. '힘들고 지겹지 않은 날이 없다는 게 날 더 힘들고 지겹게 만들어.'

가이드 책자를 따라 스윈들 나무를 찾아가는 내내 나는 길거리에서 무수히 많은 종교인들을 만날 수 있었다. 털모자를 쓰고 장삼을 걸친 채 목탁을 치는 스님, 유대교의 랍비처럼 보이는 사람, 행인들에게 끊임없이 눈인사를 건네는 모르몬교도, 소를 끌고 가는 힌두교도(역시나 힌두교도답게 자신은 맨발이면서도 추울까 봐 소에게는 두꺼운 털옷을 입혀놓았다), 양탄자 위에서 절을 하고 있는 이슬람교도도 있었다. 심지어 모형 십자가를 어깨에 걸친 채 우리말로 회개하라고 떠들고 다니는 한국인도 만났다. 종교 백화점 같은 이 거리에는 그에 걸맞게 종교 용품들을 파는 각종 가게들이 문전성시를 이루었다. 성경과 성화, 마리아상을 파는 가게 옆으로 목탁과 향, 염주를 파는 가게가 사이좋게 서 있었다. 아프리카 토속 종교를 떠올리게 만드는 목각인형이나 부두교에서 쓸

법한 기괴한 나무칼과 붉은 글씨로 휘갈겨 쓴 부적을 파는 곳도 있었다. 그러한 가게들 사이사이로 종교서적과 영성서적이 진열된 서점이 눈에 띄었다. 적어도 이곳만큼은 다양한 종교가 평화롭게 공존하는 듯했다. 인간이 만들어낸 거의 모든 신들이 활보하는 이 묘한 거리를 10분쯤 계속 걸어간 끝에 나는 드디어 스윈들 나무를 볼 수 있었다. 나무를 둘러싼 유리벽은 생각보다 꽤 높아서 적어도 5미터는 돼 보였다. 한 무리의 성가대원이 유리벽을 등진 채 찬송가를 부르고 있었다. 관광객들은 성가대 주위를 기웃거리며 나무의 빗금을 찾았다. 다양한 사람들이 거대한 아름드리나무에 모여드는 새들처럼 분주히 움직였지만 사진을 찍는 사람은 한 명도 없었다. 이곳에서는 사진 촬영이 불법이었다. 만약 사진기를 가지고 다니다 적발되면 벌금을 내고 바로 마을에서 쫓겨났다. 어쩌면 그것은 당연한 규칙이었다. 이곳에서 생의 마지막 아침을 보내려는 사람을 누군가 사진으로 남긴다는 것은 큰 실례일 수도 있으니까. 이 마을의 공식 관광 표어는 '이 세상에서 첫번째 아침을' 이었지만 관광객들은 '이 세상'이라는 단어가 '저세상'의 다른 표현이라고 여겼다. 그만큼 마을은 언제나 자살하러 오는 사람들로 미어터졌다.

펍 스틱스는 사람들로 붐볐다. 여기저기서 시끄럽게 떠드는 사람들의 목소리 때문에 마치 벌통 안에 들어온 듯했다. 테이블마다 위스키 잔으로 건배하거나 수다를 떠는 사람들로 만원이었다. 한 무리의 청년들은 병맥주를 마시며 다트 놀이를 즐기고 있었다. 이곳이 음침하고 우울할 것이란 나의 예상은 보기 좋게 빗나간 셈이었다. 저승을 일곱 바퀴 돌아 흐른다는 스틱스강의 분위기는 어디에서도 느낄 수 없었다. 바텐더 뒤로 보이는, 강가에 배를 대고 죽은 이들을 기다리는 해골 부조만이 유일하게 이곳의 이름과 어울렸다.

바 테이블의 높은 의자에 앉은 나는 맥주 한 병을 주문했다. 바텐더는 컵을 닦으며 한동안 나를 힐끔거렸다. 내가 어떤 목적으로 이곳에 왔는지를 살펴보는 듯했다. 그리고 마침내 내가 '마지막 관광객'이 아니라고 판단했는지 심드렁한 표정으로 다른 손님을 상대하기 시작했다. 마지막 관광객처럼 보이면 더 좋았을 테지만, '수색자'로 보여도 상관없었다. 내 모습이 어떤 식으로 비치든 그녀가 남긴 단서와 접촉할 수만 있다면 그만이었다. 하지만 이상하리만치 내게 접근하는 사람이 없었다. 맥주를 세 병째 비우고 오늘은 글렀나 싶어 포기할 즈음에야 한 여자가 내게 다가와 말을 걸었다. 여자는 놀랍게도 한국말로 "안녕"이라고 말하며 옆자리에 앉았다.

여자는 30대 중반쯤 돼 보였고 선천성 알비노인지 새하얀 피부가 인상적이었다. 어두운 저승세계에서도 자신의 몸을 등불 삼아 걸어다닐 수 있지 않을까 싶을 정도였다. 내가 한국말을 할 줄 아느냐고 묻자 여자는 미간을 찡그리며 특유의 외국인 억양으로 "조금, 아주 조금"이라고 답했다. 그러고는 이제 골치 아픈 요식 행사는 다 끝났다는 듯이 활기차게 영어로 말하기 시작했다. "당신은 마지막 관광객처럼은 안 보이네요. '성경책'도 아닌 것 같고. 그럼 수색자인가……" 이곳으로 오기 전에 내가 조사한 내용 중에 성경책 이야기는 없었다. "성경책?" 여자는 내 반문이 유쾌한 듯 웃어 보였다. "거리에서 못 봤어요? 성경책들 돌아다니는 거." 그제야 나는 '성경책'이 이곳을 찾는 종교인들을 지칭하는 말이라는 것을 깨달았다. "맞습니다. 누굴 찾으러 왔어요." 나는 솔직히 수색자임을 털어놓은 뒤 여자의 반응을 살폈다. 여자는 손가락을 탁 하고 한 번 튕기더니 내 앞에 놓인 맥주를 들어 한 모금 마셨다. "정확히 찾아온 건 아니지만, 비슷하게는 찾아왔네요. 난 '금고'예요. 당신에게 전해줄 게 있는지도 모르겠네요. 이름이 뭐죠?" 내 이름을 밝히자 여자는 한동안 고객 리스트를 검색하듯이 손을 관자놀이에 대고 가볍게 두드렸다. 그러더니 다시 한번 손가락을 튕겼다. "오케이, 찾았어요. 확인차 당신이 찾는 사람의 이름과 나이를 말해줄래요?" 여자는 내가 찾는 '안내자'가 아니었다. 하지만 그녀가 내게 남긴 물건을 가지고 있는지도 모르는 상황에서 이 여자를 놓칠 수는 없었다. 나는 그녀의 이름과 나이를 말해주었다. 여자는 그녀의 이름을 듣자마자 기다렸다는 듯이 활짝 웃었다. "정말 착하고 예쁜 동양인이었죠." 그러더니 미간을 찡그리고 입

술을 조금 내민 채 양볼을 복어처럼 부풀려 보였다. 그 모습은 내가 약속에 늦을 때면 그녀가 보여주던 항의 표시였다.

여자는 표정을 풀고는 환하게 웃으며 말했다. “아주 잠깐이긴 했지만 그녀와는 친자매처럼 지냈죠. 어쨌든 당신에게 전해줄 물건이 있는 것 같군요.” 잠깐 동안 만났다는 여자의 말에는 불길함이 담겨 있었다. 여자에게 그녀가 남긴 것이 무엇인지를 물었다. 여자는 대답 대신 조용히 하라는 뜻으로 검지를 세워 자신의 입에 갖다댔다. “나중에. 그녀의 금고에는 타이머가 있어요. 좀더 시간이 지나야 열리니까 기다려요. 때가 되면 내가 당신에게 건네줄 거예요.” 여자는 거기까지 말하고 나서는 예의 어눌한 한국말로 “안녕”이라고 말한 뒤 활기차게 일어섰다. 나는 다급하게 잡아보려 했지만 여자는 그대로 가게에서 나가버렸다. 망연자실해진 나는 여자를 뒤쫓아갈까 망설이다 다시 자리에 앉았다. 어차피 그녀를 찾으려면 오랜 시간이 걸릴 터였다. 게다가 나는 조급해할 이유가 전혀 없었다. 경우에 따라선 내가 왔던 곳으로 다시 돌아가지 않을 수도 있었다.

‘진짜 나는 어디에도 없는 것 같아. 혹시 알아? 내가 누군가의 모조품일지.’ 그녀는 자신이 누군가의 모조품일지도 모른단 사실을 알기 위해 지금까지 살아온 것 같다고 말했다. 누군가가 자신을 대신해서 그녀에게 이런저런 고통을 겪어보게 만드는 것 같다고. 그렇지 않고서야 쉬지 않고 다가오는 크고 작은 불행을 설명할 길이 없다는 것이다. '나를 만든 진짜 나를 보고 싶어.' 그녀 앞에는 태어났을 때부터 꾸준히 받았다면 아마도 서른번째가 됐을 생일 케이크가 놓여 있었다. 늘 생일이면 우울해하던 그녀였지만 그날은 특별히 더 가라앉아 있는 듯 보였다. 그때 그녀의 말에 뭐라고 대꾸했는지는 잘 기억이 나질 않는다. 이제 막 30대로 접어들어 여러모로 생각이 많은 모양이라고 대수롭지 않게 넘긴 것 같다. 그 일이 있고 나서 며칠 뒤, 그녀는 난소 하나를 잘라내는 수술을 받고 나서 이곳으로 훌쩍 떠났다. 나는 그녀가 떠나고 나서 한 달이나 지나서야 이곳으로 올 수 있었다. 한 곳에서의 삶을 정리하는 데 한 달이란 시간이 길게 걸린 것인지, 아니면 최대한 서두른 것인지는 알 수 없지만 그녀를 뒤쫓기에 시간이 너무 흘러버렸다는 점만은 분명했다. 시간이 흐른 만큼 그녀의 행방을 찾으려면 장기전을 준비할 필요가 있었다.

나는 스틱스에서 숙식을 해결했다. 이 마을에서 가장 유명한 펍인 스틱스의 주인은 내게 흔쾌히 방을 빌려주었다. 나중에 알게 된 사실이지만 이 마을의 펍들은 부업으로 수색자들에게 종종 방을 대여해주곤 했다. 물론 주업은 주류 판매와 마지막 관광객과 안내자 간의 중간고리 역할이었다. 펍은 양쪽 모두에게 만남의 장소일 뿐만 아니라 물건을 보관하는 은행이었으며, 적극적으로 안내자를 소개해주는 소개소이기도 했다. 스틱스 주인은 이러한 펍의 비밀스러운 역할을 내게 들려주며 말했다. “테이블 위에선 위스키를, 테이블 아래로는 관을 파는 게 우리 일이지.”

스틱스 2층에 마련된 침실에서 일어난 나는 한동안 침대에 누워 천장만 바라다보았다. 어디서부터 어떻게 시작해야 할지 전혀 감이 오지 않았다. 그렇다고 이대로 쌓여서 녹아가는 눈처럼 마냥 퍼질러 있을 수도 없었다. 일어나서 팔굽혀펴기를 열 번 정도 한 다음 1층으로 내려가 늦은 아침식사를 대충 때웠다. 그러고 나서 바로 거리로 나갔다. 일단은 마을 여기저기를 돌아다니며 그녀에 대해 수소문할 작정이었다. 사실 워낙에 많은 사람들이 마지막을 위해 몰려드는 마을인지라 중요한 정보를 얻으리란 기대는 처음부터 하기 힘들었다. 하지만 혹시나 하는 마음에 계속 추운 거리를 돌아다녔다. 운이 좋다면 어제 만난 알비노 여자를 다시 만날 수도 있었다. 나는 식료품점이며 카페, 그 밖에 몇 군데 가게를 돌며 그녀의 사진을 내보였지만 모두들 고개를 저을 뿐이었다. 마지막으로 들른 기념품 가게에서 나는 10달러를 주고 스윈들 나무 모형을 샀다. 전 세계의 거의 모든 인종과 종교가 모여드는 마을인 만큼 달러는 어디에서나 자유롭게 통용되었다.

가게를 나서서 몇 블록을 걸어가는 동안 눈발이 날리기 시작했다. 나는 조금씩 아귀가 맞지 않는 보도블록의 수를 세며 방향을 상실한 배처럼 정처 없이 걸었다. 누군가가 내 어깨 위에 손을 얹었다. 어젯밤 펍에서 만난 알비노 여자였다. "스윈들 나무네요?" 여자는 내 손에 들린 나무 모형을 바라보며 알은체를 했다. 여자는 과연 그녀를 만나기나 한 것일까. 어쩌면 단순한 호객 행위를 하는 건지도 몰랐다. "정말 그녀를 본 적 있습니까?" 내가 듣기에도 딱딱하고 퉁명스러운 말투였다. "그럼요. 그런데 그녀는 당신의 걸프렌드였나요? 아니면 와이프?" 갑자기 말문이 막혔다. 내게 그녀는 그저 '그녀'였다. 그녀 역시 마찬가지였다. '내게 있어 너는 너야.' 우리는 서로에게 친구라든가 애인이라든가 배우자라든가 하다못해 남남이라는 위치조차도 딱히 정해주지 않았다. 그럴 필요가 없었던 것이다. 나는 그녀에게서 받은 마지막 엽서를 여자에게 보여주었다. 여자는 뚫어져라 엽서를 쳐다보다가 인상을 찌푸리며 다시 내게 돌려주었다. 그제야 나는 여자가 한글을 읽을 줄 모른다는 사실을 깨달았다. 그녀라면 이쯤에서 다시 미간을 찌푸리며 볼을 부풀렸을 것이다. 여자는 갑자기 나에게 팔짱을 끼더니 앞장서서 걷기 시작했다. "그녀를 찾으려면 먼저 이 마을을 잘 알아야겠죠?"

언젠가 그녀는 이곳의 해안 절벽에 서서 불어오는 차가운 해풍을 받으며 자신을 풍장시키면 좋겠다고 말했다. '그러고 나면 가죽 아래에 숨어 있는 진짜 내가 드러날지도 몰라.' 그녀가 그런 말을 할 때마다 나는 늘 불만이었고, 불안했다. 내게 그녀는 언제나 그녀였다. 그래야 나도 나일 수 있었다. 그녀의 정체가 불분명해지면 언제나 그녀와 마주보고 있던 나 역시도 정체를 알 수 없는 그 무엇이 될 것만 같았다. 그녀를 통해 나를 보던 나와 달리, 그녀는 늘 죽음을 통해 자신을 보려 했다. 그녀는 죽음 앞에서는 누구나 절실해지고 솔직해질 것이라고 생각했다. 바다에서 끌려나온 물고기가 갑판 위에서 온몸으로 펄떡이며 자신의 아가미를 절실히 자각하듯이 말이다. 그녀에겐 이곳이 배의 갑판과도 같았다. 이 마을에서 그녀는 어떤 사람이든 진실해지지 않을 수 없다고 생각했다.

알비노 여자와 나는 'coffee&coffin'이란 카페에서 이야기를 나누었다. 커피와 관이라니 짓궂은 상호였다. 가게는 정말 관처럼 어두컴컴하고 약간은 오싹한 느낌을 주었다. 우리는 창가에 자리를 잡았다. 그나마 바깥 풍경이 내다보여 적잖이 마음이 놓이는 자리였다. 알비노 여자는 자리에 앉자마자 담배를 피워 물었다. "이 가게에서는 협상이 많이 이뤄져요. 느낌이 좀 묘하죠?" 나는 여자의 말에 고개를 끄덕여 보인 뒤, 창밖을 내다보았다. 두툼한 종이봉투를 든 동양인 여자가 걸어가고 있었다. 나는 여자의 뒷모습을 유심히 살폈다. 여자는 이내 골목 모퉁이를 돌아 사라졌다. 모퉁이를 돌 때 잠깐 보인 여자의 옆얼굴을 몇 번이나 곱씹어보았지만 역시 그녀가 아니었다. "이봐요. 저기요, 나 좀 봐요." 알비노 여자는 내 눈앞에서 손바닥을 흔들었다. 내가 기분 나쁜 표정을 짓자 여자는 미안한지 어깨를 으쓱했다. "일단, 이 마을이 은근한 뒷거래로 유명하다는 건 잘 알죠? 이곳은 모든 절차가 간단하면서도 신속 정확한 편이에요. 원하면 영원히 마지막 흔적을 지울 수도 있죠. 연기가 펑 하고 터지면 상자 안에서 사람이 사라지는 마술처럼 깨끗하게 사라지는 거예요." 여자는 두 주먹을 쥐었다가 손가락을 활짝 펴면서 화약이 터지고 연기가 흩어지는 모양을 흉내냈다. 나를 물끄러미 바라보던 여자는 머리를 슬쩍 긁으며 곤란하다는 표정을 지었다. "역시 당신도 우리 일이 잘 이해되지 않겠죠. 하지만 저 사람들을 봐요." 여자가 가리킨 테이블에는 말끔한 정장 차림의 두 남자가 마주앉아 있었다. 그들은 이마를 맞대고 소곤거리다가 가끔 고개를 끄덕였다. 대머리인 중년 남자가 뭔가를 물으면 그보다 젊은 마른 체구의 남자가 조용히 설명하는 듯했다. "저 사람들 중에서 대머리 아저씨는 마지막 관광객이에요. 마른 체구에 얼굴이 길쭉한 저 사람은 안내자죠. 근데 자기네들끼리는 서로를 '길동무'라고 불러요. 뭐, 끝까지 같이 가주는 건 아니니까 맞는 말이라고는 할 수 없지만…… 어쨌든, 두 사람 모두 끈끈해 보이죠?" 나는 여자의 말에 고개를 끄덕였다. 두 사람은 분명 자신들만의 세계에 빠져 타인의 접근을 허락하지 않고 있었다. 두 사람이 서로 나누는 손짓과 눈빛에는 그런 완강한 거부가 드러났다.

"그리고 저쪽을 봐요. 줄무늬 넥타이를 맨 사람이 보이죠? 저 사람은 변호사예요. 그 사람 앞에 앉아 있는 할머니는 폐암을 몇 년째 앓고 있어요. 항암 치료를 견디다못해 결국 몰래 이 마을로 온 거죠. 저 두 사람은 지금 유언장을 작성하는 중이에요." 조용히 자신의 과거를 회상하는 것처럼 눈을 감은 채 중얼거리는 할머니의 말을 남자는 열심히 받아 적고 있었다. 할머니가 손으로 입을 가린 채 심하게 기침을 하자 변호사는 얼른 손수건을 꺼내 건네주었다. 그런 다음 웨이터에게 물을 부탁했다. 얼마 뒤 유언장 작성이 끝났는지 변호사는 할머니를 부축해서 일어났다. 나는 두 사람이 밖으로 나가는 뒷모습을 물끄러미 바라보았다. 이들만의 묘한 유대감을 알 수 있을 것 같았다. 변호사나 안내자 모두 마지막 관광객이 자신의 가족이나 친척, 친구나 애인 대신 선택한 사람들이었다. 그렇게 생각하니 씁쓸했다. 그녀가 마지막 순간에 선택한 사람도 내가 아니라 이들 중 누군가였기 때문이다. 하지만 편의와 필요에 의해 금전적으로 맺어진 유대관계가 과연 얼마나 갈지 의문이었다. 지불이 끝나는 순간 그 관계도 끝이 날 것이 분명했다. 어쨌든 이곳 사람들은 이 일을 업으로 삼고 있는 것이다.

"이 마을에서는 전 세계 거의 모든 종교를 볼 수 있어요. 그들에게 여기는 복음을 전파하고 개종시켜야 할 도전의 땅이니까요. 만약 자기들 종교가 이곳에 뿌리를 내린다면 그만큼 큰 선전 효과도 없겠죠. 그래서 이상한 사이비 교주들까지 판쳐요. 게다가 이 마을에는 장의사, 응급구조사, 의사, 카운슬러, 철학자, 작가, 화가,

음악가에다가 장기 거래업자, 성매매자, 도박꾼, 소매치기까지 몰려들어요. 모두 국적도 다양하죠." 나는 여자의 말을 믿을 수가 없었다. 죽음을 둘러싸고 그렇게나 많은 직업군들이 모여들다니. 누군가의 죽음이 이처럼 커다란 사업이 되리란 생각은 한 번도 해본 적이 없었다. 하지만 확실히 마을은 번창하는 중이었다. "작가나 화가는 왜 모이는 겁니까?" 여자는 두번째 담배를 피워 물며 말을 이었다. "남기고 싶은 게 있는 사람들도 있으니까. 뭐 한 예로, 이곳에서 1년 넘게 살면서 작품을 쓰다가 완성된 다음날 떠난 사람도 있어요. 몇몇 예술가들에게 이곳은 영감의 원천이에요. 그건 철학자들도 마찬가지예요. 자신의 철학이 자살하려는 사람들에게 실상 큰 영향을 주지 못한다는 점에서 좀 안쓰럽긴 하지만. 이곳까지 온 이상 이미 마음의 준비를 끝마친 사람들이 거의 대부분이거든요. 확고한 자기 신념이 있는 거죠. 물론 도박꾼이나 소매치기, 장기 거래업자들은 좀 질이 나빠요. 그래서 마을에서도 그들을 쫓아내려고 애쓰고 있어요. 하지만 쫓아낸 수만큼 또 몰래 들어와서 어느새 자리를 잡죠. 잡초와 같아요. 뽑아도, 뽑아도 끝이 없으니까. 성매매하는 사람들은 예외예요. 마지막으로 그걸 하고 싶어하는 사람들이 의외로 많거든요. 또 그런 부탁을 들어주는 게 어떤 면에선 인간적이기도 하고."

알비노 여자의 눈빛이 번들거렸다. 그 순간 여자는 한 마리의 하이에나처럼 보였다. 이들은 모두 시체 주위로 몰려드는 청소부

들인 것이다. 하지만 그다지 화가 난다거나 거부감이 일거나 하지는 않았다. 나는 하루종일 길거리를 헤맨 탓인지 갈비뼈 일부를 드러낸 채 누워 있는 얼룩말처럼 피곤하고 무기력했다. 카페 여기저기에 앉아 있는 사람들 모두가 내 숨통이 끊어지길 느긋한 마음으로 기다리는 것처럼 보였다. 그에 비해 나는 꼬리를 흔들어 몰려드는 파리떼를 쫓을 힘조차 없었다. 그저 자고 싶었다. "당신, 좀 자는 게 좋겠어요. 그리고 여기 계산은 당신이 해야겠죠? 내가 좋은 정보를 줬으니까요." 여자의 말에 나는 고개를 끄덕였다. 세상에 공짜란 없다. 그것은 어디서나 통용되는 원칙이다. 죽고 나서도 돈은 필요하다. 그 돈을 고인이 마련하든, 유족들이 마련하든 간에. 이 세상은 마지막 운임까지 꼬박꼬박 챙겨 받는다.

알비노 여자가 말한 사이비 교주 중 한 명을 본 것은 다음날이었다. 40대쯤 돼 보이는 백인이었는데 스윈들 나무 앞에서 신도들을 모아놓고 기도를 하는 중이었다. 온몸에 흰 천을 두른 남자는 마치 미라 같았다. 그는 두 팔을 벌린 채 하늘을 올려다보며 연신 알아들을 수 없는 말을 읊조렸다. 교주처럼 보이는 남자 주위로 몇몇 사람이 역시나 똑같은 흰 천을 온몸에 두른 채 선전물을 나눠주며 돌아다녔다. 한 흑인 여자가 내게 다가오더니 선전물을 억지로 쥐여주고서는 다른 행인에게로 다가갔다. 나는 천의 끝자락을 질질 끌며 다니는 그들을 바라보며 조금 긴장할 수밖에 없었다. 잘못해서 발에 천이 밟히기라도 하면 그대로 넘어질 것만 같았다. 게다가 여러 겹으로 감싸긴 했지만 추운 날씨에 밖에서 오래 버티기엔 무리가 있어 보였다.

흑인 여자가 건네준 선전물에는 심판의 날에 하늘의 어머니가 재림하시어 신성한 몸에 두른 흰 천을 지상으로 내려주실 것이라고 쓰여 있었다. 구원받기로 예정된 사람들은 모두 그 흰 천을 잡고 승천할 수 있지만 그렇지 못한 사람들은 흰 천을 만질 수도 없으리란 말도 보였다. 나는 선전물을 나눠주는 여자들을 바라보며 몸에 두른 흰 천을 풀어 사람들을 구원하는 모습을 상상했다. 심판의 날치고는 무척이나 선정적이었다.

나는 가로등에 기대어 남자가 팔을 내리고 설교하기를 기다렸다. 하지만 남자는 한참 동안 두 팔을 벌린 채 끊임없이 입술만 움직였다. 혹시 입만 제외하고 모든 근육이 얼어버린 게 아닐까 싶은 생각이 들었을 무렵에야 남자는 두 팔을 내리고 정면을 바라보았다. 그래도 한참 행인들을 쏘아볼 뿐 입을 열지 않았다. 이제 그만 가야겠다고 생각했을 즈음에야 남자의 설교가 시작되었다. "그날이 곧 도래합니다!" 추종자 서너 명을 제외하고 그의 설교를 경청하는 사람은 한 명도 없었다. 그의 복음이 널리 전파되는 그날은 도래하지 않을 듯싶었다.

'그곳에 가면 모든 것이 준비되어 있대.' 그녀는 언제부턴가 이곳에 대한 이야기를 반복해서 내게 들려주었다. 처음에는 그녀가 걱정되었지만 계속 앵무새처럼 반복되는 말을 듣다보니 그즈음에는 심드렁하게 반응하고 있었다. '마치 휴양지 같네.' 나의 말에 그녀는 재미있다는 듯이 시원하게 웃고 나서 말했다. '나 같은 사람들에겐 휴양지나 다름없지. 믿어져? 죽으러 가는 자리가 가장 마음 편한 곳이라는 게?'

나는 한동안 옆구리 한쪽이 드러나 있는 느낌에 계속 시달렸다. 바깥의 추운 날씨에도 불구하고 갈비뼈 사이로 후텁지근한 바람이 들어오고 파리떼가 꼬이고, 여기저기서 썩는 냄새가 나는 것만 같았다. 다행히 그녀의 뒤를 쫓는 일에는 약간의 성과가 있었다. 나는 실종되기 직전 그녀가 마지막으로 들른 것으로 보이는 빵집을 찾아냈다. 빵집 주인은 깊은 주름이 인상적인 노파로 마을 사람에게서 그처럼 친절하게 그녀의 이야기를 들은 것은 처음이었다. 노파가 보여준 가게 장부에는 그녀의 이름 옆에 '우유 한 병, 햄에그 샌드위치 한 개, 50개들이 초콜릿 한 상자'라고 적혀 있었다. 나는 그녀의 엽서를 꺼내 장부의 날짜와 대조해보았다. 두 날짜가 똑같았다. 왜 마지막 순간에 식료품 따위를 샀을까. 죽기 위해 먹는다는 말이 생각났다. 어쩌면 마지막이란 생각에 더 식욕이 생겼을지도 모른다. 아무리 그래도 초콜릿 50개는 그녀 혼자 먹기에 너무 양이 많아 보였다.

그녀의 유언장을 작성한 변호사도 운좋게 만날 수 있었다. 사무실을 찾아내고 몇 번이나 설득하다 마지막에 300달러를 쥐여주고 나서야 그녀가 유언장을 작성했음을 확인할 수 있었다. 하지만 정보는 거기까지였다. 변호사는 유언장의 내용이 무엇인지, 누구에게 발송했는지에 대해서는 끝까지 침묵으로 일관했다. 결정적으로 그녀가 지금 어떤 '상태'인지에 대해서는 전혀 아는 바가 없었다. 그의 역할에서 벗어나는 영역이었기 때문이다. 그의 말을 들으며 나는 이곳에서의 분업이 효율적으로 이뤄진다고 생각했다. 사바나의 대평원에 가젤이 쓰러지면 먼저 사자가 나타나고, 그다음에 하이에나, 아프리카들개, 마지막으로 대머리독수리가 몰려드는 것과 비슷했다. 저마다 자기에게 주어진 몫만큼을 순서대로 베어가는 것이다.

그녀의 소식을 얻는 가장 확실한 방법은 그녀에게 변호사를 소개하고 장소를 물색하는 한편 여러 가지 마지막 수단을 알려줬을 안내자를 찾는 것이었다. 나는 안내자처럼 보이는 몇몇 사람에게 접근해봤지만 다가서기만 해도 그들은 손사래를 치며 멀어졌다. 이미 마을 사람치고 내가 수색자라는 것을 모르는 사람이 없었다. 그즈음 나 역시도 이 기묘한 마을에서 마지막 관광객이나 안내자, 금고 등등의 사람들을 구분할 수 있게 되었다. 만날 때마다 저 사람이 어떤 역할인지를 자세히 이야기해준 알비노 여자 덕분이었다. 그들은 역할에 따라 옷차림이나 행동이 조금씩 달랐기 때문에 구별하기가 쉬웠다. 알비노 여자는 그 밖에도 내게 마을에 관해 이것저것 친절히 알려주었지만 그녀와 연관된 질문에는 언제나 말없이 미소로만 일관했다.

마을 광장에서는 하루에 두 번씩 호수로 향하는 버스가 출발했다. 버스는 아침 9시와 오후 1시에 출발해서 세 시간 뒤에 다시 마을로 돌아왔다. 사실 버스의 운행시간이 그렇게 길 필요는 없었다. 호수까지는 느긋하게 달려도 20분이면 도착할 만한 거리였다. 배차시간이 긴 이유를 나는 버스 정류장이 위치한 광장을 구경하는 동안 알게 되었다. 이곳 광장 역시 유럽의 여느 광장과 비슷했다. 아이들을 이끌고 나온 부모, 광장 주변에 위치한 노점상들, 여기저기를 기웃거리며 비둘기에게 모이를 던지는 관광객들, 급하게 배달을 나가는 빵집 종업원 등등. 8시 반이 조금 넘자 버스 정류장 주변으로 하나둘 사람들이 모이기 시작했다. 그것 역시 관광객들이 버스를 기다리며 서 있는 풍경과 별반 다르지 않았다. 두꺼운 겨울 코트로 몸을 감싼 사람들을 보고서야 나는 밖에서 한 시간 넘게 앉아 있었단 사실을 깨달았다. 확실히 뜨거운 커피로 녹일 수 없을 만큼 점점 온몸이 얼어붙고 있었다. 두번째 커피를 시켰을 무렵 광장 왼편에서 한 대의 셔틀버스가 육중한 몸을 이끌고 다가오는 것이 보였다. 왠지 그 모습이 천천히 들어서는 운구차를 연상시켰다. 나는 추위로 소름이 돋은 팔뚝을 문지르며 버스에 올라타는 사람들을 바라보았다. 버스에는 이미 보험설계사나 자동차 외판원처럼 보이는 양복 차림의 사람들이 타고 있었다. 버스에 올라탄 사람들은 수상쩍게 보이는 그들 옆자리에 가 앉거나 아니면 따로 떨어져서 혼자 앉았다. 가벼운 인사를 나누는 모습도 보였다. 그 순간 나도 모르게 벌떡 일어섰다. 저들은 분명 안내자들과 마지막 관광객들이었다. 확실히 하기 위해 버스에 올라탄 사람의 수를 세었다. 사람들이 모두 타자 버스는 곧장 출발했다. 나는 버스가 멀어져가는 것을 보면서도 자리를 뜰 수 없었다. 이 마을의 뒷거래에 대해서는 이미 어느 정도 알고 있었지만 아침부터 이처럼 공공연히 거래가 이뤄질 줄은 짐작도 못했다. 버스가 도착하고 떠나는 동안 광장에서는 아무런 변화도 일어나지 않았다. 노점에서는 계속 핫도그를 팔았고, 가방을 멘 아이 한 명이 광장을 가로질러 뛰어갔으며, 비둘기들이 분수대 옆에 내려앉았다가 날아올랐다.

추위는 더이상 참을 수 없을 지경에 이르렀지만 나는 계속 노천 카페의 테라스에 머물렀다. 중간에 주인이 다가와 누구를 기다리는 중이냐고 물었다. 나는 그렇다고 말하려다가 이내 고개를 저었다. 주인은 내게 담요를 가져다주고는 다시 카페 안으로 들어갔다. 아침 9시에 출발했던 버스는 12시 정각에 다시 광장으로 들어섰다. 나는 버스에서 내리는 사람들을 헤아렸다. 확실히 아침보다 두 명이 줄어 있었다.

이튿날 나와 알비노 여자는 버스를 타고 호수로 향했다. 사실 알비노 여자와 같이 갈 필요는 없었다. 원래 계획은 나 혼자 조용히 다녀오는 것이었다. 하지만 버스표를 구하러 여기저기를 수소문하는 동안 어느새 알비노 여자가 내 몫의 표까지 사들고 나타났다. "대체 버스표를 어디서 산 겁니까?" 천국행 티켓도 아닐 텐데 도통 표를 구할 수 없었던 나는 퉁명스럽게 물었다. 알비노 여자는 어이없다는 표정을 지으며 반문했다. "그럼 아무나 쉽게 그 버스에 탈 수 있을 거라 생각했어요?"

버스에 올라타자 미리 타고 있던 사람들이 우리를 쳐다보았다. 하지만 이내 못 본 척하고는 고개를 돌려 차창 밖을 보거나 팔짱을 끼고는 눈을 감았다. 버스 안에는 관 속에 담겨 있을 법한 침묵이 감돌았다. 버스 운전사는 나지막하게 라디오를 틀어놓고는 하얀 장갑을 낀 손을 핸들에 얌전히 올려놓은 채 앞만 바라보았다. 몇 사람이 더 타고 나서 9시가 되자 버스는 천천히 출발했다. 버스가 움직이자 몇몇 사람이 조용히 말을 주고받았다. 심지어 나직하게 웃음을 터뜨리는 사람도 있었다. 하지만 버스가 호수에 도착하자 모두들 입을 다물고는 말없이 일렬로 줄을 서서 버스에서 내렸다.

호수는 전혀 특별하지 않았다. 특별하기는커녕 너무나 평범해 보여 한심할 지경이었다. 넓고 안개가 짙게 끼었다는 점만 빼면 어디서나 볼 수 있는 흔한 호수였다. 다만 호수의 크기에 비해 찾아오는 사람이 적어서 조금만 걷다보면 곧 일행들이 보이지 않을 정도로 서로 멀어질 수 있다는 점만은 달랐다. 확실히 '그 일'을 하기에는 안성맞춤이었다. 우리는 말없이 호숫가를 걸었다. 버스에서 내린 승객들은 저마다 둘씩 짝을 짓더니 서로를 피해 멀리 흩어졌다. 양쪽 귀에 요란하게 피어싱을 한 남자가 나란히 걷고 있는 검은 양복 차림의 중년 남자를 향해 활기차게 떠들어댔다. 주변 사람들이 인상을 찌푸리며 피어싱한 남자를 쳐다보았다. 하지만 그들도 이내 안개에 싸여 멀어져갔다.

한참을 걸어가던 알비노 여자가 손가락으로 한 지점을 가리켰다. 호숫가에 작은 나룻배 여러 척이 묶여 있고 한 노인이 접이식 의자에 앉아 졸고 있었다. "이 배를 타고 가서?" 여자는 고개를 끄덕였다. "그래요. 설마 둘이서 호수 한가운데까지 헤엄쳐갔다가 거기서 다시 한 사람만 돌아온다고 생각한 건 아니죠?" 여자는 노인에게 다가가더니 볼에 입을 맞추었다. 잠에서 깬 노인은 여자를 올려다보며 환하게 웃었다. 나는 좀 떨어진 거리에서 두 사람이 정답게 이야기 나누는 것을 지켜보았다. "이봐요, 어서 와요. 여기까지 왔으니 호수에는 나가봐야죠." 이미 노인은 기둥에 묶어놓은 배의 밧줄을 푸는 중이었다. 나는 노인을 도와 배를 밀어 호수에 띄웠다. 노인이 내 머리에 손을 얹더니 눈을 감고 뭐라고 중얼거리기 시작했다. "아저씨, 이 사람은 그냥 수색자예요." 여자가 웃으며 말하자 노인은 눈을 뜨고서 머쓱한 듯 머리를 긁었다. "그래? 그럼 조심해서 잘 다녀와. 약 같은 건 필요 없지?" 알비노 여자는 웃으며 고개를 끄덕였다. 나는 직감으로 그가 말한 약이 이 일을 고통 없이 진행시켜줄 수면제나 마약 종류라는 것을 알아차렸다.

배에 올라타려고 하자 노인은 내 팔을 잡아끌더니 한 손을 내밀었다. 저승이든, 이승이든 배를 타려면 뱃삯을 지불해야 한다. 그때 어디선가 무거운 물체가 풍덩 하고 물에 빠지는 소리가 아스라이 들려왔다. 호수 위에 떠 있던 한 무리의 오리떼가 날아올랐다. 나는 노인에게 요금을 지불하고 말없이 호수 한가운데로 노를 저어갔다. 우리 두 사람은 각자 다른 방향으로 고개를 돌린 채 묵묵히 호수의 풍경을 감상했다.

마을은 봄 축제의 전야제가 다가오면서 조금씩 들썩이기 시작했다. 거리에서 믿음을 전파하는 종교인들의 외침 소리도 점점 더 높아졌다. 이슬람 율법학자와 개신교 목사가 싸운 것도 그 무렵의 일이었다. 패싸움으로 번질 뻔한 주먹다짐은 정체를 알 수 없는 남자들의 제지로 큰 충돌 없이 끝났다. 경찰이 도착한 것은 이미 모든 소동이 끝난 뒤였다. 온몸에 흰 천을 두른 이상한 종교 집단이 소리소문 없이 슬쩍 마을에서 사라진 것도 그즈음이었다. 결국 온몸에 흰 천을 두르고 있던 교주는 마을에 자신의 복음을 뿌리내리지 못했다. 경쟁력이 떨어지는 제품이 도태되듯이 흰 천으로 상징되던 그 이상야릇한 종교도 자연스레 사멸했다. 대신 그 자리에 밤마다 가면을 쓰고 초를 든 채 거리를 행진하는 신흥종교가 자리 잡았다.

알비노 여자는 호수에 이어 해안 절벽에도 나와 동행했다. 나는 알비노 여자가 준비해온 유리병에 나의 유서와 그녀에게 보내는 편지를 담아 바다로 던졌다. 이곳을 찾아오는 사람에게 그것은 하나의 관례였다. 편지지와 유리병 값은 모두 합쳐 20달러였다. 딱히 별다른 감흥은 없었다. 이곳에서 벌어지는 모든 일에 나는 이미 심드렁했다. 그동안에도 광장에서는 어김없이 하루에 두 차례씩 호수를 향해 버스가 떠났다. 나는 버스가 돌아올 때마다 승객 수를 확인했다. 승객 수가 변하지 않는 날도 있었지만 대개 적은 날에는 한 명에서 많은 날에는 다섯 명 이상 차이가 났다. 그 풍경을 쳐다보는 일 이외에 내가 딱히 해야 할 일이 있는 것도 아니었다. 그녀에 대해서는 더이상 단서를 찾을 수 없었다. 시청이며 우체국, 경찰서는 이미 몇 번이나 방문한 터였고 나와 같은 수색자를 만나 이야기를 나눈 것도 여러 차례였다. 하지만 나의 질문에 모두가 고개를 저었다.

"이제 시간이 다 됐어요." 알비노 여자의 말에 나는 말없이 고개를 끄덕였다. 스틱스의 주인은 컵의 물기를 닦으며 간간이 우리 쪽을 훔쳐보았다. 아직 이른 시간인지라 우리를 제외하고는 손님이 없어 가게 안은 을씨년스러웠다. 나는 두 손으로 마른세수를 한 뒤 의자 등받이에 몸을 기댔다. 어제부터 온몸으로 감기 기운을 느끼고 있던 터라 몹시 피곤했다. "몸이 많이 안 좋아 보이네요. 감기라도 걸렸어요?" 알비노 여자가 그렇게 묻기는 했지만 진심으로 걱정한다는 느낌은 담겨 있지 않았다. 내가 가게의 천장을 올려다보자 여자는 테이블 한쪽 끝을 두어 번 가볍게 두드렸다. "타이머가 0이 됐어요. 이제 금고를 열 시간인 거죠." 알비노 여자가 윙크를 했다. 대체 그 시간을 누가 정해놓은 것인지 궁금했다. 여자는 그녀의 부탁이라고 말했지만 정말 한 달이란 시간을 그녀가 정했는지는 확인할 길이 없었다. 모든 것이 불분명하고 미심쩍은 상황이었지만 나는 그녀에게 보관료로 100달러를 지불했다. "자, 받아요. 그녀가 내게 맡겼던 당신 물건." 여자는 길쭉한 상자 하나를 내밀었다. 어디선가 본 듯한 낯익은 상자였다. 나는 열이 점점 심해지는 것을 느끼며 상자를 열었다. 다음 순간 나도 모르게 몸을 앞으로 구부려 그녀가 남긴 물건을 뚫어져라 들여다보았다. "스윈들 나무예요." 여자는 물건의 정체를 다시 한번 확인시켜주었다. 내가 마을에 도착한 다음날 10달러를 주고 산 스윈들 나무 모형이 두 개가 된 셈이었다. "그거 알아요?" 알비노 여자는 내게 몸을 기울인 다음 낮은 목소리로 마을의 비밀 한 가지를 이야기해주었다. "사실 지금의 스윈들 나무는 가짜예요. 진짜는 10년 전에 벼락을 맞아서 다 타버렸어요. 현재 서 있는 나무는 그뒤에 옮겨 심은 거죠. 빗금도 옮겨 심은 날 다시 새로 그은 거예요."

그러고 나서 여자는 재미있다는 듯이 살짝 웃었다. 한 달을 기다린 끝에 내가 그녀에게서 받은 것이라고는 스윈들 나무의 모형이 전부였다. 그것도 10년 전에 진짜는 불타버리고 그후에 옮겨 심은 가짜 나무의 모조품이었다. 진짜 스윈들 나무는 이미 이 세상에 존재하지 않는다는 사실을 그녀는 알고 있었을까. 나는 알비노 여자에게 이것저것을 묻고 싶었지만 무엇을 물어야 할지 알 수 없었다. 이곳으로 오기 전 그녀가 내게 들려준 말이 떠올랐다. '진짜 나는 어디에도 없는 것 같아. 혹시 알아? 내가 누군가의 모조품일지.' 그녀는 이 마을에서 만나고 싶었던 자신을 만났을까. 그래서 결심을 실행할 힘을 얻었을까, 아니면 잃었을까. 잘은 알 수 없지만 어쩐지 그녀는 마지막까지 원하던 것을 보지 못했을 것만 같았다. 그렇다면 그녀는 낙담한 끝에 결심을 실행할 힘을 얻은 것일까, 아니면 잃은 것일까. 확실한 것은 그녀가 자신의 삶을 허상으로 여기고 늘 공허해했다는 사실뿐이었다.

내가 말없이 나무 모형만 만지작거리자 알비노 여자는 한숨을 쉬더니 어깨를 으쓱해 보였다. 그런 다음 내게 마지막 인사를 건네고는 일어섰다. "남은 여행, 즐겁게 보내요." 나는 고개를 끄덕였다. 우리는 악수를 나누고 헤어졌다. 알비노 여자가 떠나자 내 주위에는 아무도 없었다. 심지어 펍의 주인도 자리를 비웠는지 보이지 않았다. 창유리로 거리를 내다보니 봄 축제에 쓰일 나뭇가지 장식을 든 소녀가 걸어가는 것이 보였다. 내 시선을 느꼈는지 소녀는 멈춰 서서 나를 바라보고는 싱긋 웃었다. 그녀를 일곱 살 혹은 여덟 살 때 만났다면 저런 모습이지 않았을까. 내가 소녀를 향해 손을 흔들어줄지 말지를 망설이는 동안 소녀는 돌아서서 자신의 그림자를 앞세우며 길 건너로 뛰어갔다. 그 모습이 마치 그림자에 끌려가는 듯했다. 나는 소녀가 골목 모퉁이를 돌아 사라진 뒤에도 오랫동안 나무 모형을 손에 쥔 채 앉아 있었다.

벽

벽은 원래부터 그 자리에 있었다는 듯이 어느 날 문득 도심 광장 한복판에 들어섰다. 광장을 가로지르던 많은 사람들이 난데없이 생겨난 벽을 무심한 눈길로 바라보았다. 그중 몇 사람은 인상을 찌푸리며 벽의 정체에 의문을 품었다. 호기심을 보인 사람들도 있었다. 하지만 그러한 관심도 그저 몇 걸음 옮길 동안에만 지속됐을 뿐이다. 사람들에겐 항상 가야 할 장소가 주어졌고 걷다가 부딪치지 않게 피해야 할 타인들도 많았다. 그러다보니 움직이지 않고 한자리에 서 있는 벽은 주변 여기저기에 놓인 벤치와 별반 다를 게 없었다. 무엇보다 당시의 벽은 아직 왜소한 크기였기에 사람들의 주목을 끌 만한 요소가 전혀 없었다. 벽의 길이는 성인 걸음으로 대여섯 걸음 정도밖에 되지 않았다. 높이도 성인들의 평균 키보다 한 뼘 정도 더 높은 것에 불과했다. 언뜻 보면 어느 미술가의 설치 작품처럼 보였고 실제로도 대부분의 사람들은 그렇게 생각했다. 당시의 벽은 행인들의 통행을 불편하게 만드는 거추장스러운 장애물조차 되지 못하는, 그저 미미한 존재였다. 그저 광장을 가로지르던 몇몇 개가 가다 말고 벽에다 오줌을 갈길 뿐이었다.

벽을 처음으로 제대로 바라보고 '벽'이라고 불러준 것은 이제 막 유치원에 다니기 시작한 아이였다. 엄마의 손을 아슬아슬하게 붙잡은 채 바삐 걸음을 옮기던 아이가 말했다. "엄마, 저기 벽." 아이 엄마는 아이가 가리킨 벽을 바라보았다. "그래, 벽이구나. 착하지, 어서 가자." 아이는 엄마의 손에 이끌려 가면서도 몇 번이고 뒤돌아서 벽을 바라보았다. 벽에서 알 수 없는 묘한 냄새가 풍겼기 때문이다. 하지만 아이와 달리 아무 냄새도 맡지 못한 엄마는 아이를 잡은 손을 끌어당기며 빨리 오라고 채근했다. 덕분에 어느 누구도 벽에서 일어나는 변화를 알아차리지 못했다.

벽은 평상시에는 단단했지만 가끔씩은 물렁해졌다. 그같은 사실이 밝혀진 것은 한참 뒤였다. 사실 벽이 처음 들어섰을 무렵에도 누군가 오래도록 유심히 벽을 바라보았다면 그러한 사실을 알아차렸을지도 모른다. 그러고는 이렇게 말할 수도 있었다. "저 벽은 단단해 보이지만 실제로는 젤리처럼 물렁해지기도 합니다." 아니면 누군가 지루할지언정 오래도록 벽에 손을 대보았다면 큰 소리로 이렇게 외칠 수 있었을 것이다. "여보세요! 여기 벽이 물렁해요. 고무 같다니까요!" 그러나 그처럼 오래 벽을 바라보거나 벽에 손을 대보는 사람은 없었다. 광장 한쪽 구석에서 사람들을 상대로 초상화를 그리던 거리의 화가는 벽의 비밀을 발견할 가능성이 높은 사람 가운데 한 명이었다. 그러나 이 무명 화가는 최초 발견자는커녕 마지막까지도 벽에 대해서 거의 아무것도 알지 못했다. 화가는 묘사가 뛰어났다. 제법 눈썰미도 갖추고 있었고, 심지어 고뇌에 찬 표정도 지을 줄 알았다. 다만 화가는 그려야 하는 대상보다 자기 자신에게 더 관심이 많은 사람이었다. 더욱이 자기 연민에 잘 빠지는 성격까지 더해져 화가는 주변에서 벌어지는 일에 무신경한 편이었다. 화가 다음으로 벽에 대해 잘 알 수 있었던 사람 중에는 조그만 술집인 '광장호프'를 운영하던 중년 남자도 있었다. 중년 남자의 술집은 광장이 한눈에 보이는 곳에 자리했다. 중년 남자는 화가보다는 벽에 대해 잘 알았다. 왜냐하면 나중에 벽에서 일련의 사건이 벌어질 때마다 이런저런 사람들이 그의 술집으로 와서 여러 이야기를 들려주었기 때문이다. 광장호프에서는 벽을 놓고 여러 이야기를 나누던 취객들 간에 싸움이 벌어지기도 했다. 물론 이 모든 일은 나중에, 그러니까 벽이 감당할 수 없을 만큼 자라난 이후 일어난 일들이다. 이때까지만 해도 벽은 그저 우스꽝스럽고 조금은 뜬금없는 해프닝 정도에 지나지 않았다. 즉, 벽은 언제든 철거될 수 있었다. 나중에 스스로 벽이 물러나기 전에 철거했다면 도시는 안전했을 것이다. 하지만 모두들 벽을 없앨 생각은 하지 않고 그대로 세워둔 채 무시했다. 덕분에 벽은 무럭무럭 자라났다.

"왜 사람 말을 못 믿어? 네가 언제 내 말 듣기나 했어? 뭘 믿고 널 빌려주냐? 그런 건 당신 선에서 조용히 처리해. 지금 말 다 했어? 아니, 그러니까 말이에요. 지금 해보자는 거야? 됐어. 더이상 말하기 싫어……"

광장은 오늘도 각종 소음으로 가득찼다. 물론 한쪽에선 대화다운 대화가 이뤄지기도 했다. 하지만 두 여자가 서로 나란히 걸어가며 이야기를 나누는 것과 거의 동시에 반대편에서는 배가 나온 중년 남자가 휴대전화에 대고 호통을 쳐가며 걸어왔다. 한 여학생은 홀로 피켓을 든 채 벽을 등지고 서서 침묵시위를 벌였다. 하얀 중절모를 쓴 노인이 여학생 앞에서 한참 훈계를 늘어놓다가 말이 안 통한다는 듯이 지팡이를 허공에 휘휘 젓고는 돌아섰다. 오랫동안 서 있던 여학생은 잠깐 벽에 기대어 쉴까 하고 망설였다. 그나마 해가 기울어갈수록 벽이 만드는 그늘도 길어져 덥지는 않았다. 여학생은 다음 사람이 피켓을 들고 올 때까지 꿋꿋이 버티고 섰다가 자리를 떠났다. '예수천국, 불신지옥'이라고 쓰인 십자가를 들고 다니며 확성기로 전도를 하던 중년 남자 옆으로 고등학생들이 시끄럽게 수다를 떨며 지나갔다. 어깨동무까지 한 학생들은 얼핏 보면 무척이나 친한 친구 사이처럼 보였지만 실상은 한 명을 두고 여러 명이 괴롭히는 중이었다. 학생들은 한가운데에 주눅이 든 채로 고개를 푹 숙이며 걷던 가련한 희생양을 벽에다 세우고는 빙 둘러쌌다. 그들이 불쌍한 아이에게서 돈을 뜯어내는 동안 '예수천국, 불신지옥'을 전도하던 중년 남자는 못 본 척 다른 곳으로 고개를 돌렸다. 그의 눈에 중년 여자가 인근 식당을 홍보하는 전단지를 행인들 손에 억지로 쥐여주는 게 보였다. 십자가를 든 중년 남자는 식당 전단지를 나눠주던 중년 여자와 눈이 마주치자 손을 내밀며 말했다. "거, 나도 한 장 주쇼." 중년 여자는 십자가를 든 남자의 위아래를 빠르게 살피고는 못 들은 척하고 다른 사람에게로 다가가 다시 호객 행위를 했다. 중년 남자는 십자가로 바닥을 치며 욕설을 내뱉고는 돌아섰다. 그러고도 분이 풀리지 않았는지 그새 학생들이 떠난 벽에 다가가 거칠게 발길질을 했다. 그 순간 중년 남자는 반동으로 인해 밀린 것처럼 뒤로 넘어져 엉덩방아를 찧었다. 주저앉은 남자는 한동안 아픔도 느끼지 못한 채 놀라서 벽을 멍하니 바라보았다.

사실 도시에서 벽은 그다지 특별한 구조물이 아니다. 벽과 벽, 벽 너머에 벽, 벽 위에 벽으로 이뤄진 도시는 벽의 총집합체나 다름없다. 그러나 다른 벽과 동떨어진, 광장 한가운데에 불쑥 놓인 벽만큼은 조금 도드라져 보이는 게 사실이었다. 예술작품일 거라는, 즉 고가의 미술품일지 모른다는 추측이 주는 경고에도 어느 날 밤, 술에 취한 용자가 벽에 낙서를 했다. 크고 우람한 남자의 성기 그림이었다. 발기부전을 앓던 남자가 그린 낙서는 자신의 바람을 그대로 투영한 결과물이었다. 낙서 덕분에 벽은 남자의 성기를 갖게 되었다. 낙서는 다음 낙서를 부르게 마련이다. 게다가 첫 낙서가 음화였으므로 그다음 낙서도 그다지 훌륭하지는 못했다. 음양의 이치에 따라 자연스럽게 여자의 성기가 남자의 성기 옆에 그려졌다. 누군가 남긴 여자의 성기 덕분에 벽은 자웅동체가 되었다. 이제 낙서를 막을 길은 없었다. 하나둘 벽은 많은 것들을 갖게 되었다. 남녀 성기가 생긴 벽에는 이내 비행기와 자동차, 엄지를 치켜든 손과 여자의 가슴 등이 추가로 달렸다. 이 밖에도 사람들은 벽에 여러 약속과 다짐, 욕설, 저주, 우스갯소리 등을 남겼다. 그러면서도 벽은 눈에 띄지 않게 아주 조금씩 꾸준히 자랐다. 벽은 사람들의 단단한 무관심과 조롱 속에서 옆으로 누워 크는 나무처럼 하루하루 성장했다. 그러자 마침내 이 기이한 현상을 눈치챈 사람들이 하나둘 생겨났다. 벽이 갈수록 길어지고 또 높아진다는 사실을 제일 먼저 알아차린 사람은 언제나 광장 주변을 어슬렁거리던 노숙자였다. 노숙자는 밤새 덮고 자던 신문을 잘 접어 늘 메고 다니던 배낭에 집어넣은 다음 아침식사 대신으로 간밤에 먹다 남은 소주를 병째 들이켰다. 그러고는 불콰한 눈으로 저멀리 떨어진 벽을 바라보다가 말했다. "어, 벽이 길어졌잖아." 하지만 노숙자의 이 놀라운 발견을 알아주는 사람은 아무도 없었다. 모두 노숙자를 피해 걸음을 옮겼으므로 그의 중요한 이 중얼거림은 누구에게도 가닿질 않았다. 노숙자 다음으로 벽이 자라고 있다는 사실을 깨달은 사람은 언제나 아침 일찍 광장에 나와 비둘기에게 모이를 던져주던 노인이었다. 노인은 시청에서 금지하고 있는데도 부득부득 비둘기에게 줄 모이를 들고 광장을 찾았다. 그날도 노인은 시청 단속반과 비둘기 모이를 두고 실랑이를 벌이는 중이었다. 노인은 단속반원들에게 왜 자신이 비둘기 모이를 줘야 하는지 열띠게 이야기하다가 광장이 미묘하게 달라졌다는 느낌을 받고 주위를 두리번거렸다. "여기 좀 뭔가 달라진 것 같지 않소?" 단속반원이 퉁명스럽게 말했다. "어르신, 말 돌리지 마시고요. 다시는 여기서 이러시면 안 됩니다. 얼른 나가십시오." 노인은 말꼬리를 흐렸다. "저 벽이 어제보다 좀더 커진 것 같은데." 단속반원은 노인이 가리키는 벽을 힐끔 쳐다보고 나서는 아무 말도 하지 않고 노인을 광장 밖으로 내보냈다.

"그때가 호시절이었지요. 지금보다 배는 장사가 잘됐으니까요. 벽을 구경하러 온 사람들로 언제나 가게에 사람들이 가득했습니다. 네, 맞아요. 여기 벽에 걸려 있는 벽 사진들도 모두 그때 찍은 것들이죠. 초창기부터 마지막 모습까지 벽의 거의 모든 모습을 볼 수 있습니다. 요즘은 이 벽 사진을 보러 오시는 손님들이 제법 있어요. 물론, 저도 벽 때문에 생겨난 여러 불미스러운 일들을 잘 알고 있습니다. 하지만 어쩔 수 없잖아요. 술집은 시끄러워야 장사가 잘되는 법이거든요." 벽과 관련된 모든 사건이 일단락된 후에 광장호프 주인이 뉴스 기자와의 인터뷰에서 한 이 발언은 두고두고 회자되었다. 대부분은 술집 주인의 무신경한 말을 질타했다. 벽과 관련되어 많은 분쟁이 있었고, 많은 이들이 다치기도 했기 때문이다. 하지만 몇몇 사람은 술집 주인이 인터뷰 말미에 덧붙인 "그것은 어쩌면 광장에 가득했던 소음을 먹고 자란 건지도 몰라요"라는 말에 동의를 표했고, 주인의 통찰력을 높이 평가하기도 했다. 또 몇몇은 술집 벽에 붙은 당시의 벽 사진을 보러 술집을 다녀갔다. 이런 여러 가지 이유로 광장호프는 지금도 성업중이다.

사실 벽이 있었을 때의 광장이 그나마 보기 좋았다고 말하는 사람도 꽤 있었다. 벽이 생기기 전에는 도시의 광장이 너무나 볼품없었기 때문이다. 시멘트를 발라 바닥을 그저 매끄럽게 만들어놓았을 뿐, 잔디밭은커녕 나무 한 그루 심어져 있지 않았다. 게다가 광장은 도로로 둘러싸여 있었다. 그러다보니 자동차가 내뿜는 배기가스와 소음 한가운데에 떠 있는 섬이나 마찬가지였다. 한낮에는 정오의 태양 아래 사막처럼 삭막하고 건조했고 밤이면 고원처럼 황량하고 차가웠다. 그럼에도 광장은 사람들이 모이는 장소로 애용되었다. 도시의 거의 한가운데에 광장이 있었으므로 어디에서 출발하든 비슷한 시간에 도착할 수 있었다. 사적인 만남을 약속하든 아니면 집회처럼 보다 공적인 이유로 모일 때든 광장은 여러모로 편리했다. 이 모든 약속의 기준에는 벽이 자리했다. 그 벽 앞에서 봐, 거기 광장에 있는 벽에서 오른쪽을 보면, 이번 집회는 광장 벽에서 오후 2시에 집결해서, 하는 식이었다. 특히 벽은 집회를 벌이기에 안성맞춤이었다. 서로 다른 의견을 내는 두 집회가 동시에 일어날 때마다 벽을 기준으로 양편으로 갈라서서 모였다. 벽은 '시위의 벽'이나 '만남의 벽' 등 여러 이름을 갖게 되었다. 그즈음은 거의 대부분의 사람이 눈에 띄게 벽이 길어지고 높아졌다는 사실을 알고 있었다. 처음보다 길이는 세 배쯤 더 길어지고 높이도 2미터는 간단히 넘어 보였다. 그럼에도 누구 하나 벽의 성장에 관심을 두지 않았다. 사람들은 벽이 나무처럼 자랄 수도 있다는 생각을 한 번도 해본 적이 없었다. 당연히 누군가 벽을 길고 높게 쌓아올렸으리라 생각했다. 사람들은 그 누군가가 시청이나 시청에 준하는 정부 기관일 거라 여겼다. 하지만 벽을 만든 누군가는 없으며, 벽을 만든 존재는 벽 자체라는 사실을 사람들이 알기까지는 그리 오랜 시간이 걸리지 않았다.

벽은 계속해서 무럭무럭 자라서 이제는 광장을 통행하는 데 불편을 느낄 정도가 되었다. 길이는 30미터는 족히 넘었고 높이도 3미터 가까이 되었다. 게다가 여러 사람이 낙서를 하는 바람에 벽은 굉장히 지저분해져 있었다. 심지어 누군가는 벽 아래에 몰래 쓰레기를 두고 가기도 했다. 결국 참다못한 몇몇 사람이 시청에 벽을 철거해줄 것을 요구하는 민원을 넣었다. 시청에서는 벽을 설치한 일이 없지만 철거는 해주겠노라고 답했다. 누가 광장 한복판에 벽을 쌓았느냐는 문제가 아직 남아 있었지만 원만히 철거만 된다면 그리 중요한 의문은 아니라고 사람들은 생각했다. 하지만 담당 공무원의 시원한 답변과 달리 한번 들어선 것을 없애는 일은 그리 간단한 문제가 아니었다.

광장을 산책하던 광장호프 주인은 어디에 투표할지를 두고 한동안 고심했다. 벽 앞에 설치된 설문조사판에서 조사원들은 벽을 철거할 것인지 존치할 것인지에 관해 여론조사를 하고 있었다. 조사원은 광장호프 주인에게 스티커를 건네며 말했다. "여기 이 스티커를 마음에 드시는 항목에 붙이시면 됩니다." 항목은 두 가지였다. 벽을 철거하는 데 찬성한다, 벽을 철거하는 데 반대한다. 광장호프 주인은 그때까지만 해도 벽이 있든 없든 자신의 매상에는 큰 영향이 없었으므로 제법 오래 망설인 끝에 철거를 반대한다는 쪽에 투표를 했다. 철거를 찬성하는 쪽에 비해 반대하는 쪽의 표가 현저히 적었기 때문이다. 광장호프 주인은 한평생 자신의 주장을 일관되게 펴기보다는 균형을 맞추는 일을 더 중시했다. '술값도 한 사람에게 다 몰리면 힘들지만 나눠서 똑같이 내면 아무도 부담을 느끼지 않는다'가 그의 지론이었다. 반면 높게 자란 벽 때문에 벽 너머가 잘 보이지 않게 된 거리의 화가는 철거 찬성 쪽에 투표를 했다. 벽은 그의 예민한 심미안으로 볼 때 흉물스러운 것이었다. 광장에서 기거하던 노숙자는 투표하는 대신 조사원에게 동전을 좀 적선해달라고 부탁했다. 조사원이 미소만 지을 뿐 아무 말도 하지 않자 노숙자는 설문조사판 주변을 어슬렁거리며 무언의 시위를 벌였다. 결국 조사원이 동전 몇 푼을 쥐여준 다음에야 노숙자는 물러났다. 노숙자는 감사의 뜻에서 떠나기 직전 벽을 철거하는 데 반대한다 쪽에 투표를 했다. 뚜렷한 이유가 있어서 철거를 반대한 것은 아니었다. 굳이 이유를 대자면 반대한다 쪽이 여백이 많아 스티커 붙일 공간이 넉넉했기 때문이다.

어처구니없게도 조사원들은 찬성과 반대로 나뉘어 스티커가 붙은 설문조사판을 그대로 두고 퇴근했다. 내일 아침까지 결과만 보고하면 되었다. 게다가 한밤중에라도 누구든 와서 자유롭게 투표하면 좋은 일 아니냐고 안이하게 생각했다. 문제는 설문조사판을 지키는 사람이 아무도 없었다는 점이다. 어렵사리 구한 동전을 모두 쥐여주고 광장호프 주인에게 술을 받아 광장을 돌아다니며 병째로 홀짝이던 노숙자는 무엇에 끌리듯이 벽으로 다가갔다. 술에 취해 불콰해진 그의 눈에 설문조사판이 보였다. 노숙자는 찬성 쪽에 붙인 스티커를 반대 쪽에, 반대 쪽에 붙은 스티커를 찬성 쪽에 옮겨 붙이며 욕을 내뱉었다. 술이 떨어질 때까지 스티커의 자리를 옮겨 붙이던 노숙자는 결국 마지막 한 모금을 마시고는 잠자리를 찾아 떠났다. 노숙자 외에 그날 하룻밤 동안 술에 취해 광장을 가로지르던 여덟 명의 사람이 설문조사판에 더 손을 대 한쪽에 몰아서 투표하거나, 한쪽 스티커를 떼어내버리거나, 한쪽에서 다른 쪽으로 스티커를 옮겨 붙였다. 다음날 아침 조사원들은 누군가가 스티커를 일일이 이어 붙여 설문조사판 항목 따위에는 아랑곳없이 거대한 하트 모양을 만든 걸 보고 망연자실할 수밖에 없었다. 조사원 중 한 명이 어이가 없다는 표정으로 비아냥거리듯 말했다.

"정말 아름다운 세상 아니에요?"

벽에 피가 스며든 것은 해가 점점 길어져 광장이 불에 달군 프라이팬처럼 변해가던 어느 날 오후의 일이었다. 그날은 광장에 대규모 집회가 예정되어 있었다. 집회 참가자들이 머리에 푸른 띠를 두르고 모여들자 집회에 반대하는 사람들 역시 머리에 붉은 띠를 두르고 모여들었다. 두 집단은 벽을 사이에 두고 자연스럽게 양편으로 나뉘었다. 경찰들은 광장을 빙 둘러싸고서 이들이 거리로 행진하지 못하도록 막아섰다. 거리의 화가는 광장에 깃발이 나부낄 때 이미 자리를 피해 어디론가 사라진 뒤였다. 노숙자 역시 모여드는 인파에 놀라 광장 인근 골목으로 숨어들었다. 광장호프 주인은 가게 안에 앉아서 집회를 구경하는 중이었다. 경우에 따라서는 집회를 끝낸 사람들이 몰려들어 장사가 잘될 수도 있었고, 운이 나쁘면 지난번처럼 날아오는 돌이나 최루탄에 맞아 가게 유리가 박살날 수도 있었다. 광장호프 주인이 하늘을 올려다보며 말했다. "비가 와야 할 텐데." 그러나 그의 바람과 달리 날씨는 화창하기만 했다. 벽 주위에 설치된 스피커가 웡웡거렸다. 집회를 주최한 사람들은 마이크를 점검하고, 참가한 사람들을 줄에 맞춰 질서 정연하게 앉히느라 바빴다.

"엄마, 사람들이 왜 저기 모여 있는 거야?" 길거리를 지나가던 아이가 광장을 가리키며 엄마에게 물었다. 엄마는 얼른 아이의 손을 잡아끌고 집회 현장에서 벗어나려고 발걸음을 빨리했다. "사람들 많은 데는 가지 말랬지. 잔말 말고 얼른 따라와." 아이는 엄마 손에 이끌려 가면서도 벽을 중심으로 양옆에 커다란 원을 만들며 모여 있는 사람들에게서 시선을 떼지 못했다. 그 순간 아이는 벽이 살짝 움직이는 것을 보았다. 동화책에서 본, 동굴 속에서 잠든 용이 슬쩍 몸을 뒤척이는 장면과 비슷했다. "엄마, 방금 저기, 저 벽이 움직였어." 물론 아이의 엄마는 이번에도 그 말을 믿지 않고 그저 발걸음만 재촉했다.

처음에는 집회가 시끄럽긴 해도 나름 질서를 지켜가며 진행되었다. 하지만 시간이 지날수록 서로의 목소리가 높아졌고, 무질서해지기 시작했다. 급기야 서로에게 욕을 해대며 시위는 과격해졌다. 집회 주동자가 흥분한 참가자들을 진정시키기 위해 사람들의 도움을 받아가며 벽 위로 올라갔다. 그러자 맞은편에서 집회를 벌이던 사람 하나도 벽 위로 올라섰다. 벽에 올라선 두 사람은 원래의 목적을 잊고 이내 서로를 향해 고함을 치며 언쟁을 벌였다.

광장을 둘러싼 경찰은 위험하니 어서 빨리 벽에서 내려오라는 경고 방송을 내보냈다. 그때 벽이 갑자기 1미터가량 빠르게 솟구쳤다. 이로 인해 벽 위에 위태롭게 서 있던 두 사람은 균형을 잡지 못하고 바닥으로 떨어졌다. 한 사람은 운이 나쁘게도 머리를 부딪혀 많은 피가 흘러나왔다. 다른 한 사람은 팔과 다리가 이상한 각도로 꺾여 있었다. 두 사람이 망가진 인형처럼 널브러져 있었건만 벽 주위에 모여 있던 사람들은 아무도 움직일 생각을 하지 못했다. 갑자기 땅바닥에서 높이 솟구쳐오른 벽을 보고 모두들 놀라서 일순간 광장은 침묵 속으로 가라앉았다. 심지어 광장을 둘러싸고 서 있던 경찰들마저 숨을 죽였다. 누군가 땅바닥을 가리키며 소리쳤다. "저기 좀 봐!" 부상당한 사람에게서 흘러나오던 피가 벽으로 빨려들어가고 있었다. 마치 벽이 거대한 스펀지가 된 듯했다. 그제야 정신을 차린 사람들이 부상당한 환자를 옮기기 위해 둘러업거나 길을 터주거나 하면서 광장이 부산스러워졌다. 남은 사람들은 벽에서 슬금슬금 뒷걸음질치기 시작했다. 그때 벽이 다시금 크게 진동하더니 무시무시한 소리가 흘러나왔다. 사람들은 이제 저마다 비명을 지르며 도망치기에 바빴다. 경찰 저지선은 금세 뚫려버렸다. 광장은 순식간에 버려진 피켓과 현수막과 머리띠와 깃발만이 나뒹군 채 텅 비었다. 사람들이 사라지고 나자 벽은 언제 그랬느냐는 듯이 시치미를 떼고 조용히 침묵했다.

“여기 광장에 군인들이 가득 들어차던 때부터 이 자리에서 줄곧 가게를 열었습니다. 무시무시한 시절이었지요. 혹시 그거 아십니까? 언제나 광장을 차지하는 사람들이 결국 이 도시를 차지합니다. 군인들이 물러가고 시민들이 광장을 메웠지요. 시간이 지나 뭉쳤던 시민들이 흩어지고 사라진 뒤에 그 벽이 들어선 겁니다. 다들 알겠지만 처음부터 벽이 크지는 않았어요. 그런데 아무리 생각해봐도, 음, 어쩌면 미친 생각인지도 모르지만, 저 벽을 키운 건 우리 자신들 같아요. 벽을 사이에 두고 요즘 얼마나 많은 시위가 벌어지고 싸움이 일어납니까? 그런 온갖 다툼이 벌어지고 나면 다음날 벽이 좀더 길어지고 높아진 걸 볼 수 있어요.” 광장호프 주인은 맞은편에 앉은 남자에게 호기롭게 말하며 혹시 다른 안주는 필요 없느냐고 물었다. 광장호프에 들러 주인의 장광설에 열심히 고개를 끄덕이던 남자는 벽에 관한 소문을 듣고 취재하러 온 기자였다. “근데 요즘 저 벽을 두고 말들이 많지 않나요?” 주인은 말도 말라는 표정으로 고개를 젓더니 그간의 이야기들을 기자에게 들려주었다. 시위를 하다가 갑자기 벽이 솟구치는 바람에 두 사람이 다친 이야기, 밤마다 벽에서 이상한 소리와 냄새가 나기 시작한 일 등등을 미주알고주알 이야기했다. 기자는 고개를 끄덕여가며 열심히 받아 적고, 맥주를 마셨다. 그때 다른 테이블에 앉아 있던 술에 취한 중년 남자가 큰 소리로 말했다. “저 벽을 키운 건 바로 내 오줌이라고! 날마다 난 여기서 술을 마시고 저 벽에 가서 오줌을 누거든. 소싯적에 내가 말이야, 얼마나 대단했냐면……" 기자는 잠시 중년 남자에게 눈길을 주었다가 이내 다시 호프집 주인에게 이것저것을 물었다. 그러자 자신이 무시당했다고 생각한 중년 남자가 주위 친구들의 제지에도 비틀거리며 일어서더니 기자와 호프집 주인에게로 다가와 시비를 걸었다. 서로 언성이 높아지고 실랑이가 벌어지자 급기야 경찰이 출동해서 모두를 진정시키려 했다. 하지만 분위기는 더욱 험악해질 따름이었다. 결국 중년 남자와 기자를 비롯한 몇 사람이 경찰서로 연행되어 조서를 쓰기에 이르렀다. 중년 남자는 경찰서에 가서야 겨우 진정을 하더니 잔뜩 위축되고 쪼그라든 목소리로 자신이 왜 그랬는지 모르겠다고 말했다. "원래 내가 큰소리치면서 사는 사람은 아니거든요. 굳이 따지자면 소시민입니다. 근데 어느 날 술에 취해 광장에 있는 벽에 오줌을 누고 나서는 신기하게 힘이 솟는 거예요. 그거 아세요? 이런 말 하면 부끄럽지만, 원래는 제가 발기부전을 앓았어요. 그런데 벽에 오줌을 누고 난 날, 내 그게 정말 오랜만에 꼿꼿이 서더라고요. 심지어 집에 도착할 때까지 그랬습니다. 덕분에 근 10년 만에 처음으로 마누라를 만족시켜줬지요. 정말입니다. 저 벽에는 뭔가 사람을 흥분시키는 게 있어요." 경찰이 한심하다는 듯이 쳐다보자 중년 남자는 목을 움츠리고는 죄송하다고 중얼거렸다. 기자와 중년 남자는 원만히 합의를 하고 헤어졌다.

다음날 기자의 기사로 인해 도시에서는 벽에 관해 모르는 사람이 없게 됐다. 특히 기자는 기사의 말미에 조금 주저하기는 했지만 자신이 경찰서에서 들은 놀라운 소식을 덧붙였다. "벽을 둘러싼 여러 소문 중에는 심지어 벽에 오줌을 누면 발기부전이 치료된다는 믿기 어려운 이야기도 있다. 더이상 이런 루머가 확산되지 않도록 벽에 관한 시 당국의 종합적인 대책 마련이 시급해 보인다." 이 기사를 쓴 기자는 다름 아닌 자신의 기사 때문에 더 루머가 확산되리란 사실을 잘 알았다. 하지만 기사 말미에 충분히 경고를 한 이상 자신의 책임은 없다고 여겼다. 기자의 기사가 신문 사회면에 조그맣게 실리고 나서 얼마 안 있어 경찰들은 밤마다 벽에 몰래 오줌을 누려는 남자들을 단속하느라 정신이 없게 되었다. 심지어 네댓 명의 남자가 동시에 일렬로 서서 오줌을 누는 풍경도 심심치 않게 볼 수 있었다. 그중에는 경찰이 끼어 있기도 했다. 다행히 벽은 이 노상 방뇨범들과 루머를 좋아하는 기자들을 위해 또 다른 놀라운 기삿거리를 만들어주었다.

벽은 녹슨 무기들을 내뱉기 시작했다. 처음 벽에서 나온 무기는 몇 세기 전에 전쟁에서 쓰인 것으로 추정된 칼이었다. 칼은 벽에서 나오자마자 바닥으로 곧장 떨어졌고 다행히도 그 아래로 지나가던 사람이 없어 광장 바닥에 부딪치면서 요란한 소리만 냈을 뿐 별다른 피해를 입히지 않았다. 하지만 갑자기 벽에서 칼이 떨어져 나온 것을 본 사람들은 모두 경악했다. 한번 벽에서 칼이 떨어져

나오자 기다렸다는 듯이 창이며 도끼, 활, 화살 등이 하나둘 쏟아져나왔다. 몇몇 사람들이 휴대전화로 이 신기하고 불쾌하며 위험한 현상을 사진으로 찍거나 동영상으로 촬영했다. 이내 다시금 경찰들이 광장 주위를 에워싸고 사람들의 접근을 막았다. 경찰의 저지선 바깥으로는 이 놀라운 현상을 보러 몰려든 구경꾼들이 장사진을 이루었다. 사람들은 마치 물결이 동심원을 그리듯이 벽에 동그란 파동이 일어나다가 갑자기 이런저런 무기가 불쑥 튀어나와 떨어지는 모습을 넋을 잃고 바라보았다. 벽에서 나오는 무기 중에는 수류탄처럼 언제 폭발할지 모를 위험한 것들도 섞여 있었다. 벽은 약 일주일간 무기를 내뱉고는 다시금 예전의 단단한 벽으로 돌아가 침묵을 지켰다. 경찰이 삼엄하게 광장 주변을 지키는 가운데 폭발물 처리반이 등장해 벽 아래에 뒹구는 폭탄을 해체했다. 그다음으로는 전쟁박물관 직원들이 나와 각종 무기들을 수거해 돌아갔다. 그동안 도시에는 벽을 추종하는 사람들이 하나둘 생겨났다. 그들은 벽을 신이 내려준 계시라고 생각했다. 그들은 벽에 이마를 대고 기도를 올리거나 입을 맞추었다. 그러다가 어떤 사람들은 벽에서 맥박과 비슷한 규칙적인 진동을 느끼기도 했다. 이들과 반대로 벽을 신성시하는 믿음은 이단이며, 저 벽은 악마가 도시에 그어놓은 선이라고 말하는 이들도 생겨났다. 그들은 일렬로 서서 벽 주위를 돌며 통성기도를 올리기도 했다. 광장호프 주인을 비롯해 인근 상인들이 소음으로 신고를 하자 역시 경찰이 출동해

이들을 제지하고 나섰다. 그러자 벽을 돌며 목청껏 기도를 올리던 한 남자가 말했다. "이거 왜 이래, 이래 봬도 기도로 예리코 벽도 무너뜨린 우리야."

사람들은 점점 자라나는 벽에 불안을 느꼈다. 시청에 민원이 폭주했고 무능한 정부를 비판하는 목소리가 커졌다. 시청에서는 자라나는 벽을 두고 회의를 벌였다. 회의는 십 분 만에 끝이 났다. 시장에게 중요한 골프 약속이 있었기 때문이다. 시장은 한마디로 회의를 종결시켰다. "밀어버려." 다음날 중장비 기사들은 불도저와 포클레인으로 벽을 무너뜨렸다. 트럭이 계속해서 부서진 벽의 잔해를 실어날랐다. 그즈음 진지하게 벽을 연구하기 시작한 학자들이 철거를 연기하라고 막아서고 시위를 벌였지만 간단하게 해산되고 말았다. 철거 작업이 끝날 무렵 매일같이 골프를 치던 시장이 겨우겨우 광장을 찾았다. 아직 잔해들과 중장비 일부가 남아서 좀 어수선했지만 높고 긴 벽을 답답해했던 사람들은 오랜만에 탁 트인 광장을 보고 기뻐했다. 시장이 다소 거드름을 피우며 말했다. "이것 봐. 간단하잖아." 그러나 다음날 아침 벽은 거짓말처럼 다시 솟아올라 멀쩡히 서 있었다. 아니 오히려 좀더 길어지고 높아졌다. 몇 번이나 중장비를 동원해 벽을 부쉈지만 다음날 보면 거짓말처럼 고스란히 그 자리에 계속 서 있었다. 벽이 광장 전체를 가로지를 지경이 되자 시에서는 더이상 자라지 못하도록 서

둘러 벽의 양끝에 차단벽을 세웠다. 하지만 벽은 차단벽을 뚫고서 계속 자랐다. 급기야 광장 밖으로까지 자라난 벽은 거침이 없었다. 도로를 가로지르고 건물을 뚫어가며 벽은 계속해서 길게 뻗어나갔다. 높이도 이제 5미터에 육박할 지경이었다. 사람들은 벽을 중심으로 도시가 점점 둘로 나뉘자 완전히 가로막히기 전에 어느 쪽으로 넘어가 사는 것이 더 이득인지를 놓고 따졌다. 벽을 기준으로 북쪽에는 기차역과 대형 병원이 있었다. 반면 벽 남쪽에는 고속버스 터미널과 백화점이 있었다. 벽 양쪽으로 이사를 오고가는 일이 많아졌다. 덩달아 땅값도 들썩거렸다. 출퇴근을 걱정하는 사람들도 생겨났다. 시청에서는 벽 밑으로 구멍을 내어 양쪽으로 이동할 수 있도록 했다. 사람들은 그 구멍을 쥐구멍이라 불렀다. 하지만 그것도 별반 도움이 되지 않았다. 며칠이 지나면 쥐구멍도 여지없이 막혔다. 자신이 벽을 통과할 수 있다고 주장하는 사람들이 생겨난 것도 그즈음이었다.

"과학자들도 그다지 큰 도움이 되지 못했죠. 저는 벽을 조사하러 온 과학자들의 얼굴을 보고 금세 그 사실을 알 수 있었어요. 오랫동안 거리에서 다른 사람들의 얼굴을 그려주다보니 눈썰미 같은 게 생겼거든요. 사실 저는 벽을 그리 좋아하지 않습니다. 어떤 표정인지 알 수가 없으니까요. 도시의 모든 벽이 사라졌으면 좋겠어요. 그러면 우리는 모두 하나가 될 겁니다." 기자는 거리의 화가에게 다시 물었다. "세상의 모든 벽이 사라지면 불편한 점도 있지 않을까요? 개인의 자유랄까, 소소한 행복이나 비밀 같은 것도 함께 사라져버릴 것 같은데요." 그러자 거리의 화가는 그런 것쯤은 이미 생각해보았다는 듯 거침없이 답했다. "괜찮습니다. 텐트를 치면 되니까요."

과학자들은 벽이 자라나는 방향과 속도를 계산하기 시작했다. 아울러 아무리 보아도 벽으로밖에 보이지 않는 이 존재가 어디에서 온 것인지 연구했다. 여러 가설들이 세워지고 부정당해서 무너졌다. 가설들 중에는 벽이 어쩌면 무생물인 척하는 신종 생물인지도 모른다는 의견도 있었다. 하지만 중장비를 동원해서 벽을 무너뜨렸을 때 어떤 생물적인 기관이나 그 흔적도 발견되지 않았다는 것이 문제였다. 어쩌면 벽으로 보이는 이것이 차원과 차원의 경계가 물질화된 것인지도 모른다는 가설도 세워졌다. 그렇다면 먼젓번에 벽에서 이런저런 녹슨 무기들이 떨어져나온 현상도 설명될 수 있었다. 하지만 이 가설로도 어디서 그 무기들이 왔고 어떤 힘으로 벽이 계속 자라나는지는 설명할 수 없었다. 그런데 이 가설은 어느 날 벽 아래에서 웅크린 채 잠들어 있는 남자가 발견되고 나서 더욱더 많은 지지를 얻게 되었다.

벽 밑에서 남자를 발견한 것은 노숙자였다. 정부에서는 곳곳에 보초를 세워두고 벽에 접근하지 못하도록 통제하고 있었지만 그즈음 벽은 길어질 대로 길어져서 사실상 누구나 마음만 먹으면 가까이 갈 수 있었다. 노숙자는 술병을 든 채로 벽을 따라 죽 걸어갔다. 그러면서 간간이 벽을 두드려보고 벽에다 침을 뱉었다가 이마를 벽에 대고 무슨 말인가를 중얼거리기도 했다. 노숙자가 문제의 남자를 발견한 것은 벽에다 오줌을 시원하게 갈기고 바지춤을 대충 정리하고 나서 돌아섰을 때였다. 방금 전, 그러니까 벽을 마주 보고 오줌을 쌀 때까지는 보이지 않았던 웬 남자가 저만치 벽 밑에 누워 있는 게 보였다. 노숙자는 누워 있는 남자 역시 자신과 마찬가지 부류일 거라고 여기며 다가갔다. 남자의 옷차림이 아직 깨끗한 것으로 보아 좋은 물주이거나 최소한 괜찮은 동지쯤은 될 듯했다. 그러나 가까이 다가간 노숙자는 이내 실망하고 말았다. 누워 있는 남자가 외국인이었던 것이다. 노숙자는 말이 통할까 걱정하면서도 발로 남자의 다리를 툭툭 쳤다. 하지만 남자가 일어날 기미를 보이지 않자 쭈그리고 앉아서 남자를 흔들어 깨웠다. 그러면서 한편으로 자신이 혹시 범죄 현장에 끼어든 것은 아닌지, 이 사람이 이미 죽은 것은 아닌지 걱정했다. 다행히도 남자는 눈을 뜨더니 영문을 모르겠다는 얼굴로 주위를 두리번거렸다. 노숙자는 남자의 푸른 눈을 보고 동전 남은 게 있느냐고 물었다. 남자는 노숙자가 태어나서 그때까지 한 번도 들어본 적이 없는 언어로 대답했다.

경찰 조사에서 남자는 몇 년 전 웨스트뱅크 장벽을 넘다가 떨어져서 죽은 아랍인으로 밝혀졌다. 이미 죽어서 수천 킬로미터 밖에 무덤까지 있는 사람이 어떻게 이 도시의 벽 밑에서 발견되다못해 되살아난 것인지는 어느 누구도 설명할 수 없었다. 아랍 남자를 시작으로 벽 밑에서는 다양한 인종과 국적의 사람들이 연이어 나타났다. 미국과 멕시코 사이 국경선을 넘다가 사고를 당해 아무도 모르게 쓸쓸히 죽어간 멕시코인, 2차세계대전 때 아우슈비츠의 전기 철조망을 넘다가 감전사한 유대인도 있었다. 하필이면 유대인은 분리 장벽에서 시위를 벌이다 총에 맞아 죽은 팔레스타인 사람과 같은 곳에서 깨어났고, 얼마 안 가 두 사람은 싸우기 시작했다. 이들의 주먹다짐은 경찰이 뜯어말려서야 겨우 끝이 났다. 이제 경찰은 벽에 접근하는 사람들을 막으면서 동시에 벽 밑에서 발견되는 사람들도 수습해야 할 지경이었다. 결국 벽을 마주보고 선 또다른 긴 장벽이 양옆에 설치되고 감시 카메라가 곳곳에 달렸다. 정부에서는 벽 아래에서 잠든 채 발견된 사람들을 서둘러 국외로 모두 추방시켰다.

그즈음 도시에는 난청 환자들이 조금씩 늘어나기 시작했다. 사람들은 서로의 얘기를 듣지 않거나 아니면 자신의 말만 해댔다. 뉴스에서는 너무 어렸을 때부터 음악을 크게 듣거나 게임에 빠지는 것이 원인이라는 식으로 말했다. 하지만 몇몇 사람은 뉴스 기사를 믿지 않았다. 대신 의심의 눈초리로 벽을 바라봤다.

벽과 그 벽을 양쪽으로 막아선 또다른 긴 벽은 도시에 거대한 회랑을 만들어놓았다. 벽이 계속 길어졌으므로 벽을 관리하고 막아서기 위해 세운 벽도 같이 길어질 수밖에 없었다. 그 결과 도시는 거의 파산 직전까지 몰렸다. 어디에서나 다툼이 있었고, 소요가 생겨났다. 정치인들은 답답하게 들어선 벽만큼이나 무능했다. 세계 각국에서 조사단이 파견되었으나 그 누구도 벽에 대해서 명쾌한 설명을 내놓지 못했다. 그러나 모두가 벽을 불편하고 불길하게 바라본 것은 아니었다. 약삭빠르고 재치 있는 몇몇은 벽을 관광상품화했다. 높은 전망대에서 벽을 구경할 수 있게 했고, 긴 벽을 따라 만들었던 차단벽도 모두 유리로 바꾸었다. 사람들은 벽에서 빼낸 벽돌이나 일부 골재를 가공해서 기념품을 만들어 팔았고 심지어 그중 일부는 기적의 돌로 둔갑되기도 했다. 벽 때문에 파산 직전에 몰렸던 도시는 벽을 구경하러 오는 관광객들로 인해 다시 호황을 누렸다. 이제 사람들의 관심은 모두 다음의 질문에 집중되었다. 벽이 어디까지 길어지고 높아질 것인가, 그리고 벽이 언제까지 같은 자리에 계속 서 있을 것인가. 벽과 관련한 관광객들의 소비가 시의 재정수입에서 상당 부분을 차지하게 되자 벽을 부숴버리자는 주장은 더이상 나오지 않았다.

“사람들의 관심은 그리 오래가지 않는 법이야. 기껏해야 다시 뒤돌아서서 발걸음을 옮기기 직전까지 짧은 몇 초가 관심이 존재하는 시간이지. 동전을 몇 푼 던져줄 때까지는 나를 바라보지만 뒤돌아서는 순간 나 같은 건 금세 잊어먹거든. 사람들이 길게, 거의 평생 동안 관심을 갖는 일은 오직 돈벌이뿐이야. 벽에 대해서도 마찬가지야. 사람들은 벽으로 어떻게 돈을 벌 수 있을지, 거기에만 계속 관심을 두었지. 우리가 정작 관심을 뒀어야 하는 부분은 따로 있었는데 말이야. 난 밤이면 몰래 벽을 따라 나란히 걸어다녔어. 아주 오랫동안 말이야. 그래서 난 벽이 원하는 걸 느낄 수 있었다고." 노숙자는 벽이 원하는 게 무엇이었냐는 기자의 물음에 빙그레 웃기만 했다. 그러고는 술이나 담배가 더 없느냐고 물었다.

벽의 마지막 모습을 본 사람들은 정말 많았는데 그중에는 처음 벽에서 알 수 없는 묘한 냄새를 맡았던 아이도 끼어 있었다. 그날도 아이는 엄마의 손을 붙잡고 광장을 지나는 중이었다. 아이는 가다 말고 우뚝 서더니 유리벽 너머로 보이는 긴 벽을 손가락으로 가리키며 엄마에게 말했다. "엄마, 저기 벽에 다리가 달렸어." 아이의 엄마는 인상을 찌푸렸다. 아이의 말소리가 잘 들리지 않아서였다. 며칠 전부터 그녀 역시 다른 도시 사람들과 마찬가지로 병원에 다니며 난청 치료를 받는 중이었다. "뭐라고 하는 거니? 어서 가야지. 늦겠다." 그녀는 다시금 아이를 잡아끌며 걸음을 서둘렀다. 그때 고층 건물이 무너져내리는 듯한 요란한 굉음이 들렸다. 난청 환자인 아이의 엄마로서도 듣지 못하려야 못할 수 없을 정도로 큰 소리였다. 행인들은 귀를 틀어막은 채 소리가 들려온 유리벽 너머의 벽을 바라보았다. 아이의 말대로 벽 밑부분에 거대하고 단단해 보이는, 다리라 부를 만한 것들이 수없이 달려 있었다. 벽은 마치 콘크리트로 만든 거대한 지네처럼 보였다. 그동안 땅속에 박혀 있다가 마침내 일어선 벽은 처음에는 천천히 기어가기 시작했다. 자동차며 건물이며 벽의 앞부분에 부딪히는 모든 것들이 부서져나갔다. 벽은 점점 더 속력을 높였다. 갑자기 빠른 속도로 기어가는 벽을 피하다가 차들이 연쇄 충돌을 일으켰다. 버스가 뒤집어지고 소화전이 부서지면서 물줄기가 솟아오르고 터진 가스관에 불이 붙어 거대한 폭발과 함께 불길이 치솟았다. 행인들은 기어가는 거대한 벽을 피해 비명을 지르며 사방으로 달아났다. 경찰 헬리콥터가 날아와 벽 주위를 맴돌았지만 할 수 있는 건 아무것도 없었다. 다행히 벽은 도시를 관통하며 흐르는 강으로 방향을 틀더니 이내 강물 속으로 빠졌다. 하지만 워낙에 벽이 거대했던 탓에 물 밖으로도 벽의 윗부분이 계속해서 보였다. 벽은 강줄기를 따라 빠른 속도로 바다 쪽으로 이동해갔다. 그러고는 거대한 물살을 일으켜 항구에 정박해 있던 여러 척의 배를 뒤집어서 침몰시키는 것을 끝으로 영영 자취를 감추었다. 벽이 바다로 달아나고 남은 자리에는 다리를 빼내느라 생긴 여러 개의 거대한 구멍만이 길게 일렬로 늘어서 있었다.

"우리가 이 일로 뭔가 교훈을 얻었는지는 잘 모르겠어요. 한동안 우리 삶이 엉망진창이 된 것만은 확실하죠. 그 벽이 어디서 왔고, 누가 세운 것인지는 모르겠지만 두 번 다시 보고 싶지 않다는 것만은 분명해요. 하지만 이상하게 지금도 어딘가에서 벽이 불쑥 솟아오를 것만 같아요. 뭐라고 하셨죠? 네, 여전히 귀는 잘 들리지 않아요. 마치 거대한 장벽에 대고 소리치는 것 같은 기분이네요. 얘야, 잠자코 좀 있어." 기자는 더이상 인터뷰를 진행하기 어렵다고 생각했다. 그때 광장에서 비둘기들에게 모이를 뿌려주고 있던 노인이 다가왔다. 노인은 엄마 옆에 얌전히 앉아 있는 아이에게 눈인사를 건네고는 기자에게 말했다. "아마 그 벽은 어딘가에서 또 생겨날 거요. 사람들이 터를 잡으면 제일 먼저 하는 일이 벽을 올리는 거거든." 아이는 광장 한가운데에 모여 노인이 뿌려준 모이를 먹고 있던 비둘기떼를 바라보다가 손가락으로 어느 한 곳을 가리켰다. "엄마, 저기 저거." 하지만 기자도 아이 엄마도 심지어 노인까지도 아이의 말에 귀를 기울이지 않았다. 그동안 비둘기가 모여 있던 자리에 균열이 생기더니 하얀 연기가 피어오르기 시작했다.

무정란 도시

여자는 남자를 미워했다. 그러므로 여자는 아직까지 남자를 사랑한다고 말할 수 있었다. 비록 남자가 잠복고환에 앵무새에게 계속 치킨 조각을 먹이려 든다 해도. 남자와 여자 사이에는 그 밖에도 여러 문제가 있었다. 말하자면 사소하고, 말하지 않고 덮어두기에는 불길한 그런 문제들이었다. 여자는 남자를 믿을 수가 없었고, 남자는 여자를 이해할 수가 없었다. 믿기 어렵고 이해할 수 없는 일은 그들을 둘러싼 도시에서도 자주 일어났다. 발작을 일으키는 섬망증 환자처럼 도시에서는 가끔씩 큰 사건이 터지기도 했다. 근래에는 누군가 건물 옥상에서 행인들을 향해 둥글고 단단한 돌을 던졌다. 돌에 맞아 두 사람이 죽고 여러 명이 부상당했다. 사람들 사이에서 돌을 던지는 범인이 전시대의 전쟁에서 살아남은 상이군인이란 소문이 떠돌았지만 진위를 알 수는 없었다. 유서를 품에 지니거나 보험에 가입한 사람들을 제외하고는 대부분의 행인들이 자주 하늘을 올려다보게 되었다. 그중 몇몇은 오랫동안 하늘을 올려다본 탓에 목의 통증을 호소했다. 또 몇몇은 눈부신 햇빛 때문에 살짝 눈물을 흘리기도 했다. 그리고 그중에서 또 몇몇은 하늘을 쳐다보다가 그대로 상공으로 빨려올라가 구름 너머로 사라졌다. 사람들은 순식간에 벌어지는 이 일을 '승천'이라 불렀다. 승천은 도시 곳곳에서 산발적으로 일어났다. 이외에도 몇 차례 수상쩍은 사건들이 벌어졌다. 하지만 도시는 누군가의 지적대로 홰에 앉아서 꾸벅꾸벅 조는 병든 닭처럼 알 수 없는 무력감에 빠져 있었다. 사람들은 닭의 목을 내리치는 칼날처럼 이 모든 것을 한 방에 끝내줄 누군가를 기다렸다. 그러면서도 도시의 일상은 큰 변화 없이 하루하루 비교적 순조롭게 흘러갔다. 도시의 상공에는 여전히 방공 기구들이 떠다녔고, 버려진 방공호에서는 풀이 자랐으며, 방공포 주변도 풀밭이 되긴 마찬가지였으나 간혹 그곳에 병사들의 그림자가 어른거릴 때도 있었다. 그런 말을 들을 때마다 남자는 상대를 비웃었다. 그러고는 집으로 돌아와 앵무새에게 치킨 조각을 들이밀었다.

"그만 좀 하지?"

남자는 여자의 말에 아무런 대꾸도 하지 않았다. 대신 새장 속에 들이민 손을 계속 앵무새 부리 끝에 가까이 대었다. 남자의 손에는 오늘도 잘게 찢긴 치킨 조각이 들려 있었다. 앵무새는 불편한 듯이 남자의 손을 피해 새장 여기저기를 날아다니다가 이제는 새장 구석에 거꾸로 매달린 채 날개 사이에 부리를 묻었다.

"그만 좀 하라고!"

남자는 슬그머니 새장에서 팔을 빼내더니 아쉬운 듯이 입맛을 다셨다. 그러고는 오랫동안 손에 들려 납작해진 치킨 조각을 날름 입에다 넣었다. 식탁에 앉은 여자는 그런 남자가 툴툴거리며 돌아와 앉을 때까지 계속해서 쏘아보았다. 남자는 여자가 그러거나 말거나 치킨이 담긴 상자에서 날개를 꺼내 깨끗하게 발라먹기 시작했다. 참지 못한 여자가 결국 부리로 쪼아대듯이 남자에게 말했다.

"당신이라면 인육을 맛있다고 먹겠어?"

"이건 앵무새 고기가 아니잖아. 닭이라고. 엄연히 종이 다른데."

"다르긴 뭐가 달라. 똑같아."

"아니, 달라. 게다가 여기에서 살아가려면 사람이든 짐승이든 새를 먹을 줄 알아야 한다고."

남자는 입을 다물고는 말끔히 닭뼈를 발라내는 일에만 몰두했다. 여자는 속에서 욕지기와 함께 메스꺼움이 올라오는 걸 느꼈다. 결국 여자는 참지 못하고 자리에서 일어나 화장실로 향했다.

여자가 변기에다 토하고 물을 내리는 동안 남자는 치킨의 남은 날개 한 조각을 마저 깨끗이 발라먹었다. 그러고는 신기한 듯이 뼈를 만지작거리며 요모조모 살폈다.

그들의 도시는 지금으로부터 100년 전, 대륙의 유명한 풍수지리학자가 봉황이 알을 품은 형상이라 칭송했던 땅에 들어서 있었다. 봉황 운운해서인지는 모르겠지만 예전부터 이 지역은 각종 새들의 아름다운 노랫소리를 들을 수 있는 곳으로 유명했다. 한때 이 도시에는 전 세계의 진귀한 새들이 모두 모여들었다. 새들을 따라 새를 팔려는 사람, 새를 사려는 사람, 새 모이를 만드는 사람, 새장을 만드는 사람, 새를 조련하는 사람, 새점을 치는 사람, 새의 깃털과 부리를 다듬는 사람, 새를 박제하는 사람 등등이 몰려들었다. 그후 도시는 더 큰 번영을 위한 전쟁에 휘말렸고 그 결과 퇴락하고 말았다. 사라진 병사들의 뒤를 따라 대륙을 휩쓸던 조류독감이 마지막으로 도시에 진군하자 텅 빈 새장 바닥에 쌓인 깃털처럼 도시의 영광은 몇몇 조형물만 남긴 채 허망하게 사라져버렸다. 도시는 곧 여러 사람들의 기억 속에서 잊혔다. 오직 이 도시에 사는 사람들만이 도시를 기억했다. 도시는 알코올중독자 같은 행색으로 변해갔고, 도시에 사는 사람들 중 일부는 도시를 따라 실제로 알코올중독자의 길을 걸었다. 새장이 비고, 새는 날아갔지만 다행히도 새롭게 닭 가공 공장이 들어서서 가동되는 중이었다. 덕분에 많은 도시인들이 실업자 신세를 면했다. 수없이 들어선 닭 가공 공장은 도시의 상징이자 이곳의 마지막 자존심이 되었다. 남자와 여자도 여느 사람들과 다름없이 닭 가공 공장에서 일했다. 남자는 닭털 뽑는 기계에서 꺼낸 닭을 손질했고, 여자는 식재료로 변한 닭을 스티로폼에 담고 그 위에 랩을 씌우는 일을 했다. 닭 가공 공장에서는 언제나 닭냄새가 났다. 그것은 공장에서 일하는 그들에게서도 마찬가지였다. 남자와 여자는 자신의 몸에 밴 닭냄새와 피냄새로 항상 만성 두통에 시달렸다.

밤이 되어 근로자들이 모두 집으로 돌아가고 전기 스위치마저 내려지면 어두워진 공장 곳곳에서 닭의 울음소리와 날갯짓 소리가 들렸다. 그때마다 공장은 자신의 몸에 박혀 있는 둥근 칼날이 미세하게 떨리는 것을 느꼈다. 공장은 재개발을 알리는 표지판의 가호 아래, 자신의 몸을 허물어뜨려 저 평평하고 안락한 수평의 세계로 되돌아가는 꿈을 자주 꾸었다. 하지만 아침이 오고 노인이 전원 스위치를 올리면 공장은 다시 컨베이어 벨트를 움직이고 둥근 칼날을 회전시켜가며 그날 치 닭의 목을 열심히 따고, 피를 빼내고, 깃털을 뽑고, 내장을 들어내고, 닭을 토막 냈다. 노인은 공장 문을 열고 기계의 가동 준비를 마친 다음 다른 근로자들이 모두 출근할 때까지 정문 앞에 놓인 의자에 앉아서 찬송가 책을 펼쳐놓고 불경을 흥얼거렸다. 출근하는 공장 근로자들은 노인을 보고도 모른 체하고 그냥 지나쳤다. 노인 역시 딱히 알은척을 하지 않았다. 오직 여자만이 노인에게 인사를 했고, 오직 여자에게만 노인은 웃는 얼굴로 고개를 끄덕여주었다. 그러는 동안 남자는 노인과 여자를 못 본 척 서둘러 정문을 통과하곤 했다.

직원들이 모두 출근하면 노인은 엉덩이를 탁탁 털며 일어난 뒤, 소리 나게 트림을 한 번 하고, 기지개를 켠 다음, 공장 안으로 터덕터덕 발걸음을 옮겼다. 공장으로 들어선 노인은 컨베이어 벨트 앞에 서서 자신의 이마쯤 되는 곳에 매달려 있는 갈고리에다가 그날의 첫번째 닭을 거꾸로 집어들어 두 다리를 건 다음 가슴에 성호를 그었다. 그때마다 닭의 요란한 날갯짓에 닭털이 천사의 깃털처럼 사방으로 휘날렸다.

“어렸을 때 별명이 통닭이었어.”

여자는 새장 속에 집어넣은 검지를 까딱거리며 말했다. 홰에 얌전히 앉아 있던 앵무새는 움직이는 여자 손가락을 따라 고개를 아래위로 갸웃거렸다. 그러다가 이내 바닥에 내려앉더니 폴짝폴짝 뛰어서 여자에게 가까이 다가와서는 부리로 여자의 손가락을 가볍게 물었다. 여자와 앵무새는 마치 줄다리기를 하듯이 밀고 당기며 놀기 시작했다. 남자는 새의 깃털이 줄줄이 달려 있는 커튼 앞에 서서 오늘 주운 또다른 깃털에 접착제를 바르며 말했다.

"그래서 닭을 싫어하는 거야?"

"닭 싫어하지 않아. 삼계탕 좋아하는데."

"난 삼계탕이 싫어. 치킨은 좋아하지만."

여자는 고개를 돌려 커튼 앞에서 깃털을 들고서 고심하는 남자의 뒷모습을 바라보았다. 처음 저 창가에 커튼을 달던 날이 떠올랐다. 그때 남자는 여자가 사온 커튼이 너무 두껍고 어둡다며 투덜거렸다. 남자는 가볍고 하얀 안개 같은 커튼을 달고 싶었다. 여자는 고개를 저으며 말했다. "바깥에서 안이 들여다보이는 건 싫어." 그러던 어느 날 남자는 어디서 났는지 깃털 하나를 커튼에 붙이며 말했다. "커튼이 좀 가벼워진 것 같지 않아?" 그간 여자 역시 커튼이 너무 검다고 생각했으므로 아무 말도 하지 않았다. 다음 날 남자는 깃털 하나를 더 붙였다. 그때가 여자에게 주어진 마지막 기회였다. 하지만 여자는 또 아무 말도 하지 않았다. 그때부터 커튼에는 각양각색의 깃털이 주렁주렁 달리기 시작했다. 어느 날 밤, 그날따라 한밤중에 잠에서 깬 여자는 날갯짓 소리를 들었다. 바람이 불어오는 소리와 커튼이 펄럭이는 소리도 함께 들려왔다. 여자는 창문을 닫아야 한다고 생각했지만 아직 잠에서 덜 깬 흐릿한 의식이 몸을 붙들었다. 여자는 알을 품듯이 웅크리고는 다시 잠을 청했다. 어머니의 자장가 소리가 들려왔다. 여자의 어머니는 밤마다 여자의 팔과 다리를 어루만지며 자장가를 불러주었다. 여자는 어머니의 자장가보다는 달짝지근한 숨소리에 취해 잠이 들곤 했다. 자장가는 조금씩 달라졌지만 여자가 잠결에 마지막으로 듣는 말은 언제나 똑같았다. "이 모든 게 네 탓이다. 아이야, 울어 보렴." 그러면 여자는 혼몽해진 머리로 우는 아이의 모습을 떠올리며 잠이 들곤 했다. 자장가는 늘 여자의 어머니 몫이었다. 사실 모든 것이 여자의 어머니 몫이었다. 여자는 자신의 아버지를 한 번도 본 적이 없었다. 여자는 자신의 어머니조차도 과연 아버지를 실제로 본 적이 있었을지 의심스러웠다. 여자의 어머니는 웃으며 고개를 끄덕거린 뒤 말했다. "이제 네게 진실을 말할 때가 됐구나. 사실 너희 아버지는 하늘에서 내려온 금빛 닭이란다." 여자는 뜯고 있던 닭다리를 손에 쥔 채 멍하니 어머니의 얼굴을 올려다보았다. 며칠 뒤 여자의 어머니는 종적도 없이 사라졌다. 여자는 어쩌면 자신의 어머니가 이 도시에서 승천한 첫번째 사람인지도 모른다고 생각했다. 여자는 종종 빠른 속도로 하늘 위로 빨려올라가는 어머니의 모습을 떠올렸다. 왠지 어머니가 마지막 순간에 미소를 지었을 것만 같았다. 여자는 그 모습이 무척이나 교활해 보인다고 생각했다.

"오랜만에 해변으로 놀러갈까?"

두어 걸음 떨어져서 한동안 자신의 작품을 감상하고 있던 남자가 뒤돌아서며 여자에게 물었다. 남자는 깃털을 더 주우러 가고 싶었던 것이다. 여자는 남자를 향해 고개를 끄덕였다. 여자 역시 남자에게 할말이 있었다. 그러므로 남녀의 해변행은 항상 의견 충돌을 일으켰던 근래의 일들과 다르게 금세 결정되었다.

해변에서는 언제나 이름도 알 수 없는 여러 새의 깃털이 파도에 밀려왔다. 남자처럼 깃털을 주우러 어슬렁거리는 사람이 두어 명 더 있었다. 저 멀리에서는 아이 서너 명이 뛰어놀았다. 하루종일 닭을 포장하느라 피곤했던 여자는 가끔씩 두 눈을 비벼가며 바다를 바라보았다. 해변에서 얼마 떨어지지 않은 곳에 해상 벙커들이 수평선을 바라보며 띄엄띄엄 자리해 있었다. 네 개의 굵은 콘크리트 기둥이 정사각형 벙커를 떠받치고 있었는데, 일렬로 죽 늘어선 모습이 멀리서 보면 꽤나 볼만했지만 가까이에서 보면 안쓰러움을 자아냈다. 콘크리트 기둥 밑동에는 녹조류가 가득 달라붙어 있었고, 벙커에 오르기 위해 기둥에 박아놓은 철제 사다리는 녹슬어 있었다. 군데군데 콘크리트가 떨어져나가고 커다란 구멍이 뚫려 있기도 했다. 전시대에 있었던 거대한 전쟁에서 해상 벙커는 아무짝에도 쓸모가 없었다. 적은 해상 벙커를 간단히 우회해서 어느 날 문득 동네 어귀에 들어선 귀향병처럼 어스름한 새벽에 도시로 몰려들었다. 이틀간 도시를 점령한 적은 두 달 치의 식량과 물자를 가지고서 북쪽 산맥을 향해 떠났다. 그후 전쟁의 향방이 어찌되었는지는 아무도 몰랐다. 몇 년 전까지만 해도 해상 벙커에서 근무를 서는 병사들이 있었다고는 하지만 남자와 여자가 실제로 그들을 만난 적은 한 번도 없었다.

남자는 여자에게서 점점 멀어지며 깃털을 줍느라 여념이 없었다. 여자는 그런 남자를 말없이 바라보았다. 여자의 눈에 간간이 수평선을 바라보는 몇몇 사람들과 소리를 지르며 뛰어놀고 있는 아이들이 함께 보였다. 그중 한 아이의 손에 닭이 들려 있었다. 아이에게 모가지가 붙잡힌 닭은 거칠게 날갯짓을 하며 몸을 비틀어댔다. 몸부림치는 닭은 아이들에게 꽤나 큰 즐거움을 주었지만 오래가지는 못했다. 이내 숨이 끊어진 닭이 아이의 손에 들린 채로 축 늘어졌다. 아이는 닭의 목을 여러 차례 흔들어보았지만 닭은 꿈쩍도 하지 않았다. 몇몇 아이들이 닭의 여기저기를 찔러보고 날개를 들어올리기도 했다. 결국 흥미를 잃은 아이들은 닭을 바다에 던져버리고는 물장난을 하기 시작했다. 그때 저 멀리서 거대한 물레바퀴 같은 것이 불쑥 떠오르더니 해변으로 점점 다가왔다. 오래전 바닷속에 던져졌다가 그대로 버려진 판잰드럼이었다.

공장은 육중한 몸으로도 재게 움직였다. 공장 여기저기 지정된 곳에 자리를 잡고 기계처럼 서 있던 근로자들 역시 바쁘게 손을 놀렸다. 근로자들의 뼈가 일정한 각도로 움직이고 근육이 수축과 이완을 반복하는 동안 닭의 뼈가 잘리고 근육이 끊어져나갔다. 공장은 그러한 모든 공정이 언제나 놀라웠다. 여기저기 돌아다니며 부리로 쪼아대고 깃털을 날리며 날갯짓하던 하나하나의 생명체가 일정한 틀에 맞춰 찍어낸 벽돌처럼 모두 똑같은 모습을 한 채 비닐 포장재 안에 담겨 말쑥하고 과묵한 모습으로 맨살을 드러냈다. 닭이 살아 있었다는 흔적은 공장 바닥 여기저기에 흩어져 있는 닭의 머리와 피, 내장 일부가 전부였다. 근로자들은 점심식사 전과 저녁 퇴근 전에 각각 한 차례씩 고무호스로 물을 뿌리고 바닥을 박박 문질러가며 그나마 남아 있던 닭의 생전 흔적들을 하수구로 쓸어 보냈다. 그때마다 노인은 찬송가 책을 펼쳐 들고 불경을 흥얼거렸다. 바야흐로 화창한 봄이었고, 햇살은 따뜻하고 포근했다. 고양이 몇 마리가 공장 마당을 어슬렁거렸고, 쉬는 시간이 되자 근로자들은 삼삼오오 모여 담배를 피우거나 수다를 떨었다. 그들 중에는 노인과 여자도 섞여 있었다. 노인은 여자에게 이 도시의 유래와 전설, 그리고 자신들의 선조에 대해 이야기했다. "그러니까, 우리들의 조상은 모두 반인반조였지. 그러다가 이 땅에 정착하고 나서 날개를 버리고 두 팔을 얻은 거야. 날개를 버린 대가는 혹독했어. 전쟁이 언제 일어났느냐면 말이다……" 여자는 균열을 일으킨 시멘트 바닥 사이에 핀 가녀린 들꽃 하나를 꺾었다. 노란 꽃은 너무나 작고 연약해 보였다. 여자는 꽃잎을 하나하나 떼어 바람에 날리며 노인의 말을 계속 경청했다. 노인의 이야기는 자장가처럼 끊어질 듯 이어지며 단조롭게 들려왔다. 트럭에서 철장째 내려지다가 탈출한 닭 한 마리가 공장 마당으로 뛰어들었다. 모여 있던 사람들은 마당에 들어서긴 했으나 갈피를 잡지 못해 이리저리 바쁘게 돌아다니는 닭을 바라보며 일제히 웃음을 터뜨렸다. 어디선가 바람을 타고 꽃씨가 날아왔다. 벌 한 마리가 여자의 귀 주위를 붕붕거리며 맴돌다가 멀리 날아갔다. "그러니까 전쟁이 끝나자 우리는 더이상 할 게 없어진 거야……" 노인의 이야기는 계속됐다. 닭은 여전히 공장 마당을 배회했다. 공장 안에서 종소리가 들리자 사람들이 하나둘 소리가 난 곳으로 발걸음을 옮겼다. 그들 중 한 명이 두리번거리던 닭의 모가지를 잡았다. 다시 일할 시간이었다.

바닷속에 잠겨 있던 판잰드럼이 다시 해변으로 굴러나오던 날 남자는 여자로부터 놀라운 소식을 전해 들었다. 남자에게 그 소식은 원통 양끝에 거대한 두 바퀴를 단 판잰드럼의 외형만큼이나 기괴하게 느껴졌다. 전시대의 무기였던 판잰드럼은 어디로 굴러갈지 알 수 없고, 언제 뒤집어지거나 폭발할지 모르는 위험한 물건이었다. 여자가 저녁 메뉴를 전하듯이 남자에게 전한 소식 또한 그러했다. 남자는 입맛을 잃었다. 대신 그만큼 앵무새에게 치킨 먹이기를 집요하게 계속했다.

"앵무새가 부리로 당신 손가락을 쪼아버렸으면 좋겠어."

여자의 저주에도 남자는 아랑곳하지 않고 새장 속에 집어넣은 손을 휘저으며 이리저리 피하는 앵무새에게 집요하게 치킨 조각을 들이밀었다. 흥분한 앵무새가 요란하게 날갯짓하는 통에 사방으로 깃털이 날렸다. 여자는 남자를 쏘아볼 뿐 더이상 아무 말도 하지 않았다. 사실 여자는 앵무새를 그리 좋아하지 않았다. 처음 앵무새를 데려온 것도, 앵무새에게 먹이를 주는 것도 모두 남자였다. 여자는 딱히 앵무새를 위해서가 아니라 남자의 심술궂음을 고치기 위해서 잔소리를 해댔다. 갑자기 남자가 소리를 지르더니 얼른 팔을 새장에서 빼냈다. 여자의 저주는 현실이 되었다. 남자는 앵무새 부리에 쪼여 피가 흐르는 손가락을 얼른 입속에 집어넣었다. 입술과 손가락 사이로 새빨간 피가 흘렀다. 깜짝 놀란 여자는 남자에게 다가가 얼른 손가락을 빼내게 한 다음 상처 부위를 확인했다.

"그러다 더 감염돼. 붕대 가져올게. 소독하자."

"소독 안 해도 돼. 붕대도 필요 없어."

남자의 말에도 여자는 구급상자를 들고 와 소독약을 꺼냈다. 남자는 손가락을 여자에게 다시 내밀지 않았다. 그저 바지 뒷주머니에 흐르는 피를 슥 닦을 뿐이었다. 그러고는 여자의 채근에도 식탁에 앉아 묵묵히 자기 앞에 놓인 삼계탕 국물을 숟가락으로 휘휘 저었다.

"난 삼계탕이 싫은데."

"왜 삼계탕이 싫어?"

"닭이 살아 있을 때 모습이 떠오르잖아."

게다가 닭의 뱃속에는 찹쌀이 가득 담겨 있었다. 남자는 이 속에 원래 담겨 있어야 할 것들이 모두 어디로 갔을지 궁금했다. 이렇게 고작 비워지기 위해 그동안 뱃속에 온갖 것들을 담고 열심히 돌아다녔다니. 남자는 의아했다. 게다가 오랫동안 바닷속에 가라앉아 녹슬어가던 판잰드럼이 왜 이제야 다시 기어나와 비틀거리며 해변에서 굴러다니는지 알 수 없었다. 그때 남자와 여자는 판잰드럼이 해변에 도착하기 전에 안전한 곳까지 멀찍이 물러섰다. 아이들은 저마다 해상 벙커에 원숭이처럼 기어올라 해변을 정신없이 돌아다니는 판잰드럼을 보고 깍깍거리며 손뼉을 치거나 손가락으로 어딘가를 가리켰다. 하늘은 높고 푸르렀으며 바다는 맑고 깨끗했다. 먼바다로부터 상쾌한 바닷바람이 해상 벙커를 지나 해변에까지 불어왔다. 원숭이 무리처럼 매달려 있던 아이들의 머리털이 바람에 흩날렸다. 남자와 여자의 옷자락은 바람을 머금고 가볍게 부풀어올랐다. 남자는 휴대전화를 꺼내들고 해변 여기저기를 돌아다니는 판잰드럼의 사진을 찍었다. 판잰드럼은 햇빛을 받아 반짝거렸다. 하지만 여자가 들려준 소식은 이 모든 장면을 어둡게 만들기에 충분했다.

"난 삼계탕이 좋아. 게다가 삼계탕이 먹고 싶어."

여자의 말에 남자는 고개를 끄덕였다.

"내가 뭘 먹고 싶어하든 당신이 반대할 수 없다는 건 잘 알지?"

여자의 말에 남자는 고개를 저었다. 그러고는 아무런 대답도 하지 않았다.

남자와 여자는 뽀얀 국물 속에 반쯤 몸을 담그고 있는 닭의 사체 앞에 경건하게 앉아 말없이 식사를 했다. 여자가 남자에게 처음 임신 소식을 전한 뒤로 묘하게도 여자의 몸에서는 삶은 닭 냄새가 났다. 어쩌면 시도 때도 없이 끓여대는 삼계탕 때문인지도 몰랐다. 숟가락으로 국물을 휘휘 젓다가 닭다리를 들어올렸다 내렸다 하며 남자는 맞은편에 앉은 여자를 흘끔흘끔 쳐다보았다. 여자는 남자가 그러거나 말거나 뼈와 고기를 발라먹고 후후 불어가며 찹쌀과 국물을 열심히 먹었다. 그 모습이 이를 악문 채 상처를 봉합하는 외과의사처럼 결연해 보였다. 남자는 드디어 숟가락을 들어 뚝배기 그릇에 담긴 닭의 배를 살살 갈랐다. 부풀어오르는 여자의 배가 상상되었고, 해변에서 뛰어놀던 아이들이 떠올랐다. 언제부터인가 도시에서는 성별을 지니지 않은 아이들만 태어났다. 그렇게 태어난 아이들은 모두 '천사의 아이들'로 불렸다. 명칭과 달리 천사의 아이들은 태어나는 족족 거의 모두가 버려졌다. 그러나 그런 아이들마저 태어나지 않게 되자 사람들은 버린 아이들을 하나둘 다시 거두었고, 급기야 천사처럼 대우하며 보호하기 시작했다. 어쩌면 그들은 마지막 세대가 될지도 몰랐다. 인공수정을 비롯해 다양한 시도가 이뤄지고 있었지만 여전히 도시에서는 신생아의 울음소리를 들을 수 없었다. 아이를 갖고 싶었던 사람들은 점차 도시를 떠났다. 대신 아이를 갖고 싶지 않은 사람들이 도시로 몰려들었다. 도시의 인구는 점점 늘어갔다. 그리고 이제 막 여자가 도시의 인구수를 증가시키는 데 한몫을 거들 참이었다. 그것도 전대미문의 임신이라는 사건을 통해서.

삼계탕을 거의 남기다시피 한 남자는 삶은 달걀 하나를 집어들고는 껍데기를 살살 벗겼다. 닭을 먹고 또 그 달걀을 먹는 게 과연 도덕적으로 옳은 일인지 잠깐 의심이 들긴 했으나 이미 달걀 껍데기를 모두 벗긴 뒤였다. 다행히도 이 달걀은 무정란이란 생각이 들자 남자는 조금 마음이 편했다. 남자는 속으로 닭의 난자, 라고 말해보았다. 그러자 자신이 무척이나 징그럽게 여겨졌다. 삼계탕을 깨끗이 비운 여자는 말없이 남자가 남긴 삼계탕을 가져가 마저 먹기 시작했다. 남자는 달걀을 통째로 입에 넣고는 오물거리며 창가로 걸어갔다. 여전히 화창하고 맑은 날씨였다. 나비 한 마리가 창가에 조용히 내려앉아 잠시 쉬었다가 날아갔다. 이웃집 옥상에 늘어선 크고 작은 화분들에는 각양각색의 꽃들이 피어 있었다. 빨랫줄에서는 하얀 침대보가 미풍에 가볍게 들썩거리며 말라가는 중이었다. 좀더 먼 곳을 바라보자 닭 가공 공장의 굴뚝이 보였다. 쓸모없는 닭의 내장들을 모아 소각시키는 모양인지 굴뚝에서는 희뿌연 연기가 피어올랐다. 남자와 여자는 오늘 하루 비번이었다. 남자는 공장 근로자들의 고무장화 주변에 피범벅이 되어 어지럽게 널려 있을 닭의 머리들을 떠올렸다.

파란 하늘 위로는 새하얀 구름과 방공 기구 몇 개가 떠다녔다. 이웃집 옥상으로 작은 고양이 한 마리가 가볍게 뛰어올라 어슬렁거렸다. 모두에게 낮잠이 필요한 나른한 날이었다. 남자는 안방으로 들어가 침대를 둘러싼 직사각형 철장의 문을 열고 들어가 몸을 뉘었다. 거대한 닭장이나 동물 우리를 연상시키는 이 볼품없는 물건은 전시대 때 야간 공습에 대비해서 만들어진 것이었다. 혹시라도 폭탄이 떨어져 천장이나 벽이 무너지더라도 철장 안의 사람은 안전할 수 있었다. 다만 철이 귀할 때 만들어진 물건이다보니 높이가 낮아서 몸을 잔뜩 웅크리고 들어가서는 그대로 누워 자야만 했다. 헤드보드에 기댄다거나 하는 사치는 전혀 기대할 수 없었다. 이 물건을 쓴 많은 사람들이 공습의 공포에서 벗어난 대신 폐소공포증을 앓아야만 했다. 이제는 이러한 철장이 버려진 지 오래였지만 남자와 여자는 여전히 밤마다 철장 속에서 나란히 누워 잤다. 그럴 때면 여자는 남자에게 공장 마당에 내려지는 수많은 철장과 그 속에 갇힌 닭에 대해 이야기했다. 두 사람은 알을 품은 암탉과 다시 그 암탉을 품은 수탉처럼 서로 웅크리고 포옹한 채 잠이 들곤 했다.

열린 문틈으로 여자가 그릇을 치우는 소리가 들려왔다. 남자는 달을 떠올렸다. 그리고 닭도 생각했다. 달이 이지러지고, 차오르고, 다시 이지러졌다. 양계장의 닭들은 계속 무정란을 낳았다. 닭이 날갯짓했다. 닭의 목이 잘리고, 털마저 뽑혀 맨살을 드러낸 닭이 날개를 펼친 채 공장 마당을 뛰어다녔다. 남자가 잠들 때까지 여자는 그들만의 철장으로 들어가지 않았다.

오래전부터 공장은 여자의 몸에서 묘한 냄새가 난다는 사실을 알고 있었다. 보통의 인간들은 알아차리지 못하는 미묘한 변화도 공장은 민감하게 감지했다. 냄새는 여자의 몸에서도 아주 깊숙하고 어두운 곳에서부터 풍겨나왔다. 살냄새와 피냄새가 뒤섞인 그 냄새는 묘하게 공장을 자극했다. 공장은 여자의 몸에서 일어나는 변화를 매일매일 놀라워하면서도 조금은 두려운 마음으로 바라보았다. 처음에는 작고 단순한 하나의 덩어리에 불과했던 것이 차츰차츰 복잡한 구조와 형태를 갖춰가는 중이었다. 베고, 뽑고, 잘라내고, 세척하고, 포장하는 데에 익숙했던 공장으로서는 시간을 들여가며 무언가를 하나하나 정성스럽게 만들어가는 과정을 이해하기 힘들었다. 그것은 한때 새장을 만들던 시절에도 경험할 수 없었던, 지난한 시간이 요구되는 비능률적인 일이었다. 그토록 오랫동안 뱃속에 다른 무언가를 품는다는 사실 또한 믿기 힘들었다. 공장은 자신의 몸에 들어온 것이라면 무엇이든 최대한 빠르고 정확하게 처리해서 밖으로 내보냈다. 하지만 그 무렵 공장은 자신의 몸에 먼지와 기름때와는 다른 뭔가가 점점 쌓여간다고 느꼈다. 어쩌면 그것은 자주 들려오기 시작한 여자의 혼잣말인지도 몰랐다.

요란한 기계 소리를 들으며 일을 할 때나, 모두가 퇴근하기 시작한 해거름 정문을 나설 때나, 야간 잔업으로 충혈된 눈을 하고서 위태롭게 손을 놀릴 때에도 여자는 마음속으로 무수히 많은 혼잣말을 했다. 공장은 여자의 그런 말을 하나도 빼놓지 않고 열심히 들었다. 공장이 여자의 말에 귀를 기울이면 기울일수록 노인은 그런 공장의 소리에 귀를 기울였다. 꼬리잡기를 하는 식으로 서로가 서로의 이야기를 듣다보니, 공장은 여자에게, 노인은 공장에게 할 말이 하나둘 생겨났다. 하지만 그들은 아쉽게도 같이 이야기를 나눌 수 없었다.

공장은 이제 자주 녹물을 흘렸다. 무신경한 사람들은 공장의 설비가 노후한 탓이라며 혀를 찰 뿐이었다. 공장의 오작동도 갈수록 늘어났다. 제대로 닭의 목이 잘리지 않거나 털이 뽑히지 않는 일이 생겨났다. 공장의 근로자들은 그런 일이 벌어질 때마다 투덜거리며 드디어 공장의 수명이 다한 모양이라고 말했다. 그런 말을 들을 때마다 수용소로 사용되던 시절부터 한평생을 공장에서 일한 노인은 한없는 슬픔을 느꼈다.

"할말 있으면 하렴."

"무슨 이야기를 들으셨어요?"

남자는 손에 쥔 하얀 잔을 내려다보았다. 일이 끝나고 잠시 경비실에 들르라는 노인의 말을 들었을 때 남자는 당연히 술을 마시리라 생각했다. 하지만 남자의 예상과 달리 노인은 홍차를 내왔다. 게다가 노인은 하얀 잔에 차받침까지 갖춘 완벽한 티세트를 꺼내 남자를 대접했다.

"글쎄. 너는 그애에게서 무슨 말을 들었니?"

남자는 한동안 묵묵히 생각에 잠겼다가 겨우 말했다.

"새들 중에는 알을 낳고서 깃털만 덮어놓은 채 날아가는 경우도 있다고 들었어요."

남자는 노인의 반문이나 힐난을 말없이 기다렸다. 이번에도 남자의 예상은 빗나갔다. 노인은 그저 묵묵히 홍차를 한 모금 마실 뿐이었다. 남자는 잠복고환에다 볏 모양을 한 자신의 성기를 떠올리며 생각에 잠겼다. 과연 여자가 임신을 한 것이 사실일까. 만약 그게 사실이라면 어떻게 임신이 가능했을까. 여자가 아이를 낳는다면 그 아이는 도시의 마지막 아이가 되거나 새롭게 태어나는 첫 번째 아이가 될 터였다. 노인이 다시 홍차를 한 모금 마시고 나서 말했다.

"그 아이는 뱃속의 아기가 마지막이거나 혹은 처음이 되기를 바라지 않더구나."

"그랬군요. 혹시 예정일을 얘기하던가요?"

노인은 말없이 고개를 가로저었다. 예정일이 언제냐는 노인의 물음에 여자는 차분한 어조로 말했다. '어쩌면 전 임신한 게 아닌지도 몰라요.' 노인의 말을 들은 남자는 묵묵히 고개를 끄덕였다.

그럼에도 남자는 자신이 결정을 내려야 한다는 것을 알고 있었다. 불확실한 가정만으로 마냥 기다릴 수는 없었다. 문득 남자는 아이가 태어나면 여자의 뱃속은 그만큼 텅 비어서 허해지지 않을까 걱정했다.

"저에게 자격이 있는지 잘 모르겠습니다."

"나는 예전에 총을 쥐었다."

노인은 대수롭지 않다는 듯이 티스푼으로 우아하게 홍차를 휘젓고 나서는 말했다.

"하지만 너는 나와 다른 걸 손에 쥐고 있어. 이제 더이상 빈손이 아니야."

"언제나 빈손이었던 것 같은데요. 요즘도 제 두 발은 가볍게 떠오릅니다."

남자는 고개를 설레설레 저었다. 노인은 그런 남자를 바라보는 대신 말없이 홍차를 내려다보았다.

노인을 제외한 나머지 남자 근로자들은 모두 새의 머리를 닮은 방독면을 쓴 채 소독 작업에 한창이었다. 예전에는 방독면의 부리에 해당하는 곳에 식초와 사프란 즙을 듬뿍 적신 헝겊 조각을 꼼꼼히 채워넣어 사용했지만 지금은 여러 종류의 필터가 대신 들어 있었다. 뿌연 DDT 연기 속에서 새의 머리를 닮은 방독면을 뒤집어쓰고 돌아다니는 사람들은 정말이지 구름 속을 헤매는 반인반조들처럼 보였다. 그들은 등에 둥근 스테인리스 통을 멘 채로 기다란 막대기 같은 분사구를 이리저리 돌려가며 소독제를 분사했다.

남자들과 달리 공장의 여자 근로자들은 오늘이 휴일이나 다름없었다. 여자들은 삼삼오오 모여 수다를 떨거나 뭔가를 나눠 먹으며 시간을 보냈다. 노인은 그런 여자들을 멀리서 바라보거나 공장 안을 배회하는 반인반조들을 구경하며 시간을 때웠다. 그러면서 자신의 아들을 떠올렸다. 노인은 자신의 아들이 전후에 태어난 아이답게 형편없다고 생각했다. 사실 노인은 아들에 대해 아는 게 별로 없었다. 지금 정확히 몇 살인지도 가물가물했다. 전쟁에 대한 기억 역시 선명하지 않았다. 전쟁통에도 이 공장과 함께한 것은 분명했지만 자신이 무슨 일을 했는지는 일부분만 떠오를 뿐이었고, 그마저도 부정하고 싶은 기억들뿐이었다. 노인은 이 모든 모호함을 자신도 모르는 사이 머릿속에 박혔다던 두 개의 총알 탓으로 돌렸다. 하얀 이를 드러내 보이며 미소와 함께 그 소식을 전하던 의사의 얼굴을 노인은 지금도 생생히 기억했다. 그것은 노인에게 구원의 얼굴이었다.

인간들이 저마다 노동과 수다와 회상으로 시간을 보내는 동안, 공장 역시 자신의 온몸을 가득 채우는 DDT를 느끼며 과거를 떠올렸다. 공장은 한때 집단 수용소로 사용된 적이 있었다. 그때 공장 구석에는 지금처럼 DDT와 비슷한 뿌연 연기가 매일같이 피어오르던 방이 하나 있었다. 수많은 사람들이 일렬로 줄을 서서 그 방으로 들어갔다. 그리고 그보다 더 많은 사람들이 넋을 잃은 표정으로 한 방에 가득 들어찬 3층 침대 위에 차곡차곡 누워서 시간을 보냈다. 몇몇은 하릴없이 땅바닥만 바라보며 돌아다니다가 철조망 너머를 바라보기도 했다. 공장에 갇혀 있던 사람들은 어느 날 새벽, 수많은 군용 트럭에 실려 어디론가 사라졌다. 그후 공장은 지금의 닭 가공 공장으로 탈바꿈되었다.

소독은 하루종일 계속되었다. 공장의 남자들이 구름에 휩싸인 것처럼 소독약에 갇혀 공장 안으로, 안으로 계속해서 들어가는 바람에 더이상 그 모습을 볼 수 없었다. 여자들은 여전히 공장 마당에서 시간을 죽였다. 마당가에 서서 오랫동안 하늘을 올려다보던 여자 하나가 빠른 속도로 상공으로 솟구쳐 높이 빨려올라갔다. 워낙 순식간에 일어난 일이라 누구도 그 사실을 알아채지 못했다. 공장의 낡은 담벼락 아래, 균열된 시멘트 틈에서 피어난 노란 들꽃만이 저멀리 사라져가는 여자를 배웅했다.

남자는 방독면을 쓴 채로 안개에 휩싸여 있었다. 앞으로 걸어가면 갈수록 모든 것에서 멀어지는 듯했다. 남자는 발걸음을 멈추고 주위를 둘러보았다. 짙은 안개뿐 아무것도 보이질 않았다. 몇 걸음을 옮기기 전까지만 해도 안개는 짙지 않았고 주변에서 어슬렁거리던 사람들도 보였다. 몇몇 사람들의 콜록거리는 기침 소리와 방독면 너머에서 들려오는 불분명한 말소리도 들을 수 있었다. 하지만 불과 몇 걸음 사이에 남자는 백내장에 걸린 거대한 수정체 안에 들어선 것처럼 한 치 앞도 분간하지 못했다. 방독면 안은 습하고 더웠다. 땀이 흘렀고 숨쉬기도 힘들었다. 누군가를 소리쳐 불러야 옳았으나 어쩐 일인지 남자는 아무 말도 하지 않았다. 또한 남자는 뒤돌아서서 걸어왔던 방향을 되짚어 가는 것이 가장 합리적이었을 테지만 그러지도 않았다. 그저 앞을 향해 걸음을 옮길 뿐이었다. 걸을수록 모든 것에서 멀어진다는 사실이 남자를 계속 걸어가게 했다. 아직은, 이라고 남자는 생각했다. 마음만 먹으면 아직은 소리치거나 뒤돌아서서 다시 돌아갈 수 있었다. 그래서 남자는 발걸음을 멈추지 않았다.

수많은 새의 날갯짓 소리와 울음소리가 들려왔다. 깃털 냄새와 새똥 냄새도 진하게 풍겼다. 어딘가 거대한 새장이 있는 거라고 남자는 생각했다. 마침 저멀리 불빛이 보였다. 남자는 불빛을 향해 걸어갔다. 짙은 안개 속에서 방향을 잡아주는 것은 불빛밖에 없었다. 남자는 자신이 불빛에 이끌리는 한 마리 나방 같다고 생각했지만 다른 방도가 없었다. 불빛으로 다가가면 갈수록 땅은 진흙탕으로 변해 질척거렸다. 급기야 발목까지 땅속에 푹푹 박혔다. 한 걸음씩 떼어놓을 때마다 신발이 벗겨지지 않도록 신경써야 했다. 남자는 이쯤에서 뒤돌아서야 하지 않을까 하고 생각했다. 하지만 이미 발목이 잡힌 셈이었다. 다행히 계속 걸어도 발목 이상으로 깊게 빠지지는 않았다. 목적지에 다다르자 볼 탱크를 연상시키는 거대한 새알이 여기저기 서 있는 게 보였다. 새알 곳곳에는 탯줄 같은 붉은색 주름관들이 달려 있었다. 새알 꼭대기에서 네 개의 경광등이 주기적으로 깜박거렸다. 지표면 여기저기에 난 틈에서는 하얀 김이 끊임없이 솟아올랐고 사람 키만한 깃털들이 흩어져 있었다. 남자는 깃털 중에서 비교적 넓고 깨끗해 보이는 것을 골라 그 위에 앉았다.

인적이 끊긴 공장은 고즈넉했다. 공장은 오늘도 죽어간 닭의 날갯짓 소리와 냄새에 어지러움을 느꼈다. 예전에 인간들을 감금했을 때에도 공장은 비슷한 느낌을 받았다. 멀리서 발소리가 들려왔다. 공장은 소리가 나는 쪽을 예의주시했다. 몸에서 이상한 냄새가 나던 여자였다. 공장은 여자의 뱃속에 담긴 것이 예전에 비해 더욱 커졌다고 느꼈다. 여자는 두 손으로 아랫배를 감싼 채 힘겹게 발걸음을 옮겼다. 여자는 사라진 남자를 찾아 공장 안을 배회했다. 살충제와 DDT를 뿌리던 그날, 남자들은 공장 안으로, 안으로 더욱 깊숙이 들어갔고 끝내 나오지 않았다. 공장의 여자 근로자들과 노인, 나중에는 경찰들까지 나서서 남자들을 찾았지만 어디에서도 그들은 발견되지 않았다. 이 집단 실종사건은 한때 도시를 떠들썩하게 했다. 그날 이후 공장은 잠정 폐쇄되었다. 경찰이 몇 명 다녀갔고 실종자 가족들이 공장 주변을 기웃거렸다. 그들이 모두 한차례 공장 안팎을 헤집은 뒤에야 여자는 마지막으로 한밤중에 공장을 찾았다. 여자는 공장 정문 옆에 마련된 숙직실 겸 경비실을 지키고 있던 노인을 발견하고는 말없이 고개를 숙여 인사했다. 그러고는 깃털이 달린 커튼을 쥔 손을 얌전히 배 위에 얹고는 남은 한 손으로 체인이 감긴 공장의 문을 지그시 밀었다. 그 모습을 본 노인이 고개를 저으며 일어섰다. 노인은 체인을 풀고 공장 문을 열어주었다. 그 누구도 공장 안으로 들여서는 안 되었지만 여자가 배 위에 손을 얹는 순간, 노인은 더이상 문을 지킬 수 없었다.

공장 안으로 들어선 여자는 남자의 이름을 부르며 여기저기를 돌아다녔다. 공장은 여자의 몸에서 심각한 변화가 일어나고 있음을 눈치챘다. 여자는 계속해서 배가 아파오자 숫제 공장 바닥을 기다시피 했다. 그러면서도 누군가를 불렀으나 그 목소리는 너무나 낮고 가녀렸다. 결국 여자는 주저앉아서 이를 악물었다. 공장은 쓰러지는 여자의 몸을 차가운 바닥으로 받았다. 너무도 아픈 나머지 여자는 바닥을 데굴데굴 굴렀다. 그러다 컨베이어 벨트 아래로 굴러들어가고 말았다. 거기서 여자는 거대한 태아처럼 웅크리고서는 비명을 질렀다. 공장은 여자에게서 이제 막 태어나려는 분신을 잘 거두리라 마음먹었다. 무언가를 길러본 적이 없는 공장으로서는 여자의 아이가 자신이 지금까지 해온 무신경하면서도 의미 없고, 어떤 의미에서는 악하기까지 했던 행동의 보상이거나 혹은 속죄의 길이 될 거라고 생각했다. 하지만 기나긴 고통 끝에 여자가 낳은 것을 본 순간 공장은 어떻게 해야 할지 갈피를 잡을 수 없었다. 여자가 낳은 것은 길쭉한 타원형의 알이었다. 게다가 알은 돌처럼 딱딱했다. 공장 한구석에 알을 낳은 여자는 한동안 몸을 웅크린 채 움직이지 않았다. 마치 탈피하고 버려둔 인간 형상의 껍질 같았다. 공장은 여자가 정신 차리기를 바라며 연신 찬 기운을 여자의 몸속으로 흘려보냈다. 그렇게 공장으로부터 찬 기운을 한참이나 받은 뒤에야 여자는 겨우 몸을 움직였다. 무릎걸음으로 컨베이어 벨트 아래에서 천천히 기어나온 여자는 벌러덩 대자로 누워 혼잣말을 중얼거렸다. 공장은 여자의 그 말이 남자를 향한 것인지, 아니면 자신이 낳은 알에게 한 것인지, 그도 아니면 둘 다에게 한 말인지 알 수 없었다.

노인은 성경책을 읽다가 덮고는 불경 한 구절을 외웠다. 그러고는 홍차를 한 모금 마셨다. 공장 안으로 들어간 여자는 오래도록 나오지 않았다. 노인이 슬슬 찾으러 가야겠다고 생각할 무렵 여자가 공장 문을 열고 깃털이 달린 커튼을 질질 끌며 밖으로 나왔다. 노인은 자리에서 일어서서 잠바를 하나 챙겨들고 힘겹게 걷고 있는 여자에게로 갔다. 그러고서 잠바를 여자 어깨에 걸쳐주고는 조심스럽게 부축해서 경비실까지 데려왔다. 노인은 여자를 의자에 앉히고 홍차를 따라주었다. 여자는 홍차를 마시면서도 연신 몸을 덜덜 떨었다. 노인은 여자의 몸에서 떨림이 멈출 때까지 아무것도 묻지 않았다. 마침내 진정한 여자가 노인에게 말했다.

"그 사람이 사라지던 날 아침에요……"

노인은 계속 이야기하라는 뜻으로 말없이 여자를 바라보았다. 여자는 홍차를 한 모금 마신 뒤 경비실 창밖으로 불이 꺼진 채 차갑게 식어 있는 공장 부지를 바라보며 계속 말했다.

"그 사람은 치킨을 좋아하고 전 삼계탕을 좋아해요. 그래서 그 사람을 위해서 그날은 특별히 새를 튀겨서 식탁에 내놓았어요. 우리가 기르던 앵무새 한 마리가 있었거든요. 그런데 그 사람 웬일인지 먹질 않는 거예요."

여자는 고개를 저었다. 노인은 침착하게 홍차를 마시고는 물었다.

"손에 쥐고 있는 건 뭐니?"

여자는 깃털이 달린 커튼을 들어올려 보였다. "이거요? 그 사람이 만들던 커튼이에요. 혹시 몰라서 들고 와봤어요. 이 커튼 정말 특이해요. 커튼에서 계속 새의 날갯짓 소리가 들리거든요."

노인은 그만하면 됐으니 어서 집에 가서 좀 쉬라고 말했다. 여자가 고개를 들어 노인을 바라보았다. 노인은 초점을 잃은 여자의 눈을 보고 흠칫 놀랐다. 노인이 할 수 있는 일은 자신의 입에서 신음이 새어나오려는 걸 겨우 막는 정도에 불과했다. 여자는 약에 취한 듯한 목소리로 자신이 알을 낳았노라고 말했다. 그런 다음 어째서 승천하는 사람들이 생겨났는지도 알게 되었노라고 덧붙였다.

"승천한 사람들은 모두 알을 낳은 거예요. 그만큼 몸이 가벼워진 덕분에 날아간 거죠. 그럼 남은 알들은 누가 돌볼까요?"

"무슨 말인지 잘 모르겠구나."

"아시게 될 거예요."

노인은 알았다는 뜻으로 고개를 끄덕인 다음 여자의 어깨 위에 가볍게 손을 얹으며 말했다.

"이제 그만 가서 쉬렴."

"안녕히 계세요." 여자는 머리를 꾸벅 숙여 노인에게 인사를 건넸다. 그러고는 깃털이 달린 커튼을 어깨에 두르고 일어섰다.

공장은 자신이 언제 그곳에 들어섰는지 알 수 없었다. 하지만 아주 오랫동안 공장은 한자리에서 시간을 보내며 묵묵히 자신에게 주어진 일을 해냈다. 처음에 공장은 새장을 만들었다. 그런 다음 전쟁이 터지자 공장은 수용소로 쓰였다. 전쟁이 끝난 뒤에는 닭 가공 공장으로 변했다. 세 가지 모두가 제각기 다른 일이었지만 공장으로서는 이 모든 일이 비슷비슷하게 느껴졌다. 전 시대에도 마찬가지였고, 미래에도 마찬가지일지 모른다고 공장은 생각했다. 여전히 많은 사람들이 하늘로 빨려올라갔다. 이제 공장은 사람들을 볼 때마다 늘 불안했다. 새의 가슴만한, 인간의

좁은 발바닥은 언제라도 금세 땅에서 떨어져나가 높이 치솟아오를 수 있었다. 사람들은 온몸을 지면에 밀착시키거나 네발로 단단히 땅을 움켜쥐는 대신 두 손을 얻었으나 항상 그 손을 제대로 쓰지 못했다.

도시에서는 아이들이 여전히 태어나지 않았다. 100년을 주기로 돌아오던 혜성은 화성의 올림포스산 상공을 지나갔다. 도시의 방공 기구들 중 몇 개는 드디어 헬륨 가스가 새어나가 지상으로 떨어졌지만 여전히 여남은 개는 도시의 상공 위를 둥둥 떠다녔다. 전력 사정이 나빠진 탓에 지하철은 가다 서다를 반복했다. 방공호 위로는 풀이 자랐고, 방공포 안에는 고양이들이 새끼를 낳았다.

노인이 공장의 컨베이어 벨트 아래에 있던 알을 찾아낸 것은 여자가 사라지고 나서 일주일이나 지난 뒤였다. 노인은 이미 돌이 되어버린 알을 품에 안은 채 어떻게 해야 할지 망설였다. 별다른 방법이 없었던 노인은 일단 알을 경비실로 가져왔다. 그런 다음 천으로 감싸고는 며칠을 더 보냈다. 아무런 변화도 없자 결국 노인은 한밤중에 알을 들고 시내로 나갔다. 노인은 비교적 인적이 드문 건물을 골라 옥상으로 올라갔다. 시간이 늦은 탓에 거리를 지나다니는 사람은 보이지 않았다. 노인은 잠시 망설였다가 이내 굳게 결심하고는 알을 조심스럽게 떨어뜨렸다. 다행히 알은 누구에게도 피해를 입히지 않고 지상으로 떨어져 산산조각이 났다. 노인은 자신의 행동이 올바른 것인지 여전히 미심쩍었다. 그러므로 재빨리 옥상에서 내려오는 길을 택했다.

악몽 조각가

악몽 조각가와 거구의 제자, 그리고 몽마를 만난 것은 터널 앞이었다. 난생처음 보는 터널 앞에서 나는 주위를 두리번거렸다. 우리는 시원하게 뻗은 6차선 도로 한가운데 서 있었다. 단 한 대의 차도 다니지 않았고, 주위는 고요했다. 도로에는 노란색으로 '일방통행'이라는 글씨가 커다랗게 쓰여 있고 화살표가 터널 쪽으로 나 있었다. 도로 양옆으로 논밭이 펼쳐져 있었지만 역시 일하는 사람은 없었다. 터널에서 따뜻한 바람이 불어와 우리의 머리카락과 옷자락을 부드럽게 어루만졌다. 미리 충분한 설명을 들었음에도 막상 이렇게 눈으로 보고 있자니 믿기지가 않았다. 나의 마음을 눈치채기라도 한 것처럼 악몽 조각가가 말했다. "이미 말씀드렸지만 여기는 꿈속입니다. 현실이라고 착각하면 안 됩니다." 거구의 제자가 나에게 빙그레 미소를 지어 보였다. 몽마가 기지개를 켜고 나서 말했다. "자, 어서 잽싸게 가자고요." 나는 고개를 끄덕였다. 여긴 내 꿈속이다. 한시도 그 사실을 잊어서는 안 된다. 하지만 나는 이 모든 것들이 너무도 생생해서 꿈이라고 믿기 어려웠다. "내가 가르쳐준 계좌로 당신이 어제 돈을 입금했죠?" 악몽 조각가의 말에 나는 고개를 끄덕였다. "그것이 현실이고, 지금은 꿈입니다." 나는 알았다는 뜻으로 다시 한번 고개를 끄덕였다. 그러고는 이제 들어가자고 말했다. 언제까지나 터널 앞에 서 있을 수는 없는 노릇이었다. 게다가 나는 혼자가 아니었다. 든든한 악몽 조각가 일행과 함께 있는 한 나는 더이상 내 꿈을 두려워하지 않아도 되었다.

입구 밖에서도 충분히 그러하리란 예상은 되었지만 실제로도 터널 안은 무척이나 어두웠다. 어떠한 조명도 보이질 않아서 나는 한 손을 앞으로 내민 채 더듬더듬 조심히 걸어가야 했다. 다른 한 손은 듬직한 거구의 제자가 잡아주고 있었다. 내 옆으로는 악몽 조각가가 함께 걸어갔다. 몽마는 목소리가 들리는 위치로 보아 우리보다 약간 앞서 걸어가는 듯했다. 묘하게도 터널 안은 따뜻했고 주위에서 약하게 피냄새가 났다. 규칙적인 진동도 부드럽게 느껴졌다. 간간이 물방울이 보글보글 올라오다가 터지는 소리도 들렸다. 나를 가장 신경쓰게 했던 것은 수많은 박쥐가 동굴 천장에 거꾸로 매달린 채 부스럭거리듯이 사방에서 들려오는 누군가의 중얼거리는 목소리였다. "저 소리 어디선가 들어본 것 같지 않아요? 저 소리에 집중하면 할수록 나중에 조각할 때 편할 겁니다." 악몽 조각가가 넌지시 말했다. "알겠어요. 그런데 너무 낮게 중얼거려서 뭐라고 말하는지 잘 들을 수가 없네요. 게다가 이런저런 말들이 마구 뒤섞여 있는 것 같습니다." 앞서 걸어가던 몽마가 재미있다는 듯이 웃으며 말했다. "점점 더 잘 들리게 될 거예요. 근데 우습네요. 자기 목소리를 자기가 못 알아듣다니." 놀란 내가 뭔가를 더 묻기도 전에 악몽 조각가가 이어 말했다. "동굴 안에 가득찬 목소리는 당신 목소리입니다. 여기 동굴 속에는 평상시 당신이 마음속으로만 생각했을 뿐 입 밖으로 내뱉지 못하고 삼킨 말들이 모여 있습니다." 믿기지 않았지만 나는 믿기로 했다. 여긴 꿈속이니까. 거구의 제자가 그런 나의 믿음에 힘이라도 보태는 것처럼 나의 손을 좀더 강하게 잡아주었다. 나는 동굴 속에 가득찬 나직한 중얼거림에 좀더 귀를 기울이며 계속해서 앞으로 걸어갔다. 다행히도 얼마 안 가 빛으로 둘러싸인 터널 출구가 보였다. 나의 예상대로 우리보다 앞서 걸어가는 몽마가 긴 그림자를 우리 쪽으로 드리우고 있었다. 내 옆에 나란히 선 악몽 조각가와 거구의 제자도 볼 수 있었다. 하지만 들어올 때와는 다르게, 전혀 반대의 이유로 나는 곧 다시 그들을 볼 수 없었다. 눈을 뜰 수 없을 정도로 온통 환한 빛에 둘러싸였던 것이다. 그러다 내 주위에 가득했던 빛이 사라진 것을 느끼고 천천히 눈을 떴다. 나는 어느새 악몽 조각가가 내 의식 한편에 마련해둔 나의 작업실에 들어와 있었다. 악몽 조각가가 두 팔을 벌리며 내게 말했다. "당신의 작업실에 오시느라 수고하셨습니다."

꿈에서 깬 내가 제일 먼저 한 일은 물을 마시는 것이었다. 악몽 조각가의 권유대로 시원한 물을 한 잔 마시자 의식이 보다 선명하게 돌아왔다. 나는 익숙한 침실 여기저기를 바라보았다. 꿈속에서 가보았던 나의 작업실 풍경이 생생히 떠올랐다. 하지만 그곳은 잠을 자야 갈 수 있는 곳이었고 내가 깨어나야 할 곳은 여기 침실이었다. 나는 천천히 일어서서 기지개를 켜고는 곧장 컴퓨터를 켰다. 컴퓨터가 부팅되는 동안 나는 꿈속에서 겪었던 일을 하나하나 다시금 떠올리며 되새김질했다. 어디까지 믿어야 할지는 잘 모르겠지만 최소한 사기를 당하지는 않은 듯했다. 게다가 무엇보다 오랜만에 악몽을 꾸지 않고 푹 잘 수가 있었다. 그것만으로도 나는 이름은 물론 얼굴도 모르는 이른바 '악몽 조각가'라는 사내에게 돈을 낸 본전은 충분히 뽑은 셈이었다. 그가 제시한 요금은 그간 받아왔던 정신과 치료와 심리 치료에 비해 결코 비싼 편이 아니었다. 나는 인터넷 창을 열고 악몽 조각가의 사이트에 접속했다. 사이트 상단의 문구가 오늘도 생경하게 다가왔다. "악몽을 마주하는 자, 악몽에서 깨어나리라.' 악몽 조각가는 나와 통화할 때 웃으며 말했다. "악몽을 굳이 마주할 필요는 없습니다. 그러지 않고 악몽에서 깨어날 수 있도록 하는 게 바로 우리 일인걸요. 저 문구는 그저 손님을 끌어들이기 위해서 붙인 거예요. 어때요? 그럴싸하지 않나요?"

내가 악몽 조각가라는 사내에 대해 알고 있는 것은 그의 사이트와 목소리가 전부다. 그 외에는 아는 것이 아무것도 없다. 일주일 전, 우연히 찾아들어간 그의 사이트에 나는 지푸라기라도 잡는 심정으로 상담 글과 연락처를 남겼다. 악몽 조각가는 그날 오후 공중전화로 내게 전화를 걸어왔다. 그러고는 악몽 조각가라는 다소 어두운 분위기를 풍기는 그의 직함에 어울리지 않게 시종일관 활기차고 붙임성 있게 말했다. 악몽 조각가는 사람들이 꿈을 꾸는 한, 죽을 때까지 밥벌이는 할 수 있노라고 말하며 즐거운 듯이 웃었다. "의외로 저를 찾으시는 분들이 많습니다. 세상에는 악몽 같은 일들이 많이 벌어지거든요. 당연히 악몽을 꾸는 일도 그만큼 많죠." 한참을 더 떠들고 나서야 그는 내가 남긴 사연에 대해 이야기했다. 악몽 조각가는 내가 더이상 악몽을 꾸는 일이 없도록 할 수 있다며 자신했다. "당신은 비교적 운이 좋은 편입니다. 이 정도면 제가 겪은 악몽들 중에서 경미한 편이라고 할 수 있죠." 순간 나는 발끈해서 사흘 동안 불면에 시달려봤느냐고 물었다. 그러자 악몽 조각가는 정색을 하더니 말했다. "그런 적 없습니다. 그래서야 곤란하죠. 제 일을 할 수 없으니까요." 악몽 조각가는 자신이 나를 어떻게 도울 수 있는지, 어떻게 하면 악몽에서 벗어날 수 있는지를 설명하기 시작했다. 그의 설명이 지나치게 황당했던 까닭에 나는 말없이 전화를 끊었다. 그날도 어김없이 악몽이 찾아왔다. 나는 결국 힘겹게 잠에서 깨어나 식은땀이 가득한 손을 벌벌 떨며 컴퓨터를 켜고는 악몽 조각가에게 이메일을 보냈다. 나는 솔직히 당신의 처방을 아직도 믿지는 않지만 당신에 대한 불신을 유지하기에는 나의 절망이 너무나 크다고 썼다. 그런 다음 도울 수 있으면 도와주기를 바란다고 글을 마무리짓고는 그의 사이트에 적힌 온라인 계좌로 착수금을 송금했다. 송금이 완료됐다는 메시지를 보고 나서야 제정신을 차린 나는 지금 얼마나 미련한 짓을 저질렀는지를, 얼마나 나락에 빠져 허우적댔는지를 깨닫고는 몸서리를 쳤다. 그러자 기다렸다는 듯이 휴대전화가 울렸다. 악몽 조각가가 휴대전화 너머에서 웃으며 말했다. "입금 확인했습니다. 그럼 다시 꿈을 꿔볼까요?"

꿈속에 마련된 나의 작업실은 꽤나 아늑했다. 그리 넓지는 않았지만 안정감이 있었고 조명도 적당히 은은했다. 악몽 조각가와 거구의 제자, 그리고 몽마는 나의 작업실을 흥미롭다는 듯이 둘러보았다. "난 여기가 마음에 들어요." 몽마의 말에 악몽 조각가와 거구의 제자 모두 고개를 끄덕였다. 악몽 조각가가 조금은 감탄했다는 듯이 말했다. "이 정도 수준이면 지금껏 제가 보아온 작업실 중에서 아주 최상급에 속합니다. 당신은 금세 악몽에서 벗어날 수 있겠어요." 나 역시도 나의 작업실이 마음에 들기는 마찬가지였다. 실제로도 이런 작업실을 가질 수 있다면 얼마나 좋을까 하는 생각이 들었다. 이 작업실에 오기 위해 꿈을 꿔야 한다면 기꺼이 그럴 용의가 있을 정도였다. 오랫동안 악몽에 시달려보면 이런 결심을 하기가 쉽지 않다. 물론 악몽 조각가 일행이 함께해주었기에 가능한 결심이었다. "그리 고마워하지 않아도 돼요." 몽마가 미소를 지으며 말했다. 나는 그녀가 내 속마음을 읽었다는 사실에 깜짝 놀랐다. 악몽 조각가가 대수롭지 않다는 듯이 말했다. "여긴 꿈속이니까 가끔 서로의 생각이 바로 전달되기도 합니다. 하지만 항상 그런 것은 아니니까 안심하세요." 거구의 제자도 나를 안심시키듯이 고개를 끄덕여주고 나서는 문 앞으로 걸어가더니 우리에게 등을 보이며 섰다. 악몽 조각가는 작업실 한가운데에 놓인 테이블로 걸어가며 말했다. "자, 이제 시작해볼까요?" 몽마가 내 손을 잡아끌었다. 나는 몽마에게 이끌려 테이블 앞에 섰다. 그새 테이블 위에는 하얀 천으로 덮인 우뚝 솟은 물건이 놓여 있었다. 악몽 조각가는 팔짱을 끼더니 고갯짓으로 흰 천을 가리켰다. 나는 다가가 흰 천을 조심스럽게 벗겼다. 천 아래에 가려져 있던 것은 커다란 돌멩이였다. "당신의 내면 깊숙한 곳에 단단히 굳어 있던 마음의 돌입니다. 이제부터 저 돌에다가 당신의 악몽을 조각할 겁니다." 나는 가까이 다가가서 돌에 손을 대보았다. 차가워 보이는 외관과 달리 돌은 따뜻했고, 약하게 심장이 뛰는 것처럼 맥박이 느껴졌다. 왠지 조각칼을 대면 돌조각 대신 피가 흐를 것만 같았다. 그런데 내게는 연장이 없었다. 그렇게 생각하자마자 테이블 옆으로 바로 화로가 놓여 있는 게 보였다. 몽마는 나와 악몽 조각가를 외면한 채 짐짓 딴청을 피우며 작업실 여기저기를 구경하기만 했다. 악몽 조각가가 말했다. "저 화로 속에서 연장을 꺼내세요." 나는 그의 말이 무슨 뜻인지 몰라 되물었다. 그러자 악몽 조각가가 걱정 말라는 표정으로 미소를 짓고서 말했다. "악몽을 조각하는 일에는 당연히 고통이 따르기 마련이죠. 당신이 사용할 연장은 저 화로 속에 있습니다."

꿈속에서 악몽을 조각하기 위해서는 먼저 숯불이 타오르는 화로 속에 손을 집어넣어야 했다. 실제로 손이 타거나 하지는 않았지만 불기운은 느껴졌다. 연장을 찾아 화로 속을 더듬거리다보면 나를 괴롭혔던 과거의 기억들, 특히 악몽과 연관된 기억들이 하나둘씩 생각났다. 손으로 화로 안을 여기저기 뒤적거릴 때마다 불길은 더 세지고 손에서 느껴지는 고통도 배가되었다. 그렇게 고통을 견디고 나서야 비로소 화로 안에 숨겨진 망치와 정을 찾을 수 있었다. 그동안 거구의 제자는 우리에게 등을 보인 채 문 앞에 서서 굳건히 자리를 지켰다. 거구의 제자는 내가 악몽 조각을 끝내고 잠에서 깨기 전까지 언제나 한결같이 문을 든든히 지켜주었다. 몽마는 내가 조각을 하는 동안 작업대 주위를 두리번거리며 가볍게 춤을 추거나 노래를 흥얼거리거나 아니면 책장에서 책을 꺼내 읽어주었다. 악몽 조각가는 구체적으로 마음의 돌에다 악몽을 조각하는 일을 지시하고 가르쳐주었다. 그는 세심하면서도 엄격한 스승이었다. 망치와 정을 잡는 법부터 어디에다 정을 대고 얼마만큼의 힘으로 망치를 내리칠지 등을 일일이 지시해주었다. 딱히 스케치 따위는 필요하지 않았다. 화로 속에서 찾은 연장을 쥐는 순간 어느 부위를 어떻게 깎아야 할지가 자연스럽게 머릿속에서 떠올랐다. 다만 전체적인 이미지는 잡히지 않았다. 그저 그날 조각할 몫만큼의 일부 이미지만 생각날 뿐이었다. 악몽 조각가가 내 마음 속 깊숙한 곳에서 캐내온 돌은 내 상반신만큼이나 컸고, 화로는 금세 식어버리곤 했다. 그만큼 악몽을 조각하는 일은 생각보다 더디게 진행되었다. 게다가 내가 악몽 조각가 일행을 만날 수 있는 것은 일주일에 두 번뿐이었다. 그 이상 작업을 계속하면 몸에 무리가 오고, 악몽 조각가도 다른 고객의 악몽을 관리해야 했기 때문이다. 그렇다고 우리가 요일을 정하거나 해서 고정적으로 만나는 것은 아니었다. 악몽 조각가가 무슨 짓을 했는지는 모르겠지만 어쨌든 일주일에 정확히 두 번씩은 그를 볼 수 있었다. 지금 생각해보면 그의 계좌에 착수금을 입금한 날, 악몽 조각가가 내 이메일로 보낸 동영상이 어떤 영향을 미쳤던 것이 아닌가 싶다. 악몽 조각가는 나에게 잠들기 전에 반드시 그 동영상을 보라고 지시했다. "동영상을 보지 않으면 아무것도 할 수 없습니다"라고 그는 말했다. 나는 조금 꺼림칙한 마음으로 동영상을 틀었는데 걱정과는 달리 무난하고 그저 그런 수면 유도 영상과 비슷했다. 어쨌든 지금으로서는 지난한 작업이 그리 나쁘지 않았다. 동영상을 보고 잠들면 악몽을 꿔도 예전보다 훨씬 빨리 깰 수 있었고 일주일에 두 번, 악몽 조각가를 만나는 날에는 밤새도록 편히 잘 수 있었기 때문이다. 물론 잠을 자면서도 꿈속에서 계속 악몽을 조각하느라 깊은 수면을 이루지는 못했지만 일단 악몽에 시달리지 않는다는 사실만으로도 내게는 큰 위안이었다. 나는 악몽 조각가와 거구의 제자와 몽마를 점점 더 좋아하게 되었다. 그들 덕분에 어두운 터널을 지나는 일도 무섭지 않았고, 작업실 안에서도 보호받는다는 느낌을 받으며 작업에만 열중할 수 있었다.

"왜 항상 터널을 지나가야만 하죠? 잠들자마자 바로 작업실에서 꿈이 시작되면 편할 텐데요." 나의 물음에 악몽 조각가는 일종의 의식이라고 말했다. "우리 모두 어두운 터널 속을 지나 이 세상으로 나왔습니다. 돌아갈 때도 당연히 어두운 터널 속을 지나가게 됩니다. 꿈은 당신이 태어나고 죽을 운명이라는 걸 알려주는, 대홍수 뒤의 무지개와 같은 겁니다. 당신이 지금 걷고 있는 이 터널은 당신이 처음 걸었고, 마지막에 걸어야 할 터널에 비하면 무척이나 짧은 통로 정도에 지나지 않아요. 게다가 모든 악몽은 터널과 닮은 데가 있죠." 악몽 조각가의 말 중간에도 여전히 터널 속에 가득차 있던 속삭임들이 섞여서 들려왔다. 터널 속에서 주문을 외듯 중얼거리던 목소리는 이제 제법 뚜렷하게 들려왔다. 불평, 불만의 말들이 많았고 간간이 저주가 들리기도 했다. 어두운 터널 속만큼이나 어두운 말들이었다. 하지만 그 말들 사이사이 수줍은 고백이나 반성, 양심의 속삭임도 들려와 나를 위로해주었다. 내가 그동안 이렇게나 많은 말들을 속으로 삼키며 살아왔다는 사실이 놀라웠다. 하지만 우리 모두를 놀라게 한 일은 터널의 끝, 빛 너머에 있었다. 눈을 떴을 때 지금까지 한 번도 본 적이 없었던 낯선 여자가 작업실을 서성이고 있었던 것이다. 악몽 조각가는 인상을 찌푸렸으며, 몽마는 놀라서 딸꾹질까지 했다. 거구의 제자는 어찌해야 할지를 몰라하며 큰 눈으로 이 사람 저 사람을 번갈아 바라보았다. 낯선 여자 역시 우리처럼 놀라긴 마찬가지여서 커다랗게 눈을 뜬 채로 입을 다물지 못했다. 그나마 빠르게 냉정을 찾은 내가 그녀에게 물었다. "누구신가요?" 여자는 화가 난다는 표정으로 나에게 쏘아붙였다. "그러는 댁은 누구신가요?"

악몽 조각가의 중재와 설명으로 나는 이 일이 어떻게 된 것인지 대강 납득할 수 있었다. 그녀 역시도 믿기지는 않지만 악몽 조각가의 설명이 그럴듯하다고 여기는 듯했다. 실제로도 우리 눈앞에는 악몽 조각가의 주장을 입증할 증거가 버젓이 놓여 있었다. 어제까지 깎고 다듬었던 내 돌 옆에 아직 조각되지 않은 그녀의 돌이 나란히 놓여 있었던 것이다. 검은빛을 띤 내 돌에 비해 그녀의 돌은 하얀 석영과 비슷했다. 화로 또한 두 개가 준비되어 있었다. 악몽 조각가는 멋쩍은 표정을 지었다. "이렇게 두 분이 서로 꿈속 작업실을 공유하게 될 줄은 몰랐습니다. 고객분들에게 동영상을 보낼 때 몇 가지 이미지 테스트와 설문을 거쳐서 저마다 다른 동영상이 무작위로 전송되기 때문에 꿈속의 작업실이 서로 겹치는 경우는 지금껏 단 한 번도 없었습니다. 어찌 보면 두 분 모두 대단한 인연입니다." 나는 쑥스러워하며 웃었지만 그녀는 이 모든 상황이 단단히 마음에 들지 않는 눈치였다. 그녀는 조금 신경질적으로 물었다. "다음번에도 혹시 이 사람을 꿈속에서 만나게 될까요?" 악몽 조각가는 자신도 잘 모르겠노라고 말하며 가볍게 덧붙였다. "이왕 이렇게 된 이상 오늘은 여기서 같이 조각할까요?"

그녀에겐 참으로 안된 일이었지만, 다음번 꿈에서도 우리는 다시 만났다. 그리고 그다음 꿈에서도 만나자 이제 그녀도 서로 같은 작업실을 공유하게 되었다는 사실을 받아들였다. 처음에는 잔뜩 경계심을 보이던 그녀는 같이 악몽 조각을 하면서 조금씩 부드러워지고 있었다. 우리는 서로 이런저런 잡담을 나눌 만한 사이가 되었고, 이러한 변화를 악몽 조각가 일행 모두 진심으로 반기는 눈치였다. 몽마는 그녀를 언니라고 불렀으며, 악몽 조각가는 좀더 자세하고 친절하게 조각하는 법을 일러주었다. 거구의 제자도 나 혼자서 악몽을 조각할 때보다 훨씬 더 열심히 문 앞을 지켰다. 사실 거구의 제자가 없었다면 우리의 작업도 순조롭게 진행되지 못했을 것이다. 벽난로 불빛과 은은한 가스등이 켜진 작업실 안은 언제나 안온한 분위기였지만 문밖으로는 거친 바람 소리가 간간이 들려오곤 했다. 악몽 조각가의 말에 따르면 우리는 악몽의 바다 위에 떠 있는 구명정 같은 곳에서 작업을 하는 중이었다. 한번은 문밖에서 거친 숨소리와 문을 열려고 덜거덕거리는 소리가 들리기도 했다. 나와 그녀는 문을 바라보며 불안해했지만 악몽 조각가와 몽마는 대수롭지 않은 듯이 행동했다. 말없이 서 있던 거구의 제자는 소리가 나는 쪽을 노려보더니 가볍게 문을 노크했다. 그러자 문밖에서 위협적으로 들려오던 소리가 곧 사라졌다. 몽마는 다시 우리 주변을 돌아다니며 말을 걸고, 노래를 불러주고, 우리 조각을 감상했다.

작업실을 찾은 지 두 달이 되어가자 나의 악몽 조각은 제법 형체를 갖춰가기 시작했다. 그럴수록 나는 더욱더 몽마의 노래와 내게 건네는 말이 필요했다. 나는 자주 악몽 조각에 연장을 대지 못했고 그럴 때마다 몽마는 힘을 내라고 내게 말해주었다. 내 옆에서 같이 악몽 조각을 하던 그녀가 말했다. "조금만 더 힘내면 완성될 것 같아요." 나보다 늦게 시작했지만 그녀의 악몽 조각도 꽤 많이 진척되어 있었다. 그녀의 조각은 거대한 뱀에 칭칭 감겨 있는 여자가 온통 불길에 휩싸인 형상이었다. 사납고 건강한 뱀에 비해 여자는 너무나 왜소하고 연약해서 금방이라도 부러지거나 순식간에 타들어갈 것처럼 보였다. 나의 눈길을 의식했는지 그녀가 웃으며 말했다. "무슨 일이 있었는지는 묻지 말아요." 나는 알았다는 뜻으로 고개를 끄덕였다. 나 역시도 그녀가 무슨 일이 있었는지 물으면 대답하지 않을 생각이었다. 우리는 말없이 다시 각자의 악몽을 조각하는 일에 열중했다.

바람이 불어오고 문이 덜커덩거렸다. 창문에 나무 그림자 같고 또 앙상한 사람의 긴 팔이나 손가락 같기도 한 것이 어른거렸다. 그럼에도 바닷가의 낡은 오두막 같은 작업실 안은 따뜻했고 안정감이 넘쳐흘렀다. 잠깐의 휴식시간인지라 모두들 저마다 가장 편한 자세로 작업실 여기저기에 흩어져 쉬고 있었다. 오직 거구의 제자만이 믿음직한 등을 보이며 여전히 문 앞에 서 있었다. 우리가 간간이 불러 벽난로 불을 쬐라고 해도 거구의 제자는 웃으며 고개를 저을 뿐 문 앞에서 떠나질 않았다. 몽마는 의자에 양반다리를 하고 앉은 채로 가끔씩 하품을 하며 나와 그녀의 조각품을 감상했다. 악몽 조각가는 벽난로에서 멀찍이 떨어진 구석에 놓인 흔들의자에 앉아서 전자담배를 피우는 중이었다. 그녀는 손으로 입을 가리고는 하품을 했다. "참 평화롭네요." 나는 고개를 끄덕였다. "그러게요."

"여기까지 어떻게 오게 된 거예요?" 그녀는 의자 등받이에 기대 상반신을 한쪽으로 기울이고는 작업대 위에 한 팔로 턱을 받친 채 물었다. 그녀의 긴 머리카락이 손목을 타고 팔꿈치까지 흘러내리고 있었다. 그녀 맞은편에 앉아 있던 나는 팔짱을 끼고 두 다리를 쭉 앞으로 한차례 뻗고 나서는 대답했다. "글쎄요, 제가 너무 약해서?" 그러자 그녀는 기분좋은 듯이 깔깔거리며 웃었다.

"당신은 아마 나보다 강할 거예요."

"어째서?"

"강한 척하지를 않으니까."

"그래도 강한 척하는 게 먹혀드는 세상입니다."

그녀는 자세를 고쳐 똑바로 앉더니 기지개를 켰다. "맞아요. 하지만 그러다가 결국 더 위험해지죠. 늑대 가죽을 뒤집어쓴 어린 양이 늑대 무리에 섞여 있다고 해봐요. 한동안은 괜찮겠지만 바람이 부는 순간 어떻게 되겠어요?"

"당신이 어린 양이었군요?"

"언젠가는 바람이 불기 마련이에요. 비록 지금은 잠잠하다 해도."

그녀는 그 말을 끝으로 다시 망치와 정을 들고 악몽 조각 앞에 섰다.

마음의 돌에 악몽을 조각하고 구체화할수록 악몽은 이해 불가능한 것이 아닌 분석 가능한 것이 되어갔다. 그전까지 악몽은 살아서 날뛰는 거대한 공룡이었다. 하지만 악몽 조각이 거의 완성되어가자 공룡은 사라지고 돌에 새겨진 화석만이 남았다. 이 화석은 더이상 날카롭지도, 더이상 두렵거나 위험하지도 않았다. 자로 화석의 길이를 재고, 일부를 조각내 가루로 빻을 수 있듯이 나는 나의 악몽과 거리를 두고 객관적으로 보기 시작했다. 뜨거운 화로에 손을 집어넣어 고통스러운 기억을 되살리는 일도 점점 익숙해져갔다. 그즈음 화로 역시 처음처럼 뜨겁지 않았고 점점 더 미지근해졌다. 내가 속도를 내는 데 비해 그녀는 언제부터인가 작업이 정체되었고 악몽을 조각하는 일을 힘들어했다. 그때마다 거구의 제자는 그녀에게 신뢰 깊은 눈길을 보내고 몽마는 걱정스러워하며 말을 걸고, 악몽 조각가는 더 자세하고 친절하게 조각하는 법을 알려주었다. 하지만 그녀는 갈수록 힘들어하기만 했다. 나 역시 그녀에게 도움을 주고 싶었지만 어찌해야 할지 방법을 찾을 수가 없었다. 생각하며 망설이기보다는 행동하며 모색해야 했지만 나는 그러지 못했다. 그러다가 결국 나설 기회를 영원히 잃어버렸다. 무대 장막이 언제나 열려 있는 것은 아니며 언젠가는 닫혀야 한다는 사실을 나는 너무 뒤늦게 깨달았다.

운명의 그날은 그에 걸맞게 묘하게 꿈이 이질적이었다. 터널 앞에서 두리번거리던 내가 경악하기까지는 그리 오랜 시간이 걸리지 않았다. 터널 앞에 설 때면 언제나 내 옆에 있어주었던 악몽 조각가와 거구의 제자와 몽마가 그날은 보이지 않았다. 텅 빈 6차선 도로 위에는 오직 나 혼자만이 깊고 어두운 터널을 마주하고 서 있었다. 한참을 기다렸지만 악몽 조각가는 오지 않았다. 낭패감에 빠진 나는 동시에 지금껏 놓쳐왔던 중요한 사실 한 가지를 절실히 깨달았다. 누군가와 함께이든, 나 혼자이든 저 터널을 지나 꿈속에 마련된 나의 작업실에 가지 않는 한, 이 꿈에서 깨어나지 못할지도 모른다는 점이었다. 그 방법 외에 다른 길은 없어 보였다. 내 뒤로는 쭉 뻗은 6차선 도로가 그 끝을 알 수 없을 정도로 멀게 이어져 있었다. 양옆에 펼쳐진 논밭 역시 드넓어서 다른 경계가 보이지 않기는 마찬가지였다. 인적은 전혀 없고, 내 앞으로는 익숙한 터널만이 입구를 벌린 채 서 있었다. 즉, 내가 가야 할 곳은 터널 안뿐이었다. 언제까지고 이대로 기다릴 수만은 없는 노릇이기에 나는 과감히 터널 안으로 걸어들어갔다. 터널 안은 여전히 어두웠지만 그동안 여러 차례 지나다니면서 꽤 익숙해진 탓에 견딜 만했다. 나는 더듬거리면서 한 발, 한 발 조심스럽게 내디뎠다. 터널을 지나기 위해 겪어야 하는 가장 큰 어려움은 두려움이 아니라 외로움이란 사실을 나는 그제야 깨달았다. 다행히도 터널 여기저기에서 나의 속말들이 대답을 바라지 않은 채 변함없이 말을 걸어왔다. 잘됐어…… 이런 제길…… 차라리 죽어버려…… 왜 그랬지…… 아, 짜증이네…… 미안해요…… 내 잘못이 아니야…… 저 인간 봐라…… 근데 여기서 뭐하고 있지…… 악몽 조각가는 어디 간 거야…… 오늘은 그 여자를 볼 수 있을까…… 무서워…… 겁먹지 마.

주위의 빛이 사그라지는 게 느껴지면서 내가 작업실로 들어섰다는 것을 확실히 깨달았지만 쉽게 눈을 뜰 수가 없었다. 나는 조용히 귀를 기울였다. 입이 너무도 메마른 탓에 시원한 물 한 잔이 절실했다. 주위는 조용했다. 눈을 뜨고 나는 텅 빈 작업실을 확인했다. 나와 그녀가 조각하던 두 개의 돌이 덩그러니 작업대 위에 놓여 있었다. 돌 옆에 놓인 두 개의 화로에서도 여전히 불이 타올랐다. 오직 나 이외에 아무도 없다는 사실만이 달랐다. 나는 뒤돌아서서 문을 바라보았다. 과연 이곳은 여전히 안전한 곳일까. 다가가 문손잡이를 돌려보니 다행히 문은 잠겨 있는 듯했다. 그들은 모두 어디로 간 것일까. 그리고 그녀는 어디로 간 것일까. 나는 오랫동안 돌과 화로를 내려다보며 기다리다가 어느 순간 천천히 잠에서 깨어났다.

그날 이후 악몽 조각가 일행은 계속 꿈속에 나타나지 않았다. 그녀 역시 만날 수가 없었다. 나는 매일 꿈속에서 터널을 지나 작업실로 가서 악몽을 조각했다. 악몽 조각은 점점 모습을 갖춰갔고 거의 완성되기 직전이었다. 화로의 불도 그만큼 식어서 이제는 미지근한 물에 손을 담그는 듯했다. 나는 조금 망설인 끝에 그녀가 남긴 화로에도 손을 집어넣어보았다. 내 화로와 달리 그녀의 화로에서는 아무것도 느낄 수가 없었다. 이후에도 몇 번을 더 그녀의 화로에 손을 넣었지만 마찬가지였다. 간간이 그녀가 남긴 악몽 조각과 내 것을 비교해서 바라보기도 했다. 그녀가 나의 작업실에 남긴 여인은 여전히 뱀에 칭칭 감겨 불길에 휩싸인 모습이었다. 반면 내가 만들어가던 남자는 물에 빠져 허우적거리면서 지상으로 기어오르려는 뱀의 꼬리를 붙잡고 있었다. 악몽 조각이 거의 완성되어가고 있었건만 나는 그 이후 어떻게 해야 하는지를 알지 못했다. 악몽 조각가에게 연락을 취하려면 이메일을 보내거나 온라인 사이트에 비밀 글을 남기는 방법뿐이었다. 나는 두 가지를 다 했다. 내가 느끼고 있는 당혹감과 실망스러움, 분노와 걱정, 불안과 초조를 모두 담은 장문의 글을 보내고 나서야 어쩌면 이것 또한 부질없는 짓일지도 모른다는 생각이 들었다. 그러한 우울은 오랜만에 다시금 악몽을 불러들였다.

악몽 속에서 나는 택시 안에 홀로 앉아 있었다. 운전석 쪽을 보았지만 역시나 운전하는 사람은 아무도 없었다. 그럼에도 택시는 아무 문제 없이 빠르게 달려갔다. 새벽 2시가 넘은 시각이라 도로는 차들이 거의 없어 한산했다. 택시는 강변도로를 거침없이 질주했다. 가로등과 가로수, 간간이 보이는 아파트 불빛과 표지판 등이 순식간에 지나쳐가고 택시와 바깥 세계가 완벽히 분리됐다. 택시가 속력을 더해갈수록 나의 맥박도 빠르게 뛰었다. 이대로 차가 멈추지 못하고 계속 앞으로 달려나갈지도 모른다는 생각에 진정이 되질 않았다. 단순한 브레이크 고장 따위를 염려하는 게 아니었다. 그보다는 더 근본적인 문제, 이를테면 내가 시속 120킬로미터가 넘는 차를 타고 가고 있는데 갑자기 이 행성의 마찰력이 모두 사라져버린다면 어떻게 될까, 하는 걱정 때문이었다. 만약 마찰력이 사라진다면 차는 기름이 떨어지든 말든 속도를 더이상 줄이지 못한 채 영원히 행성 둘레를 시속 120킬로미터가 넘는 속도로 돌 테고, 나는 꼼짝없이 이 비좁은 차 안에 갇혀서 죽을 때까지 내릴 수 없게 될 것이었다. 그 순간 나는 정말로 이 세계에서 마찰력이 사라져버렸음을 느꼈다. 브레이크를 밟거나 운전대를 틀 수도 없었다. 나는 시속 120킬로미터로 달리는 비좁은 관에 갇힌 셈이었다. 조금씩 숨이 막혀왔다. 나는 택시의 문을 발로 차고 주먹으로 차창을 두드리고 앞좌석으로 몸을 구기듯이 옮겨가 운전대를 좌우로 틀고 미친듯이 브레이크를 밟았다. 하지만 택시는 변함없는 속력으로 계속 질주했다. 영원히 멈추지 않는 택시 안에서 나는 어디에도 정차하지 못하고 어느 누구와도 나란히 걷지 못했다. 모든 것들이 내 옆으로 스치듯 지나갈 뿐이었다. 나는 암흑 속에서 몸을 한참이나 덜덜 떤 후에야 비로소 악몽에서 깨어났다. 다른 차와 정면충돌해서 납작해진 차 안처럼 온통 구겨지고 땀으로 젖은 침대보와 이불 사이에 내 몸과 마음이 정차한 후에도 나는 악몽이 엄지발가락 끝에서부터 슬금슬금 전신으로 기어오르는 느낌이 들어 움찔했다. 내 몸이 언제 무너질지 모르는 담장이라면 나의 악몽은 그 벽을 기어오르는 담쟁이덩굴 같았다. 언제 악몽이 뿌리를 내린 것인지는 지금도 알 수 없다. 한번 자리잡은 악몽은

덩굴이 벽을 뒤덮는 것처럼 내 몸과 마음을 잠식해들어갔다. 악몽은 끊임없이 자라며 비슷한 패턴으로 나타나는데도 항상 괴롭다는 면에서 언제나 신선했다.

방금 교통사고를 당한 사람처럼 겨우 일어선 나는 컴퓨터를 켜고 의자에 앉았다. 메일을 여니 뜻밖에도 악몽 조각가로부터 답장이 와 있었다. 악몽 조각가가 보낸 메일은 딱 한 줄이라 굳이 답장을 할 필요도, 곱씹어 읽을 이유도 없었다. '오늘밤 꿈속에서 만나죠.'

악몽 조각가는 작업실을 둘러보며 흥미롭다는 듯이 말했다. "정말 변한 게 하나도 없네요." 나는 고개를 가로저었다. "모든 것이 변했습니다. 더이상 볼 수 없는 사람도 있으니까요." 악몽 조각가는 빙그레 웃었다. "그렇군요. 자, 궁금한 게 많으시겠죠?" 그는 의자를 끌어내 자리에 앉으며 말했다. "궁금한 걸 질문하시겠습니까? 아니면 제가 순서대로 하나씩 알려드릴까요?" 나는 순서대로 하나씩 알려달라고 부탁했다. 궁금한 내용을 질문하다가는 내가 들어야 할 사실을 놓칠 수도 있었다. "현명한 판단입니다. 그럼 일단 여기에 왜 저 혼자 왔는지부터 알려드리는 게 좋을 것 같네요. 일단 거구의 제자와 몽마라고 부르던 제 일행부터 이야기해드리죠. 그 두 명은 사실 실제로 존재하는 사람들이 아닙니다." 악몽 조각가는 거구의 제자와 몽마가 실은 내 안에 있는 또다른 나의 모습들이라고 말했다. "어느 누구든 꿈속에서 악몽을 조각하게 되면 저마다의 작업실과 조수들을 가지게 됩니다. 당신이 무의식중에 만들어낸 것이 바로 여기 이곳과……" 악몽 조각가는 오른주먹으로 작업대를 가볍게 두드렸다. "이제는 더이상 필요 없어진 두 허상입니다." 나는 그제야 왜 두 사람이 악몽 조각가에 비해 더 비현실적으로 느껴졌는지를 알 수 있었다. "당신은 실제 사람입니까?"

"당연하죠. 당신이 내 계좌로 돈을 보냈잖아요? 어떤 대상을 현실로 끌어내리는 데에는 돈만한 것도 없죠."

"그럼 여기에 갑자기 끼어들었던 그 여자도 제가 만들어낸 인물인가요?" 싱글벙글 웃고 있던 악몽 조각가의 표정이 잠시 난처해지는 것을 나는 놓치지 않았다. 그는 어디서부터 이야기해야 할지를 가늠하듯이 잠시 작업대를 내려다보며 나의 악몽 조각을 어루만졌다. 그러다가 마침내 말할 내용이 정리되었는지 나를 똑바로 쳐다보았다. "터널, 작업실, 악몽 조각, 화로, 이 모든 것들은 일종의 최면과 암시를 위한 도구들이라고 보시면 됩니다. 사실 두 조수도 마찬가지라고 볼 수 있죠. 하지만 그녀는 실제 사람이 맞습니다. 다만 어떻게 그녀와 당신이 꿈속에서 연결되었는지는 지금도 알 수 없습니다. 마찬가지로 어째서 다시 당신 꿈에 나타나지 않는지도 모르겠습니다. 다만 참고할 만한 예전 사례를 바탕으로 추론은 할 수 있겠죠."

"그래서요?"

악몽 조각가는 내가 만든 악몽 조각을 요모조모 살펴보며 말했다. "당신은 몰랐겠지만 악몽 조각이 다 완성되면 여기서 벌레가 기어나오죠. 그 벌레를 잡아 죽이면 악몽에서 풀려나게 됩니다. 이 조각은 벌레를 키우는 일종의 알인 셈이에요." 악몽 조각가는 나의 악몽 조각에서 떨어지더니 이번에는 그녀가 만들다가 만 악몽 조각을 어루만졌다. "사실 꿈속 작업실은 언제나 두 곳입니다. 하나는 당신 꿈속, 다른 하나는 바로 내 꿈속이죠. 즉, 내가 당신 꿈속에 들어가는 게 아니라 우리는 각자 똑같은 꿈을 동시에 꾸는 거예요. 보통은 악몽 조각이 완성되고 의뢰인의 꿈속 작업실이 폐쇄되면 내 꿈속에 있던 똑같은 작업실도 자연스럽게 사라지게 되죠. 다소 시간이 걸리긴 하지만요. 그런데 악몽 조각을 만들던 사람이 사고를 당해서 의식불명에 빠지거나 혹은 죽거나 하면 의뢰인의 꿈속 작업실이 갑자기 사라져버리는 대신 나의 꿈속 작업실은 어정쩡한 형태로 남아 있게 됩니다. 이런 경우 상당히 힘들게 내 꿈속에 남아 있는 의뢰인의 작업실을 '강제로' 닫아야 해요. 그러려면 꽤나 고생해야 하지요. 요 며칠 내가 당신과 똑같은 꿈을 꾸지 못한 건 그 때문입니다."

"그렇다면?"

악몽 조각가는 고개를 가로젓고는 말했다. "실제로 그녀에게 무슨 일이 일어났는지는 모릅니다. 그저 단순히 당신과의 연결이 끊어진 것일 수도 있습니다. 다만 확실한 것은 지금까지 이런 적이 딱 세 번 있었는데 세 번 모두 안 좋은 쪽으로 결말이 났다는 것뿐이에요. 저도 가능하면 긍정적으로 생각하고 싶습니다. 그저 그녀가 더이상 꿈속에서 우리를 못 보는 것이라고 생각하는 편이 좋겠지요."

그때 어디선가 열매의 꼬투리가 터지는 듯한 소리가 났다. 내가 만든 악몽 조각에 금이 가더니 검은 연기가 새어나오는 게 보였다. 악몽 조각가가 눈을 크게 뜨고는 조금 흥분한 목소리로 말했다. "이제 슬슬 깨어나나보군요. 주목해서 잘 보세요. 벌레가 나올 겁니다. 벌레를 놓쳐서는 안 됩니다. 좀더 가까이 오세요. 그러다가 놓치겠어요."

악몽 조각은 점점 더 심하게 금이 가서 당장에라도 부서질 것처럼 보였다. 나는 검은 연기에 닿지 않도록 조심해가며 악몽 조각에 최대한 가까이 다가갔다. 그러나 조심했는데도 팔에 검은 연기가 살짝 닿았다. 연기가 드라이아이스처럼 차가운데다가 닿은 부위가 쓰라려서 나는 깜짝 놀라 몇 걸음 뒤로 물러섰다. 악몽 조각가는 내 팔을 잡더니 신중하게 나를 작업대 가까이로 끌고 갔다. 악몽 조각은 커다란 금에 이어 잔 실금이 사방으로 퍼지더니 결국 버티지 못하고 무너져내렸다. 파편들 사이로 팔뚝만한 벌레가 기어나왔다. 온몸이 빳빳해 보이는 털로 뒤덮인 검은 벌레는 이내 꿈틀거리며 작업대 위를 기어가기 시작했다. 벌레를 보는 악몽 조각가의 눈이 빛났다. 만족스러운지 그는 이까지 살짝 드러내며 미소를 짓고는 말했다.

“봐요, 얼마나 아름다운지. 세상에서 제일 희귀한 벌레입니다. 그렇지만 감탄하고 보느라 놓쳐서는 절대 안 됩니다.”

악몽 조각가의 경고와 달리 벌레는 무척이나 굼뜨게 움직여서 놓칠 걱정은 하지 않아도 될 것 같았다. 만약 벌레를 놓친다면 흉물스러운 모습 때문에 잡을 수가 없어서였을 것이다. 의미심장한 표정으로 나를 관찰하던 악몽 조각가가 부드러운 목소리로 말했다. “이 벌레를 너무 두려워하거나 혐오스럽게 보지 마세요. 이것도 당신의 일부입니다. 나비를 보려면 그 애벌레도 봐야 하는 법이죠.”

“이제 이 벌레를 잡아죽이면 되나요?” 나는 조금 뜨악한 표정으로 악몽 조각가에게 물었다. 죽이기에는 벌레가 너무 컸고, 너무 토실토실했고, 너무 징그러웠다. 악몽 조각가는 조금 슬픈 표정을 지었다. 나는 그의 재빠른 표정 변화에 거의 감탄할 지경이었다. 어쩌면 그것도 꿈속이니까 가능한 일인지도 몰랐다.

“자, 충분히 감상했으면 이제 벌레를 꼭 끌어안으세요. 그게 이 벌레를 죽일 수 있는 유일한 방법입니다. 혼자서는 힘들 테니 내가 도와줄게요.” 악몽 조각가는 작업대 위에서 꾸물거리는 검은 벌레를 밀어서 바닥으로 떨어뜨렸다. 바닥에 부딪힌 충격으로 그대로 터져버렸다면 좋았으련만 벌레는 몸을 잠깐 말았을 뿐 멀쩡했다. 검은 벌레는 느리지만 착실한 속도로 문을 향해 기어가기 시작했다. 악몽 조각가가 미간을 찌푸리며 말했다. "어서 끌어안아요. 저 벌레가 문밖으로 나가면 끝입니다. 다시는 못 잡아요. 악몽 조각을 해도 더이상 벌레를 부화시킬 수도 없습니다. 기회는 여기, 이 문 안쪽에만 있습니다." 나는 검은 벌레의 뒤를 천천히 따라갔다. 그러고는 악몽 조각가에게 다시 한번 확인을 받았다. "꼭 끌어안아야만 하나요? 발로 밟거나 돌 같은 걸로 내리쳐서 죽일 순 없나요?" 악몽 조각가는 단호히 고개를 가로저었다. 팔뚝만한 두께와 빳빳해 보이는 털들이 계속해서 나를 망설이게 했다. 하지만 벌레가 정말 문 앞에서 서너 걸음 정도밖에 안 되는 곳까지 기어가자 더이상 주저할 수 없었다. 나는 바닥에 몸을 던지듯 웅크리고는 검은 벌레를 꼭 끌어안았다. 끈적끈적하고 물컹거리는 느낌이 마치 진흙을 온몸에 뒤집어쓴 기분이었다. 다행히 벌레는 꿈틀거림이 잦아들더니 이내 빠르게 말라갔다. 바짝 마른 벌레는 내 품속에서 바스락거리며 검은 재로 부서져내렸다. 악몽 조각가가 만족스럽다는 얼굴로 말했다. "이제 다 끝났습니다."

작업대 위에는 여전히 그녀의 악몽 조각이 미완성인 채로 남아 있었다. 악몽 조각가는 작업실에서 사라지기 전에 남은 그녀의 악몽 조각을 내게 맡긴다고 말했다. "여긴 당신 꿈속이고, 당신 작업실이니까요." 나는 알았다는 뜻으로 고개를 끄덕였지만 어찌해야 할지 전혀 감도 잡을 수 없었다. "그럼 이제 그만 가보겠습니다.

내가 당신 꿈에 나타나는 일은 이제 없을 겁니다. 당신 역시도 점점 더 이 작업실에 오기 힘들어질 거예요. 그전에 저 남은 악몽 조각을 부숴버리는 게 나을 겁니다."

"당신은 예전에 악몽 조각이 남았을 때 어떻게 처리했습니까?"

"저는 제 꿈속에 다른 공간을 만들어서 보관중입니다. 하지만 그건 내 꿈이니까 가능한 것이고 당신 꿈속에 있는 악몽 조각까지 가져갈 수는 없어요. 당신도 나처럼 저 악몽 조각을 따로 보관할 수는 있겠지만 권하고 싶진 않네요. 누군가의 악몽을 계속 꿈속 일부로 남겨둔다는 건 일반인에겐 상당히 부담스러운 일입니다. 그럼 이제 갈 시간이 되었습니다."

우리는 서로 악수를 나눴다. 나는 악몽 조각가에게 고마웠다고 말하려 했다. 그러나 그 말을 하기도 전에 문득 정신을 차리고 나니 이미 악몽 조각가는 사라지고 없었다. 나는 한때 사람들로 가득했던 작업실을 천천히 둘러보았다. 악몽 조각가가 굳이 경고하지 않았어도 내가 결국엔 이 작업실을 찾지 못하게 되리란 걸 느낌으로 알 수 있었다. 다시 작업대로 돌아온 나는 그녀가 남긴 악몽 조각과 화로를 내려다보았다. 그녀의 화로는 여전히 불타오르고 있었다. 그에 비해 내 화로의 불은 꺼져버려서 차갑게 식어 있었다. 나는 일말의 희망을 느끼며 그녀의 화로 속에 손을 집어넣었다. 그러면서 그녀가 오늘밤만은 악몽을 꾸지 않기를 기도했다.

공터

이 도시에 공터가 남아 있다는 사실은 불길한 징조였다. 공터는 도시에서도 가장 높은 곳에 위치했는데 이른바 깔딱고개라 불리는 악명 높은 긴 고갯길을 중심으로 형성된 동네에 있었다. 고갯길 양옆으로는 연립주택과 오피스텔이 들어서 있었고, 그 사이사이 특히 사거리를 형성하는 부근에는 편의점과 게임방, 세탁소 등이 자리했다. 고갯길을 끝까지 오르면 갑자기 평지가 나타났는데 사람들은 그곳을 고원지대라고 불렀다. 일반적으로 꼭대기에 가까워질수록 집값이 쌌다. 특히 고원지대에는 편의점이나 게임방, 술집, 노래방 등등 이른바 문화시설이 없어 불편했다. 단지 한아름마트란 이름의 작은 동네 슈퍼가 하나 있을 뿐이었다. 그래서 고원지대에 속한 사람들은 어쩌다 생필품이 떨어지는 새벽이면 맥주나 물, 컵라면 따위를 사러 가까운 편의점까지 터덜터덜 걸어 내려가야만 했다. 이 고원지대 한가운데에 바로 문제의 공터가 있었다.

처음 인근 주택 대여섯 채가 헐리고 공터가 생겨났을 무렵, 사람들은 으레 그렇듯이 금세 그 자리에 연립주택이나 원룸 같은 다른 건물이 들어서리라 짐작했다. 그때까지 공터는 사람들의 관심 밖으로 밀려나 있었다. 등교하는 학생들이나 출근길에 나선 직장인들이 어쩌다 한번 공터에 눈길을 던지는 정도였다. 늦은 밤, 술에 취해 비틀거리며 집으로 가기 위해 깔딱고개를 오르다가 결국 참지 못하고 토사물을 게워낼 때 이외에는 공터를 찾는 사람이 없었다. 하지만 한 달이 지났건만 공터는 여전히 버려진 채였다. 사람들은 조금씩 공터에 관심을 가지기 시작했다. 공터에서 빈 술병이나 본드 같은 것들이 발견되기도 했다. 그러자 사람들은 공터를 모든 범죄의 근원지이자 종착지처럼 여겼다. 한아름마트의 중년 남자 말대로 이 도시에 공터를 내버려두는 짓은 불길한 징조를 넘어 죄악이었다. 그 일대의 주민은 누구나 고개를 끄덕이며 그의 말에 동의를 표했다.

공터는 오랫동안 방치되었다. 달이 뜨지 않거나 초승달이 뜬 이슥한 밤이면 사람들이 하나둘 공터를 방문했다. 그들 손에는 으레 내용물을 알 수 없는 검은색 비닐봉지가 들려 있기 마련이었다. 간혹 양손에 양동이를 들거나 머리에 대야를 받치고 오는 사람들도 있었다. 먼 곳에서 보면 마치 음험한 제단에 몰래 제물을 바치러 오는 신자들처럼 보이기도 했다. 그들은 그렇게 조용히, 은밀하게 쓰레기를 버린 다음 얼른 뒤돌아서서 빠른 걸음으로, 골목으로 대문 안으로 사라졌다. 우연찮게 사람들끼리 마주치기도 했다. 그럴 때면 그들은 애써 서로를 외면한 채 서둘러 자리를 피했다. 공터에는 이내 쓰레기들이 들어찼다. 모두가 잠들거나 혹은 몇몇이 불면에 뒤척이는 밤이면 작은 트럭이 조심스럽게 동네의 굽이진 길을 오르기도 했다. 하지만 아무리 조용히 운전한다 해도 엔진 소리를 완전히 숨길 수는 없었다. 바람이 부는 날이면 그 소리가 유난히 더 크게 들렸다. 그때마다 뒤척이던 사람들이나 막 잠에서 깨어난 사람들은 새우등을 한 채 이불을 뒤집어썼다. 다음날이면 공터 한쪽에 망가진 소파나 장롱, 책상이나 의자 따위가 버젓이 놓여 있곤 했다. 그 무렵 몇몇 아이들이 공터에 와서 놀기 시작했으나 오래가지 못했다. 어른들은 이내 아이들의 손을 붙잡고 저주받은 땅에서 서둘러 벗어나기라도 하듯 종종걸음으로 공터를 빠져나왔다. 공터는 아이들이 놀기에 위험한 곳이었다. 언제, 어떻게 해를 입힐지 모르는 것들로 가득차 있었기 때문이다. 게다가 대부분의 아이들은 공터에서 놀 시간이 없었다. 학교 수업이 끝나면 모두들 학원에 가야 했다. 물론 공터를 찾던 그 몇몇 아이들도 하나둘 학원에 다니기 시작했다. 공터는 사람들에게서 여러 가지 의미로 완벽하게 버려진 공간이 되었다. 사람들은 이왕

버려진 공터에 뭔가를 하나 더 버린다고 해서 크게 달라질 것은 없다고 생각했다. 그렇게 버려진 공터에는 늘 악취가 맴돌았다. 공터 주변에 사는 사람들은 창문을 꼭꼭 걸어 잠갔다. 공터 맞은편 길가에 자리한 한아름마트의 중년 남자는 손님이 줄었다고 울상을 지었다. 안 그래도 아랫동네에 들어선 편의점들 때문에 장사가 안 되는 형편이었다. 그는 공터에 관한 진정서를 구청에 냈지만 이내 누군가의 손에 의해 쓰레기통으로 직행하고 말았다.

사람들은 단지 버리기 위해서만 공터를 찾는 것은 아니었다. 뭔가를 태우거나, 파묻거나, 뿌리기 위해서도 공터를 찾았다. 눈 밑에 짙은 기미가 낀 여자는 자주 뭔가를 태우러 공터로 왔다. 친절하게도 공터에는 여자를 위해서 누군가 버리고 간 드럼통이 있었다. 여자는 드럼통에 편지며 엽서, 혹은 곰인형 따위를 집어넣고 불을 붙이곤 했다. 몇 명인가가 인적이 끊긴 한밤중에 술에 취해 공터 주변을 지나다가 여자를 목격하기도 했다. 여자는 등을 보인 채 불길 앞에 우두커니 서 있었다. 그들은 여자에게 치근덕거리거나 혹은 주의를 주기 위해 다가서다가 문득 오싹한 느낌이 들어 서둘러 자리를 피하곤 했다. 여자와 달리 인근 연립주택 반지하 방에서 사는 남자는 새벽녘이면 뭔가를 파묻으러 자주 공터를 찾았다. 늘 사람 키만한 것을 검은 비닐로 감싸안고 삽을 든 채였다. 남자는 불이 붙은 드럼통 앞에 우두커니 서 있는 여자를 만나기도 했다. 하지만 멀찌감치 떨어진 곳에서 여자의 뒷모습을 한번 쓰윽 훑어보았을 뿐 자신이 가져온 것을 파묻는 일에만 집중했다. 그나마 여자와 남자는 밤에 몰래 움직였기에 사람들의 이목에서 벗어나 있었다. 하지만 노파의 경우는 달랐다. 노파는 공터에 소금을 뿌렸는데 낮이건 밤이건 그 일을 한 탓에 금세 사람들의 주의를 끌었다. 사람들은 노파가 미친 것인지, 아니면 단순히 치매 증상이 있는 것인지를 놓고 설전을 벌이기도 했다. 한번은 한아름마트의 중년 남자가 소금을 뿌리고 있는 노파를 막았다. 그는 이 동네의 터줏대감으로서 남들보다 솔선수범해야 하고 교양 없는 주민들을 선도해야 한다는 알 수 없는 사명감에 불타오르는 인물이었다. 그래서 노파의 행동을 제지하고 집으로 얌전히 데려다줘야겠다고 항상 마음먹고 있었다. 그날따라 노파는 늘 준비해오던 소금을 깜빡 잊고 나온 탓에 한아름마트에서 소금을 한 봉지 샀다. 물론 한아름마트의 중년 남자는 소금은 소금대로 팔았다. 그런 다음 뒤를 조용히 따라가 막 소금을 뿌리기 시작한 노파의 어깨에 손을 얹고는 돌려세웠다. 한아름마트의 중년 남자와 대낮부터 소주를 나눠 마시고 있던 이씨와 김씨가 마트 앞에 놓인 파라솔 밑에 앉아서 그 모습을 멀거니 구경했다. 한아름마트의 중년 남자와 노파가 가벼운 실랑이를 벌였다. 그러나 그렇게 재미있는 구경거리는 아니었으므로 이내 이씨와 김씨는 시들해지고 말았다. 고개를 돌린 채 두 사람은 잔을 부딪치고 소주를 비웠다. 이씨는 오징어 다리를 질겅거렸고 김씨는 소주잔에 다시 소주를 붓고 있었다. 그때 갑자기 비명이 들렸다. 두 사람이 놀라서 급하게 일어서느라 소주병이 쓰러져 바닥에 뒹굴었다. 한아름마트의 중년 남자가 두 사람을 향해 부리나케 뛰어오는 모습이 보였다. 중년 남자의 얼굴에선 식은땀이 흘렀고, 표정은 공포에 질려 있었다. 두 사람은 자기도 모르게 한아름마트의 중년 남자를 맞으러 달려나갔다. 이씨가 중년 남자의 어깨에 팔을 두르는 동안 김씨는 무슨 일이 있었느냐고 물었다. 한아름마트의 중년 남자는 김씨의 다그침에도 그저 고개를 저을 뿐 아무 말도 하지 않았다. 세 사람은 다시 파라솔로 돌아왔다. 이씨가 가게에서 새 소주를 들고 와 한아름마트의 중년 남자에게 따라주었다. 한아름마트의 중년 남자는 단박에 술을 들이켰지만 여전히 몸을 가볍게 떨었다. 이씨와 김씨는 공터 한가운데에 서 있는 노파를 바라보았다. 노파는 그들에게 등을 보인 채 뭔가를 중얼거리며 계속 소금을 뿌려대고 있었다.

공터가 생긴 그해는 여러모로 우울했다. 거리 곳곳에 폐업 세일을 알리는 전단지가 나붙었고, 대낮에도 동네를 방황하는 남자들이 늘어갔다. 고원지대 아랫동네에서는 심심치 않게 좀도둑이나 강도 사건이 발생했다. 고원지대에도 몇 차례인가 강도가 들었다. 바야흐로 창문에 방범창이나 경비 시스템을 달지 않은 채 창문을 열어놓고 잔다는 것은 있을 수 없는 일이었다. 그즈음 고원지대의 주민들을 깊은 절망에 빠뜨리는 사건이 일어났다. 이곳에서 30년 넘게 살아온 박씨가 곗돈을 들고 도망간 것이다. 이 일은 두고두고 분란거리를 만들었다. 그 결과 두 집이 이혼을 하고, 한 집이 야반도주를 했으며, 여러 집에서 부부싸움이 그칠 날이 없었다. 모두가 숨을 죽이고 조심조심 발걸음을 떼던 계절이었다. 하루하루가 어수선하던 이곳에 고양이가 첫발을 내디딘 것은 비구름이 낮게 드리워져 있던 어느 날 저녁이었다. 그날 일기예보에서는 조금 흐리다가 갤 것이라고 말했지만 어느 누구도 날씨가 개리라는 기대는 하지 않았다. 사람들은 입 밖으로 내진 않았지만 음울한 날씨만큼이나 축 처지는 하루라고 생각했다. 많은 사람들이 황량한 우주 공간을 유영하는 듯한 표정으로 걸어다녔다. 그중 몇몇은 검은 고양이 한 마리가 깔딱고개를 오르는 모습을 보았다. 사람들과 달리 고양이의 발걸음은 당당하고 활기가 넘쳤다.

고양이 한 마리가 이곳에 최초로 발을 들여놓은 뒤 이내 그들은 동네 전역을 장악했다. 제일 먼저 점령한 곳은 물론 공터였다. 그곳은 어느 누구에게도 속하지 않은 땅이었기에 곧 고양이들의 땅으로 편입되었다. 그 네발 달린 생물은 왕성한 번식욕과 정복욕으로 차츰 세를 넓혀갔다. 다음 세상이 고양이들 세상이 되리라는 것은 불을 보듯 뻔한 일이었다. 이 의견을 낸 것은 역시나 예의 한아름마트 중년 남자였는데, 이번에도 동네 사람들은 고개를 끄덕거리며 그의 의견에 동의했다. 공터는 여기저기에서 흩어져 살고 있던 고양이들에게 약속의 땅이자 안식의 대지였다. 우선 공터에는 언제나 먹을 것이 넘쳐났다. 사람들이 버리는 쓰레기 중에는 처치가 곤란한 음식물도 꽤 있었다. 공터와 면해 있는 연립주택이나 빌라에서는 공터까지 일부러 나오는 수고조차 하지 않았다. 창문을 열고 보는 사람이 없는지 주변을 두리번거린 다음 음식물이 담긴 비닐봉지를 떨어뜨렸던 것이다. 이 때문에 공터에 터를 잡은 고양이들은 자주 하늘을 올려다보는 버릇이 생겼다.

이내 공터만의 독특한 먹이피라미드가 형성되었다. 이 먹이피라미드의 정점에 서 있는 것은 사람이 아니라 고양이들이었다. 사람들은 공터 생태계를 지탱하는 생산자일 뿐이었다. 사람들이 버린 쓰레기는 곧 1차 소비자인 쥐들을 불러들였고, 다시 최종 소비자인 고양이들을 몰고 왔다.

고양이들은 여러모로 골칫거리였다. 집마당이나 부엌, 계단 등등 아무튼 마음 내키는 대로 여기저기를 들쑤시고 돌아다녔다. 사람들은 현관문을 열거나 대문을 나설 때마다 화들짝 놀라기 일쑤였다. 게다가 그것들은 재빨라서 잡기도 쉽지 않았다. 큰 소리를 지르거나 뭔가를 던져서 쫓아버리는 게 고작이었다. 그럴 때도 고양이들은 느긋한 발걸음으로 그 자리를 떠났다. 잡으려고 뛰어갈 때에나 특유의 날렵함을 선보이며 도망쳤다.

밤만 되면 고양이들은 서열을 다투느라 시끄럽게 싸웠다. 발정기에 접어들면 특유의 아기 울음소리를 냈다. 소리는 듣는 사람으로 하여금 소름이 돋게 만들었다. 특히 부슬부슬 비가 내리거나 바람이 심한 밤에 들려오는 울음소리는 사람들의 신경을 곤두서게 했다. 그 소리를 가장 참기 힘들어한 사람은 공터와 바로 인접해 있는 다세대주택 3층에 세 들어 사는 서른 중반의 여자였다. 그녀는 밤마다 숙면을 취하지 못해 뒤척였고 그 때문에 자주 두통에 시달렸다. 어느 날 밤, 불면증에 시달리던 여자는 결국 참지 못하고 창문을 열어 자신의 하이힐을 집어던진 다음 다시 잠자리에 들었다. 여느 때 같으면 사람들이 물건을 집어던지거나 큰 소리로 쫓아내더라도 고양이들은 잠시 흩어질 뿐, 다시 모여들어 예의 소름 끼치는 합창을 하곤 했다. 하지만 그날따라 신기하게도 고양이들의 울음소리가 뚝 그쳤다. 다음날 아침, 여자는 출근하려고 막 현관에 섰을 때에야 자신의 하이힐 한 짝이 사라졌다는 사실을 깨달았다. 여자는 샌들을 발에 꿰신고 고양이들을 향해 저주를 퍼부은 다음 자신 몫으로 긴 한탄을 중얼거리며 하이힐을 찾으러 공터로 나갔다. 여자는 자신의 하이힐을 쉽게 찾을 수 있었다. 동시에 왜 어젯밤에 고양이들이 그토록 잠잠해졌는지도 금세 깨달았다. 여자가 던진 하이힐의 뾰족한 굽이 죽은 고양이의 머리에 박혀 있었다.

공터에 소금을 뿌리러 온 노파가 그 고양이를 발견했다. 노파는 고양이 머리에 박힌 하이힐을 뽑은 후 고양이의 전신에 굵고 하얀 소금을 뿌렸다. 하지만 묻어주지는 않고서 자리를 떴다. 하이힐에 맞아 죽은 고양이는 하루 내내 바깥에서 썩어가다가 겨우 다음날 새벽에야 안식을 찾을 수 있었다. 고양이에게 안식을 준 사람은 반지하방에서 사는 남자였다. 그는 그날도 한 팔로는 검은 비닐로 감싼 뭔가와 삽을 안고 다른 한 손으로는 손전등을 비추며 공터로 터벅터벅 걸어오는 중이었다. 손전등 불빛에 맞아 죽은 고양이가 어둠 속에서 모습을 드러내자 그는 고양이 옆으로 가서 쪼그려앉아 손전등으로 고양이의 구석구석을 비추었다. 그는 고양이의 몸 주변에 뿌려져 있는 굵고 하얀 결정들을 어리둥절해하며 들여다보았다. 하지만 이내 들고 온 삽으로 고양이 바로 옆을 파기 시작했다. 고양이 한 마리가 겨우 들어갈 만한 작은 구멍이 생기자 그는 삽으로 고양이 사체를 밀어넣은 다음 흙을 덮어서 표면을 평평하게 골랐다. 고양이를 다 묻고 나서야 그는 자신이 가져온 것을 묻을 만한 장소를 찾아 공터 여기저기에 손전등을 비추었다.

고양이가 죽은 다음날, 도시에는 큰비가 내렸다. 마치 증오와 파괴로 똘똘 뭉쳐서 미쳐버린 태풍이 만들어내는 듯한 비바람이었다. 물론 공터에 비가 내린 적은 그전에도 많았다. 하지만 이번처럼 장대비가 쏟아진 적은 없었다. 노아의 방주를 떠올릴 만큼 많은 양의 비였던 터라 고원지대의 주민들마저도 수해 걱정에 잠을 이루지 못했다. 다행히 비는 곧 그쳤다. 하지만 햇살이 드러나는 대신 여전히 어두운 구름이 뒤덮여 있어 사람들은 걱정스러운 눈빛으로 종종 하늘을 올려다보았다. 공터에 파묻혀 있던 수많은 비밀들 중 일부가 빗물에 씻겨 비로소 지상에 자신의 정체를 드러냈다. 하이힐에 맞아 죽고, 노파가 소금을 뿌리고, 반지하방 남자가 묻어준 고양이 사체도 땅 밖으로 드러났다. 그 밖에도 공터는 밖에서 보이는 것보다 훨씬 더 많은 것들을 숨겨왔다는 사실이 밝혀졌다. 게다가 숨겨진 것들의 속성이 늘 그렇듯이 비밀스럽고 또 비열한 것들이 대부분이었다. 첫번째 사건이 일어난 것은 공터에 다시 고양이 사체가 드러난 지 일주일 뒤였다. 그새 고양이들은 한동안 공터에 모이지 않다가 다시 한두 마리씩 슬금슬금 모습을 드러내고 있었다. 처음 사건을 목격한 사람 중에는 인근의 대학교에서 고고학과 석사과정을 밟고 있던 학생도 포함되어 있었다. 키가 크고 비쩍 마른 몸매에 검은 테 안경을 쓰고 얼굴에 여드름이 난 학생은 공터에 남다른 흥미를 가지고 있었다. 그전까지 그는 아랫동네에 살고 있었다. 즉, 꽤 여유 있는 생활을 해왔던 셈인데 그러한 즐거움도 얼마 지나지 않아 끝나고 말았다. 중소기업 임원이었던 그의 아버지가 희망퇴직을 했기 때문이다. 그는 장손이자 맏이로서 아버지의 실직으로 인해 발생한 집안의 경제 문제를 해결하는 대신 외면하는 것으로 자신의 역할을 다했다. 그가 취한 유일하며 실질적인 행동은 집에서 나가는 것이었다. 그는 그해 여름 바로 이 고원지대로 전입했다. 그리고 어떻게 하면 취직을 더 미루고 자신의 공부를 계속할 수 있을까를 궁리하며 동네를 돌아다니다가 공터를 발견하게 되었다. 그에게 공터는 미지의 신대륙이었다. 그때부터 그는 공터를 체계적으로 연구하기 시작했다. 고고학과 학생은 디지털카메라를 들고 공터를 구석구석까지 촬영했다. 촬영한 사진들이 그의 자취방 한쪽 벽면에 가득 붙었다. 또한 공터를 A부터 I까지 아홉 개 구역으로 나누고 각 구역에 무엇이 버려져 있는지를 일일이 기록했으며 그 목록을 매일 체크하고 수정했다. 그는 언제나 유카탄반도로 가서 마야문명을 탐험하는 꿈을 꿨다. 전사의 신전을 찾아 사람의 심장을 올려놓았던 돌 제단에 귀를 대보는 것이 그의 오랜 꿈이었다. 그는 이 지난한 작업이 언젠가 반드시 수행하게 될 유카탄반도의 유적 발굴을 위한 연습이 되리라 믿었다. 또 이 일을 통해 자신이 가진 고민들, 즉 다음 해 등록금을 자신이 벌어야 하며 아버지의 재취업이 갈수록 가망 없어 보인다는 사실 등등을 머릿속에서 지워버릴 수 있었다.

고고학과 학생의 기록에 따르면 마네킹은 D구역에서 발견되었다. 처음 마네킹을 발견한 것은 고양이에게 하이힐을 던진 예의 그 여자였다. 여자 역시 공터에 남몰래 쓰레기를 버리곤 했는데 주로 아침 출근시간을 이용했다. 그녀의 출근시간은 무척이나 이른 편이었다. 아침 일찍 회사 근처 헬스장에서 운동을 해야 했기 때문이다. 그녀는 자신의 삶이 웰빙에 가깝다고 여겼고, 거기서 남들과는 다르다는 우월감을 느끼곤 했다. 여자는 아침이면 생과 일과 야채를 갈아서 마셨고, 점심 도시락도 손수 쌌다. 저녁은 대체로 굶는 편이었고 먹어도 간단한 샐러드 위주였다. 여자의 가장 큰 즐거움은 백화점 방문이었다. 여자가 백화점을 찾는 이유는 순전히 마네킹을 보기 위해서였다. 여자는 마네킹 위에 입힌 옷보다 마네킹의 마르고 길쭉한 몸매를 늘 동경 어린 시선으로 바라보곤 했다.

여자는 전반적으로 자신의 삶에 무척이나 만족하고 있었다. 하지만 고양이들 때문에 여자는 최근 자신의 생활 리듬이 깨진 것을 느꼈다. 그 때문에 우울했던 여자는 그날따라 쓰레기봉투가 유독 묵직하다고 느꼈다. 건강한 자연인으로서의 삶을 꿈꾸는 자신에게 어울리지 않는 거추장스러운 배출물이었다. 평상시 같으면 여자는 쓰레기를 저멀리 공터 한구석을 향해 던진 다음 곧장 돌아섰을 것이다. 그러나 그날따라 땅 위에 불쑥 솟아 있는 뭔가가 보였다. 그때 그냥 뒤돌아섰다면, 하고 여자는 그날 일을 회상할 때마다 중얼거렸다. 하지만 여자는 뒤돌아서지 않았고, 역시나 그날따라 평상시 차가운 커리어우먼의 이미지를 꿈꾸는 그녀답지 않게 그 뭔가를 확인하러 가까이 다가서는 우를 범하고 말았다.

처음 그것을 멀리서 봤을 때는 앙상한 나뭇가지가 땅에 박혀 있는 것처럼 보였다. 다가서던 여자는 땅속에서 하늘을 향해 쭉 뻗어올린 것이 사람의 팔임을 알아보았다. 사실 여자가 본 것은 마네킹의 팔이었다. 하지만 사람의 팔이라고 착각한 여자는 비명을 질렀고 이내 공터에 면한 인근 건물의 창문 몇 개가 열렸다. 몇몇 사람이 고개를 내밀고 공터에서 무슨 일이 벌어졌는지 살폈다. 하지만 공터는 어제와 달라 보이는 것이 없었다. 그저 웬 여자 하나가 주저앉아 있을 뿐이었다. 사람들은 이내 시큰둥한 표정으로 창문을 닫았다. 단 한 사람만이 창문을 연 채로 계속 공터를 주시하다 부리나케 달려나왔다. 공터를 연구하던 고고학과 학생이었다. 고고학과 학생은 먼저 여자를 일으켜세운 뒤 여자의 손가락이 가리키는 쪽을 바라보고는 조금 주저하는 마음으로 천천히 마네킹의 팔에 다가섰다. 그리고 이내 뭔가 다르다는 것을 느꼈다. 아무리 정교하다 해도 그것은 그저 마네킹의 팔이었기 때문에 사람 팔과는 다른 점이 확연히 눈에 들어왔다. 마네킹 특유의 관절에다가 칠이 벗겨져서 하얗게 드러난 부분도 보였다. 고고학과 학생은 마네킹의 팔을 붙잡고 뽑아내려 했다. 하지만 쉽사리 뽑히질 않았다. 여자는 고고학과 학생의 행동을 보고는 고개를 설레설레 젓더니 빠르게 뒤돌아서서 도망쳐버렸다. 동네일이라면 대놓고 간섭하기 좋아하는 한아름마트의 중년 남자가 주춤주춤 고고학과 학생에게 다가와 어깨 너머로 무슨 일이 벌어지고 있는지를 구경하기 시작했다. 고고학과 학생은 한아름마트의 중년 남자에게 자신을 도와달라고 말했다. 중년 남자도 곧 그것이 마네킹임을 알아보았다. 두 사람은 땅 위로 불쑥 솟은 마네킹의 팔 주위를 파기 시작했다. 얼마 안 가 마네킹의 전신이 발굴되었다. 두 사람은 이마를 훔치며 수고했다고 서로를 격려했다. 한아름마트의 중년 남자는 고고학과 학생의 어깨를 툭 치더니 손동작으로 술잔을 들이켜는 시늉을 해 보였다. 고고학과 학생은 알았다는 뜻으로 고개를 끄덕거린 뒤 마네킹을 가슴팍에 안고서 한아름마트까지 걸어갔다. 두 남자는 아침나절부터 거나한 술판을 벌였다. 출근하는 주민들이 그런 두 사람과 마네킹을 흘끔흘끔 쳐다보며 지나갔다. 그들의 얼굴에는 이상한 취미를 가진 인생 낙오자들이 벌이는 술판에 끼지 않고 오늘도 무사히 출근할 수 있다는 사실에 감사하는 빛이 역력했다. 하지만 두 사람은 그런 반응에 개의치 않고 이 나라의 정치 문제부터 경제, 교육, 환경에 이르기까지 다양한 주제를 놓고 토론을 벌였다. 그러다 문득 생각났다는 듯이 고고학과 학생이 자기 옆에 세워놓은 마네킹을 바라보았다. 한아름마트의 중년 남자 역시 마네킹의 위아래를 한번 훑어보더니 입맛을 다시고는 술을 들이켰다.

장대비로 인해 마네킹이 드러난 뒤에도 도시는 일주일 동안이나 비구름에 덮여 있었다. 하지만 비는 한 방울도 내리지 않았다. 구름은 그저 사람들의 가슴을 짓누를 뿐이었다. 도시의 일부인 고원지대 역시 비구름 아래에서 납작하게 엎드려 있었다. 일기예보에서는 때늦은 장마전선이 형성되었다고 공언했고, 온난화의 영향으로 기상이변이 일어난 것이라고 대수롭지 않다는 듯이 덧붙였다. 사실 온난화로 인한 기상이변은 어제오늘 일이 아니었던 탓에 사람들 역시 대수롭지 않게 여겼다. 그러나 뒤숭숭했던 그해만큼은 몇몇 사람들에게 일기예보가 불길하게 다가왔다. 그 몇몇 사람들 중에서도 또 일부 사람들은 일기예보를 보면서 어느 날 갑자기 자신의 집으로 날아들지 모르는 검은 편지를 떠올렸다. 검은 편지는 '어둠의 통첩'이라는 유치하고 잔뜩 힘이 들어간 명칭으로도 불렸다. 하지만 어느 정도 일리 있는 명칭이기도 했는데, 이 편지가 뒷골목에서 은밀히 배달된다고 알려져 있었기 때문이다. 누군가가 이 편지를 받는다는 것은 두 가지를 의미했다. 하나는 그가 손을 대서는 안 될 돈까지 빌려 썼다는 의미이고, 다른 하나는 이제 더이상 빌린 돈을 모두 갚지 않아도 된다는 의미였다. 검은 편지를 받은 집은 다음날이면 어김없이 집안이 모두 텅텅 비어버리곤 했다. 가구는 물론이고 그 집에서 살고 있던 사람들마저도 사라져버렸다. 누렇게 변색된 벽지만이 바로 어젯밤까지 이 집에서 사람이 살았음을 증명해주었다. 검은 편지가 어떤 모양이고, 그 안에 무엇이 담겨 있는지 아는 사람은 아무도 없었다. 실제로 이 검은 편지가 돌아다니고 있는지, 이 편지를 받은 사람이 있는지조차 알 수 없었다. 만약 검은 편지를 받은 사람이 실제로 있다 해도 항간의 소문대로 한 명의 예외도 없이 이 도시에서 사라져버렸을 터였다. 그래서 일각에서는 검은 편지를 그저 단순한 괴담 정도로 치부했다.

공터에 실질적이고 전향적인, 모든 동네 주민을 위한 해결책들이 동원되기 시작했다. 계기를 마련한 것은 하이힐을 고양이 정수리에 꽂아 죽인 여자였다. 여자는 공터에 특단의 조치를 취해줄 것을 구청에 요구했다. 사실 그전에도 비슷한 민원이 이미 몇 건이나 들어온 상태였다. 하지만 구청은 진정서를 하다못해 이면지로 활용할 생각도 없이 계속 쓰레기통에 던져버리는 것으로 묵살하고 있었다. 하지만 그날따라 구청장이 지나가다 여자의 민원 서류를 훑어보았다. 그는 필요한 조치를 취하라는 지시를 내렸다. 점심시간에 비서와 밥을 먹다가 자신의 지지율이 10퍼센트 가까이 떨어졌다는 말을 들은 직후 내린 용단이었다. 공무원들은 구청장이 정말 열심이고 헌신적이라고 쑥덕거렸다. 그 이야기를 들은 구청장은 넌지시 흐뭇한 표정을 지었다. 구청장이 자리를 뜨자 공무원들은 언제 그런 잡담을 나눴냐는 듯이 돌아서서 각자의 업무를 보았다. 물론 모두가 업무를 본 것은 아니었다. 몇몇은 키보드나 마우스를 내리치거나 갑자기 자리에서 벌떡 일어섰는데, 이런 경우 십중팔구 컴퓨터 모니터에는 주식 시세표가 떠 있었다.

며칠 뒤 공터 입구에는 이른바 양심 거울이 설치되었다. 사실 그것은 인근 도로에 서 있던 도로반사경을 그대로 뽑아온 것이었다. 그 앞에 서면 사람의 모습이 굴절되어 보였다. 양심 거울을 설치한 뒤 공무원들은 쓰레기를 무단 투기하는 일이 줄어들 것이라고 여겼다. 실제로 쓰레기봉투를 든 채 양심 거울 앞에 선 자신의 모습에 불편함을 느끼는 사람들도 있었다. 하지만 그렇다고 들고 온 쓰레기를 다시 가져가는 사람은 없었다. 쓰레기는 여전히 쌓였다. 어느 날 구청 마크가 선명하게 새겨진 쓰레기 수거차가 고원지대로 꾸역꾸역 올라왔다. 물론 정해진 날짜마다 올라왔지만 그날은 공터 앞에 멈춰 섰다는 점이 달랐다. 쓰레기 수거차에서 몇 사람이 내리더니 공터의 쓰레기를 수거하기 시작했다. 동네 주민들은 비로소 공터가 정화되었다고 여겼다. 비록 며칠간이었지만 공터는 처음 비워져 있던 제 모습을 되찾았다. 그로부터 일주일 뒤 누군가가 다시 양심 거울 바로 아래에 페트병과 음식물 쓰레기가 담긴 비닐봉지를 놓고 갔다. 그것을 시작으로 쓰레기는 바이러스가 번지듯이 다시 공터 여기저기에 쌓였다. 예전처럼 작은 트럭이 헤드라이트를 끈 채 조심스럽게 동네의 굽이진 길을 오르기도 했다. 그중 한 트럭이 빈 드럼통을 내려놓고 잽싸게 고개를 내려갔다. 그때까지만 해도 그 드럼통이 얼마 후 세간의 주목을 받는 쓰레기가 되리란 사실을 아는 사람은 아무도 없었다.

경찰이 공터 주변에 접근 금지라고 쓰여 있는 노란 테이프를 둘러치던 날, 동네가 들어선 이래 처음으로 주요 일간지 및 방송사에서 취재를 나왔다. 명실상부하게 동네는 이 도시의 유명지가 되었고, 그에 걸맞게 집값과 땅값은 폭락했다. 공터 주변에 살던 사람들은 당장에라도 사건 현장에서 도망치고 싶었지만 집이 팔리지 않아 이사를 갈 수 없었다. 공터는 강력한 자석처럼 주변 사람들을 자신에게서 벗어나지 못하도록 옭아맸다. 바야흐로 사람들은 공터가 가진 거대한 힘을 서서히 느끼는 중이었다. 이번에야말로 공터는 철저히 버려졌다. 사람들은 공터를 지나갈 일이 있으면 멀리 돌아갔고, 그마저도 어려우면 꼭 누군가와 같이 붙어 다녔다. 물론 밤에 쓰레기를 버리는 일도 사라졌다. 덕분에 공터에 쌓인 쓰레기 더미는 더이상 늘지 않았다. 오랜만에 공터는 안식을 되찾은 듯했다. 공터에 살아서 움직이는 존재는 고양이와 노파뿐이었다. 소금을 뿌리던 노파는 경찰 통제선을 무시하고 들어가 조심조심 고양이를 피해 밤이고 낮이고 소금을 뿌렸다. 사건 현장을 보존해야 할 의무가 있는 경찰들마저도 웬일인지 노파가 소금을 뿌리는 일련의 의식만은 완전히 막지 못했다.

사건 현장에서 가까운 곳에 사는 사람들은 처음에는 그저 어느 집에서 요란하게 고기를 굽는다고 생각했다. 그중 한 부인은 냄새가 공터에서 흘러나오고 있다는 사실을 알았지만 그저 몰상식한 사람이라고 여겼을 뿐이었다. 사실 그 단계에서 여자의 행동을 저지한다고 해서 달라질 것은 아무것도 없었다. 이미 드럼통에 넣은 팔은 불이 붙은 채였기 때문이다. 게다가 팔은 훨씬 오래전에 누군가의 몸에서 떨어져나온 뒤였다.

눈 밑으로 짙은 기미가 낀 여자는 경찰 취조에서 왜 도망가지 않았느냐는 질문에 묵비권을 행사했다. 물론 드럼통에 넣은 팔이 누구의 팔인지에 대해서도 말하지 않았다. 다만 그 사람을 생각하면 항상 가늘고 여성스러워 보이던 팔이 떠오른다고 말했을 뿐이다. 경찰은 국립과학수사연구원에 DNA 감정을 의뢰해야만 했다. 경찰 수사는 곧 난관에 봉착했는데 이번 사건이 시체나 유괴된 아기를 찾는 것과는 거리가 멀었기 때문이다. 사건을 맡은 경찰들은 가늘고 여성스러운 팔 하나를 잃어버린 외팔이를 찾는 일은 해본 적이 없었다. 그래서 당연하고도 자연스러운 결론, 즉 여자가 내연관계의 남자를 죽인 후 시체를 유기했으며 팔 한쪽만 잘라 불에 태웠을 것이라는 데에 의견이 모아졌다. 곧 공터 여기저기가 파헤쳐졌다. 포클레인과 삽이 동원되어 공터를 구석구석 헤집자 동네 주민들이 몰려들어 경찰의 삽질을 구경하기 시작했다. 그전에는 접근 금지를 알리는 노란 테이프를 쳐놓기만 하고 사건 현장을 내버려두었던 경찰이 그날만큼은 몰려든 사람들과 취재진을 막아섰다. 모여든 사람들 중에는 소금을 뿌리던 노파와 검은 비닐에 싸인 뭔가를 줄곧 파묻던 남자, 고고학과 학생, 한아름마트의 중년 남자도 있었다. 노파는 공터를 헤집는 경찰들을 향해 소금을 뿌리며 알아들을 수 없는 말을 잔뜩 중얼거렸다. 평상시에는 노파의 출입을 막지 않던 경찰들도 방송국 카메라가 돌아가는 이날만은 노파를 막아섰다. 결국 노파는 두 경찰에 의해 연행되어 경찰차에 강제로 태워졌다. 뭔가를 파묻곤 하던 남자는 사람들을 피해 고개를 이리저리 빼며 연신 불안한 표정으로 경찰이 공터를 파헤치는 모습을 지켜보았다. 한아름마트의 중년 남자는 이내 자기 옆의 동네 주민에게 공터의 위험성에 대한 자신의 주장을 다시 펼치기 시작했다. 고고학과 학생은 섬세하지 못한 경찰의 발굴에 얼굴을 찌푸렸다. 그는 이래서 이 나라가 문화 후진국의 오명을 벗지 못한다고 생각했다.

공터 한쪽에서 찾았다, 란 소리가 크게 울렸다. 사람들의 시선이 일제히 소리가 난 곳으로 쏠렸다. 취재진이 근처 현장으로 다가가려고 안간힘을 썼고, 경찰은 기자들을 막아서느라 분주했다. 하지만 모여들었던 경찰들은 이내 실망스러운 표정을 감추지 못하고 흩어졌다. 한 경찰이 소리를 지른 경찰의 뒤통수를 때렸다. 소리를 지른 경찰은 욕을 내뱉으며 자신이 파낸 것을 경찰 통제선 밖으로 가지고 나와 전봇대 아래에 버렸다. 사람들이 경찰이 버린 것을 보러 몰려들었다. 경찰이 파낸 것은 마네킹이었다. 나체에 반쯤 둘러진 검은 비닐이 마치 찢겨나간 옷처럼 보였다. 이내 사람들은 싱겁다는 표정을 지으며 흩어졌다. 뭔가를 파묻곤 하던 남자와 고고학과 학생만이 우두커니 서서 마네킹을 말없이 바라보았다.

무려 다섯 시간에 걸친 철저한 조사 끝에 경찰은 공터에서 다수의 음식물 쓰레기와 부패한 고양이 사체 하나, 부서진 전자레인지와 텔레비전, 자전거 바퀴 등등을 찾아내는 성과를 거뒀다. 마네킹도 추가로 여섯 개나 더 발견했지만 그토록 애타게 찾던 시체는 찾지 못했다. 수사는 다시 난항에 빠졌다. 여자는 계속 묵묵부답이었고 외팔이를 찾는 경찰의 탐문 수사도 무위로 그치고 말았다. 게다가 사건은 사람들의 기억 속에서 점점 잊혀가고 있었다. 공터에서 나온 것이 그저 누구의 것인지도 모르는 팔 하나라는 점이 문제였다. 경찰들은 삼삼오오 모여 담배를 피우며 여자가 태운 것이 차라리 누군가의 머리였다면 좋았을 거라고 중얼거리곤 했다. 그랬다면 금세 수사가 끝났을 게 분명했다. 방송국 기자들도 비슷한 대화를 나눴다. 누군가의 잘려나간 팔 하나는 그것만으로도 엽기적인 방송거리였지만 아무래도 머리보다는 주목도 면에서 약했다. 그즈음 오랫동안 전봇대 아래에 방치되어 있던 마네킹이 사라졌다. 하지만 그 사실은 어느 누구에게도 주목받지 못했다. 접근금지를 알리던 노란 테이프는 어느 날 슬그머니 없어졌다. 다시 고양이들이 공터로 몰려들었다. 담력이 센 순으로 공터를 다시 찾는 그림자도 하나둘 늘어나기 시작했다. 한 달이 채 되기도 전에 공터는 예전의 모습을 되찾았다. 공터는 다시 한번 사람들의 관심에서 멀어졌고, 쓰레기가 버려졌다.

붉은 달이 뜬 어느 날 밤, 수상한 사람 하나가 공터에 나타났다. 높은 굽의 하이힐을 신은 여자의 그림자가 공터에 음산하게 드리워졌다. 여자는 곧 하얀 접시를 내려놓으며 나직한 목소리로 고양이들을 불렀다. 몇 마리의 고양이가 멀찍이서 여자를 노려보았다. 여자는 접시 앞에 쭈그리고 앉아서 차분히 기다렸다. 곧 어린 고양이 한 마리가 조심조심 여자에게 다가오더니 접시의 음식을 먹기 시작했다. 여자는 고양이가 귀여운 듯 머리를 쓰다듬으려고 손을 뻗었다. 그 순간 고양이는 날카로운 경계의 울음소리를 내더니 멀찍이 떨어졌다. 여자의 입가에 비릿한 미소가 잠시 어렸다가 사라졌다. 여자는 하얀 접시를 놓고 공터에서 조용히 벗어났다. 여자가 사라지고 얼마 지나지 않아 한 손에 소금 봉지를 든 노파가 공터를 찾았다. 노파는 소금을 뿌리며 무슨 말인가를 중얼거리다가 접시에 담긴 음식물을 보았다. 노파는 두번째라고 조용히 말한 뒤 하늘에 떠 있는 붉은 달을 잠시 올려다보았다. 그러고 나서 봉지를 탈탈 털어 마지막 소금을 뿌린 후 뒷짐을 지고 공터에서 사라졌다. 그후 노파는 더이상 공터를 찾지 않았다.

검은 승용차 세 대가 조용히 고원지대로 올라왔다. 승용차에서 내린 검은 양복 차림의 건장한 사내들은 일사불란하게 동네 여기저기로 흩어졌다. 그 무렵 공터 맞은편의 한아름마트 주인은 불을 끈 채 조심조심 이삿짐을 싸고 있었다. 카운터에는 찢어진 검은색 편지 봉투 하나가 놓여 있었다. 한아름마트의 중년 남자는 달그락거리는 소리를 내는 아내에게 나직이 욕을 내뱉으며 핀잔을 주었다. 모든 식구들이 발꿈치를 들고 고양이처럼 조심스럽게 움직였다. 하지만 그들보다 더 조용히 한아름마트의 유리문이 열렸다. 한아름마트의 중년 남자가 소리를 지르려는 순간 침입자 중 한 사람이 병에 든 우유처럼 보이는 액체를 그의 얼굴에 뿌렸다. 곧 그의 얼굴은 플라스틱처럼 딱딱하게 굳어버렸다. 한아름마트의 중년 남자 뒤에서 주저앉아 오들오들 떨고 있던 식구들 머리 위로 건장한 체격의 검은 그림자 세 개가 길게 드리워졌다.

검은 승용차를 타고 온 또다른 한 무리의 침입자들은 고고학과 학생의 원룸에 침입했다. 고고학과 학생은 그 무렵 패닉 상태였기에 아무런 저항도 하지 못한 채 순순히 끌려나갔다. 불이 꺼진 그의 집 침대 위에는 잘려나간 사람의 다리 하나가 달빛을 받으며 놓여 있었다. 다리 주위로는 온통 흙이 뿌려져 있었다. 마치 방금 땅에서 다리를 파온 것처럼 보였다. 침대 밑에서 흙이 담긴 검은 비닐봉지가 발견되었다. 다리 하나가 떨어져나간 마네킹은 그의 옷장 속에서 찾을 수 있었다. 침입자들은 피에 젖은 그의 침대 시트를 비롯해 마네킹과 관련된 모든 물건과 검은 비닐봉지, 벽에 붙어 있던 공터 사진 등을 회수해서 말 그대로 바람처럼 사라졌다.

검은 승용차를 타고 온 마지막 한 무리는 새벽녘마다 뭔가를 파묻던 남자의 집으로 갔다. 남자는 알몸으로 마네킹 옆에서 등을 보인 채 모로 누워 잠들어 있었다. 그들은 서로의 얼굴을 바라보며 잠시 침묵을 지켰다. 그들 중 하나가 알몸인 남자를 조용히 흔들어 깨웠다. 남자는 눈을 비비고 일어나서 한동안 멍한 얼굴로 그들을 올려다보았다. 그러고는 이내 알았다는 듯이 고개를 끄덕인 뒤 옷을 주섬주섬 챙겨 입었다. 침입자들은 잠자코 남자를 내버려두었다. 남자는 침입자들과 함께 밖으로 나갔다. 침입자 중 한 사람의 가슴팍에는 침대에 누워 있던 마네킹이 안겨 있었다.

각자의 일을 모두 끝낸 침입자들은 공터에 집결했다. 승용차 한 대에는 대여섯 개의 마네킹이 포개져 실려 있었다. 다른 두 대의 승용차에는 각각 고고학과 학생과 남자가 타고 있었다. 침입자들 중 우두머리로 보이는 키가 큰 사내가 공터로 들어섰다. 그 옆으로 두 사내가 나란히 섰다. 공터 구석구석에서 노란 안광을 발하는 눈빛들이 그들을 노려보았다. 그중 하나가 그들을 향해 달려들자 키가 큰 사내는 순식간에 그것을 주먹으로 내려쳤다. 침입자를 향해 달려든 고양이는 등뼈가 부러져 그 자리에서 즉사했다. 여기저기서 사내들을 위협하는 낮은 울음소리가 들려왔다. 두 사내는 불안해했지만 키가 큰 사내만은 전혀 개의치 않는 듯 주위를 둘러보았다. 그때 한 사내가 남자의 침대에서 가져온 마네킹을 안고서 공터로 들어섰다. 키가 큰 사내는 마네킹을 안은 사내에게 고갯짓을 했다. 사내는 들고 온 마네킹의 손목 하나를 부러뜨린 다음 땅바닥에 던졌다. 키가 큰 사내는 쭈그리고 앉아 부러진 마네킹의 손목을 유심히 바라보았다. 사내의 얼굴에 언뜻 놀라워하는 빛이 어렸다. 달빛을 받은 마네킹의 손목에서 조금씩 피가 스며나오기 시작했다. 키가 큰 사내는 손목을 집어든 다음 다른 사내에게 건

넸다. 사내는 부드러워지기 시작한 마네킹의 손목을 천으로 감싸 그의 양복 주머니 속에 집어넣었다. 그들은 다시 승용차에 오른 뒤 조용히 고원지대에서 사라졌다. 고양이 몇 마리가 그들을 뒤쫓았지만 따라잡을 수 없었다.

이틀 동안 고원지대에서는 한바탕 소란이 일어났다. 동네 주민들 몇이 한아름마트 주인 내외가 야반도주한 흔적을 확인하고는 난리를 피웠다. 그에 비해 고고학과 학생이나 반지하방에서 자취를 하던 남자의 행방불명은 그들 가족과 집주인만이 관심을 가지는 아주 사소한 사건에 불과했다. 파출소에 두 사람의 실종 신고가 접수되었다. 그들은 수많은 실종자 명단에서도 맨 끝에 위치했다. 두 사람의 사진이 나란히 인쇄되어 동네 여기저기에 붙었다. 하지만 일주일도 지나지 않아 그 위로 급매물로 나온 주택이나 저이자의 사채 광고지가 나붙었다. 그마저도 한아름마트 자리에 24시간 편의점이 들어설 즈음에는 모두 찢겨나갔다. 한아름마트의 중년 남자에게 돈을 뜯긴 사람들을 제외하고 대부분의 동네 주민들은 이곳에 들어선 편의점에 만족을 표했다. 그 무렵 공터에 시공 계획을 알리는 푯말이 들어섰다. 동네 주민들은 연이어 골칫거리들이 해결되어간다는 사실에 안도했다. 곧 공사 차단막이 설치되고 고양이들이 쫓겨났다. 밤마다 음산한 바람 소리와 고양이의 울부짖음이 들리던 공터에는 적막이 감돌았다. 고양이들은 동네 여기저기로 흩어졌지만 이내 한두 마리씩 죽은 채로 발견되었다. 누군가 독극물을 풀어 고양이들을 죽이고 있다는 추측이 설득력을 얻었다. 애완견을 기르는 동네 주민 몇이 그 음험한 행동에 분개하고 반감을 표했다. 하지만 대부분의 주민들은 이름 모를 범인을 감사히 여겼다. 고양이가 동네에서 모두 자취를 감춘 이튿날 공터 인근의 다세대주택 옥상에서 한 여자가 뛰어내렸다. 여자가 벗어 놓은 굽 높은 하이힐과 유서가 옥상에서 발견되었다. 유서에는 드디어 아무 소리도 들리지 않는데 여전히 고양이 눈이 보인다, 라고 쓰여 있었다.

그로부터 일주일 뒤 공터는 평평하게 다듬어지고 그 위로 두꺼운 시멘트가 발렸다.

혀

그 일은 수면제 30알을 뱉어내다가 일어났다. 지금 내가 말을 하지 못하는 이유, 대신 이렇게 글을 쓰는 이유가 모두 이틀 전에 일어난 사건 때문이다. 그날 이후로 나는 인생에서 두 가지 교훈을 얻었다. 하나는 수면제를 한 번에 100알씩 삼키기는 힘들다는 사실이다. 다른 하나는 목으로 넘기지 못한 수면제를 다시 뱉어낼 때는 조심해야 한다는 점이다. 잘못 토하다가는 혀가 목구멍 안쪽으로 넘어갈 수도 있다. 믿기지 않겠지만 사실이다. 지금 내 혀는 본래 있어야 할 자리에서 쏙 빠져나와 뱃속 어딘가로 들어가버렸다. 나도 모르게 삼킨 혀는 소화되지 않고 몸속을 돌아다니며 여기저기 장기에 들러붙어 맛을 보고 있다. 어제는 빠진 내 혀가 쓸개 주변을 돌아다녔던 게 분명하다. 갑자기 입안 가득 소태처럼 쓴맛이 느껴졌으니까. 이 발칙한 혀를 어찌해야 할지 도통 감이 잡히지 않는다. 게다가 이제는 이 혀를 정말 '혀'라고 부를 수 있는지도 의심스럽다. 무언가가 혀로 위장해서 입안에 시치미를 떼고 잠복해 있었던 게 아닌가 싶다. 그러지 않고서야 어떻게 아무런 고통도 없이 혀가 떨어져나와 목구멍 속으로 훌러덩 넘어갈 수 있단 말인가.

혀가 자리에서 이탈하기까지는 모든 일이 너무도 재빨리 일어나서 지금도 믿기지 않을 정도이지만 뱃속 깊숙이 미끄러져들어가는 과정은 난관 그 자체였다. 혀뿌리까지 빠진 내 혀는 생각보다 길었고 게다가 통통하기까지 했다. 그런 혀가 식도를 통해 내려가다 보니 숨이 막혔다. 나는 진공상태에 내동댕이쳐진 것처럼 괴로움과 두려움을 동시에 맛봤다. 가슴을 쥐어뜯으며 바닥에 웅크리고는 목구멍에 박힌 혀를 다시 빼내려고 안간힘을 썼지만 결국 뱉어내지 못했다. 만약 뱉어냈다면 떨어져나간 혀를 주워들고 병원으로 달려가 다시 원래 자리에 온전히 붙일 수 있었을지도 모른다. 최소한 지금처럼 몸 곳곳을 돌아다니며 아무 장기에나 끈적끈적하게 들러붙는 소름 끼치는 감각을 경험하지는 않았을 것이다.

최근 이틀간 나는 내 몸 여기저기가 얼마나 다양한 맛을 내는지를 새롭게 깨달아가고 있다. 입안에 구속되었을 때와 달리 자유를 찾은 혀는 하나의 독립적인 생명체로 진화한 것만 같다. 혀는 분명한 의지를 가지고 꾸물거리며 돌아다닌다. 다만 그러한 움직임에 어떤 뚜렷한 목적이 있어 보이지는 않는다. 그보다는 난생처음 테마파크로 들어선 아이처럼 행동하고 있다. 몸속 장기 중에서 가장 바깥과 인접한 곳에 달려 있던 혀로서는 내 몸이 별천지로 여겨졌을 법하다. 하지만 어떠한 즐거움이든 끝이 있는 법이다. 내 몸을 충분히 돌아다니면서 즐기고 난 혀가 나중에 어떤 결정을 내릴지 지금으로서는 전혀 감이 잡히지 않는다. 가장 이상적인 결말은 혀가 원래 자리로 얌전히 돌아와 다시 내 몸의 일부가 되는 것이다. 혀가 제자리로 돌아가느라 식도를 지나는 동안 나는 다시 끔찍한 숨막힘에 괴로워할 테지만 그 정도 고통은 참을 수 있다. 물론 기어오르던 혀가 갑자기 식도 중간에 들러붙은 채 멈춰버린다면 나는 십중팔구 질식사하게 될 것이다. 그러면 나중에 나를 발견한 사람들이 사인을 찾느라 내 몸을 해부하다가 깜짝 놀랄 게 뻔하다. "대체 이게 뭐야. 맙소사, 이런 걸 본 적 있어?" 이런 식의 감탄을 내뱉으며 큰빗이끼벌레라도 되는 양 내 몸 여기저기를 꾹꾹 찔러보다가 사진을 찍고 보고서에다 대충 이런 식으로 적을 것이다. '사인은 질식사로 추정됨. 식도 중간에 혀가 통째로 박혀 있으며 이로 인한 장기적인 기도 폐쇄로 사망에 이른 것으로 보임. 혀가 통째로 식도 중간에 걸린 이유는 알 수 없음. 누군가 피해자의 혀를 뽑아 억지로 식도에 밀어넣었을 가능성도 있음. 다만 누군가와 싸운 흔적은 보이지 않음. 현재로선 사인은 분명하나 어째서 혀가 식도 중간에 박히게 되었는지는 추가 조사가 필요함.' 그런 다음 내 시신을 냉동실에서 적당히 며칠 보관하다가 해부 실습용으로 넘길 것이다. 나와 관계된 사건 서류는 미제 사건으로 치부되어 경찰의 캐비닛 중에서도 가장 아래쪽, 잘 열리지도 않는 칸에 처박힐 게 분명하다. 그러다가 〈세상에 이런 일이〉 같은 오락 프로그램에 소재로 등장하거나 미스터리한 사건 가운데 하나로 남아 사람들이 인터넷을 검색하다가 우연히 접하는 괴상망측한 일화로 돌아다니겠지. 이런 내 생각을 비웃기라도 하듯 몸속의 혀가 꿈틀거렸다. 그러고는 점점 더 내 몸 깊숙한 곳으로, 어딘가 아래로 내려갔다.

의사는 진귀한 표본이라도 대하듯 나를 바라보았다. 그러고는 연신 믿을 수 없다는 듯이 펜라이트로 나의 텅 빈 입안을 비춰보고 내시경 영상을 확인했다. 그러고는 재미있다는 표정을 지으며 말했다.

"저로서도 난생처음 겪는 일이라 뭐라 설명드리기 어렵습니다. 다만 지금으로선 선생님 몸속, 그러니까 소장 입구에 자리한 혀를 수술로 꺼내 다시 원래 위치에 봉합하는 게 유일한 방법인 것 같습니다. 빠르면 빠를수록 좋겠지요. 혀의 모양이나 상태를 봤을 땐 아직 괜찮은 것 같습니다만 언제 소화액에 녹을지 모릅니다. 아니면 부패가 시작되거나 다른 장기에 유착되어 손상을 끼칠 수도 있습니다. 여기 이 서류에 사인하시면 지금 당장 입원 수속을 밝은 다음 내일이라도 수술하겠습니다."

의사는 신체 포기 각서처럼 보이는 수술 동의서를 내게 내밀었다. 나는 의사가 긴 설명을 하는 동안 그의 비열해 보이는 얇은 입술과 가끔씩 드러나는 설태 낀 검붉은 혀를 바라보았다. 그때 입안 가득 텁텁한 믹스커피 맛이 맴돌았다. 어디선가 매캐한 담배 연기 냄새도 났다. 물론 진찰실의 어느 누구도 커피를 마시거나 담배를 피우지 않았다. 그럼에도 나는 담배 냄새를 맡을 수 있었고, 혀가 없는데도 커피 맛을 느낄 수 있었다. 환상통의 일종이 아닐까 하는 생각이 들었지만 여러모로 수상쩍어 보이는 의사에게는 아무 말도 하지 않았다. 어차피 혀가 없어서 제대로 말하기도 힘들었다. 나는 휴대전화의 메모장을 열어 일단 집에 가서 생각해본 뒤 다시 오겠다는 문자를 찍은 다음 의사에게 내밀어 보였다. 그러고는 무슨 말인가를 더 하려는 의사를 내버려두고 재빨리 일어서서 진찰실 밖으로 나갔다.

집으로 돌아올 때까지 커피 맛과 담배 냄새는 계속 느껴졌다. 나는 냉장고를 열어 찬물을 꺼내 한 모금 마셨다. 혀가 없다보니 최대한 입에 오래 물을 머금었다가 천천히 조금씩 목 너머로 흘려보내야 했다. 밥을 먹을 생각은 아예 들지도 않았다. 의사 말대로 최대한 빨리 수술하지 않으면 굶어죽을지도 몰랐다. 그럼에도 나는 망설여졌다. 최소한 오늘 만난 의사에게 수술을 받지는 않을 생각이었다. 물론 의사가 내게 무슨 잘못을 한 건 아니었다. 다만 의사와 그의 진찰실이 혐오스러운 기억을 떠올리게 했다는 게 문제였다.

지금도 그때를 생각하면 가장 먼저 저녁놀이 떠오른다. 다들 자리를 뜬, 텅 빈 회의실에 부장과 나만 남아 있었다. 부장은 앉아서 종이컵에 탄 믹스커피를 홀짝이더니 태연하게 담배를 피워 물고는 종이컵을 재떨이 대용으로 사용했다. 건물 내에서는 금연이었지만 부장은 그런 제약 따위는 아랑곳하지 않는 사람이었다. 나는 담배 연기 때문에 미간을 찌푸리면서도 부장 앞에 계속 서 있었다. 부장은 나를 세워놓고도 아무 말 없이 계속 담배를 피우다가 종이컵에 비벼 껐다. 그러고는 일어서서 결재판 모서리로 내 이마를 톡톡 두드리더니 결재판을 펼쳐 서류 하단을 가리켰다.

"사인해."

나는 묵묵히 사인을 한 다음 뒤돌아서 회의실 밖으로 나왔다. 부장의 멱살을 잡거나 아니면 결재판을 그의 면상에 던졌어야 했지만 내가 할 수 있는 반항은 말없이 먼저 뒤돌아서서 나오는 게 전부였다.

갑자기 속에서 신물이 올라와 나는 얼른 화장실로 뛰어갔다. 좌변기 커버를 올리자 기다렸다는 듯이 토사물이 입 밖으로 쏟아져 나왔다. 나는 컥컥거리며 속에 담긴 것을 모두 게워냈다. 물을 내리기 전에 혹시나 해서 토사물을 유심히 살폈지만 사라진 혀는 보이질 않았다.

"나한테 할말 없어?"

여자친구는 휴대전화를 받자마자 다짜고짜 물었다. 아침이었고 자다 깬 상태였기에 나는 다소 퉁명스럽게 무슨 일이냐고 말했다. 하지만 내 목에서는 말 대신에 으, 어, 아 같은 괴성만 겨우겨우 이어질 뿐이었다. 그제야 나는 혀가 내 몸속 어딘가에 처박혀 있다는 사실을 떠올렸다. 여자친구는 답답하다는 듯이 다시 채근했다.

"입 없어? 뭐라고 말 좀 해봐. 앞으로 어떻게 할 거야?"

입은 있다. 혀가 없어서 그렇지. 나 역시 답답하기는 마찬가지였다. 별수 없이 나는 휴대전화를 끊고 서둘러 문자를 찍었다. 목이 아파서 지금은 목소리가 잘 나오지 않으니 다음에 이야기하자고 보낼 참이었다. 하지만 문자를 전송하기도 전에 여자친구에게서 다시 전화가 걸려왔다. 나는 전화를 끊어버리고 마저 문자를 입력한 다음 서둘러 전송 버튼을 눌렀다. 그러고는 휴대전화를 침대 위에 던져놓고 자리에서 일어섰다. 그때 다시 전화가 울렸다. 나는 전화를 받지 않았다. 네번째로 전화가 왔을 때는 차라리 혀가 제자리에 없어서 통화를 할 수 없다는 사실이 통쾌할 지경이었다.

거울 속의 나는 처참함과 한심함의 중간쯤에 머물러 있는 모습이었다. 입을 벌려 확인해보았지만 역시나 혀는 보이질 않았다. 대충 세수를 한 다음 부엌으로 가서 냉장고를 열었다. 딱히 먹을 만한 것도 없었지만, 먹고 싶은 것도 없었다. 신기하게도 혀가 이탈하자 식욕도 사라진 모양이었다. 대신 그만큼 누군가에게 말을 하고 싶었다. 무대 위에 서서 밤새도록 혼잣말을 할 수도 있을 듯했다. 평상시에 가급적이면 나서지 않고, 말도 잘 하지 않으려던 나로서는 상상할 수도 없는 일이었다.

다행히 회사는 당분간 나가지 않아도 괜찮았다. 하지만 이 '당분간'이란 조건은 곧 '앞으로도'로 바뀔 게 뻔했다. 나에게 사인을 요구했던 부장은 일이 마무리되기까지 내가 옆에 있으면 여러모로 신경이 쓰였을 것이다. 사건을 마무리할 시간을 번 부장은 열심히 이런저런 공작을 벌이고 있을 터였다. 모든 일들이 지겹고 권태롭고 끔찍하기까지 했던 나로서는 도망칠 수만 있다면 어떤 결론이든 상관없었다. 현실은 내 입을 틀어막아버렸다. 될 대로 되라지. 자포자기는 역시 큰 힘이다. 결국엔 나를 파멸시킬 테지만 잠깐이나마 견디게 해준다.

할 일이 없었던 나는 거실로 가서 소파에 털썩 주저앉았다. 텔레비전 위에는 아인슈타인이 혀를 내밀고 있는 유명한 사진이 붙어 있었다. 아인슈타인의 혀는 언제 봐도 그의 뇌만큼이나 기민하고 젊어 보인다. 반면 지금 내 몸 어딘가에 박혀 있을 혀는 잠수부의 무게 추만큼이나 무겁고 딱딱한 물건이다. 사실 할말도 제대로 하지 못하고 살아온 나에게 혀는 있으나 마나 한 물건이 아니었을까. 혀도 답답한 주인에게 신물이 난 나머지 제자리를 이탈해 자신의 주인이 대체 어떤 인간인지 알려고 몸 여기저기를 들쑤시는 건지도 모른다. 가만히 액자를 바라보고 있자니 혀를 내민 아인슈타인이 말을 걸어왔다. '넌 세상을 향해 혀를 내밀 용기도 없는 거야.'

어젯밤 꿈에는 기어코 혀가 등장했다. 혀는 식탁 위에 둥둥 떠 있었는데 실제보다 훨씬 큰 모습이었다. 게다가 왠지 모양도 변해 있었다. 혀끝에는 더듬이나 촉수처럼 보이는 것이 한 쌍 돋아나 있었고, 가장자리로는 작은 다리 같은 게 무수히 생겨나 꼼지락거렸다. 혀뿌리는 더 도톰해졌고 몸통은 길고 가늘어 보였다. 이게 정말 내 입안에 들어 있던 혀가 맞는지 의심스러웠다. 그때 혀가 탈색이라도 된 듯 희뿌옇게 변하기 시작했다. 꿈틀거리던 다리와 꼼지락거리던 촉수도 딱딱하게 굳어 더이상 움직이지 않았다. 혀는 핏빛의 두 글자를 혓바닥 위에 만들어냈다.

'침묵.'

이 글자만으로는 무슨 뜻인지 알 수 없어서 나는 잠자코 기다렸다. 하지만 혀는 더이상 다른 글자를 만들어내지 않았다. 마치 정말로 침묵에 빠진 듯했다. 그러고는 자연스럽게 나는 잠에서 깨어났다. 더이상 혀도, 식탁도 보이지 않았다. 다만 머리가 좀 어지러웠고 초점이 잘 맞지 않아 사물이 두 개로 겹쳐 보였다. 나는 눈을 감고 심호흡을 여러 번 한 다음 다시 눈을 떴다. 처음보다는 초점이 잘 맞았지만 머리가 어지러운 건 여전했다. 나는 천천히 일어서서 거울 앞에 섰다. 그런 다음 조심스럽게 입을 벌려보았다. 누렇게 변색된 이와 윤기를 잃은 잇몸, 입천장 등이 보였지만 역시나 혀는 없었다. 혀가 있어야 할 자리에는 텅 빈 어둠뿐이었다. 마치 기분 나쁜 동굴을 들여다보는 느낌이었다. 그 순간 입안에서 묘한 오줌 맛이 났다. 박쥐의 오줌 맛이 꼭 이와 비슷하지 않을까. 나는 내 혀가 방광 부근까지 내려간 것을 느꼈다. 이제 혀는 소화계통을 떠나서 말 그대로 온몸을 돌아다니는 중이었다. 더이상 혀는 혀가 아니었다. 이제는 일종의 기생충이었다. 거기까지 생각이 미치자 꿈에서 보았던 모습이 다시 생생히 떠올랐다. 다시금 입안 가득 오줌 맛이 느껴졌고 아랫배에서 묵직한 통증이 전해져왔다. 혀가 내 방광 근처를 지그시 누르는 듯했다. 다행히도 통증은 얼마 가지 않았다. 대신 혀가 방광에서 떨어져나와 더 아래로 깊숙이 이동하는 게 느껴졌다. 나는 혀가 가려는 위치를 알고는 경악했다. 방광 바로 아래에 위치한 고환 쪽이었기 때문이다. 당연히 혀가 들을 수 없다는 걸 알면서도 나는 마치 혀에 귀라도 달려 있고 말을 알아들을 수 있기라도 한 것처럼 그만 멈추라고 외쳤다. 하지만 혀가 빠진 입에서는 불분명한 괴성만 나올 따름이었다. 혀는 기어이 내 몸의 가장 아래, 밑바닥까지 다가갔고 그곳에 자리를 잡더니 찰싹 달라붙었다.

이 발칙한 물건이 계속해서 내 몸을 유린하는 걸 더이상 방관할 수는 없었다. 그럼에도 나는 병원에 가기를 주저했다. 인정하긴 싫지만 어느새 나는 내 몸속을 돌아다니는 혀가 보내오는 이런 저런 맛에 빠져들고 있었다. 여기저기를 배회하는 혀 덕분에 알게 된 사실이지만 내 몸은 일종의 향신료 창고, 혹은 식품 저장고와 비슷했다. 콩팥에서는 조금 떫은 감 맛이 났고, 간은 어느 부위냐에 따라 쓴 한약 맛부터 에스프레소와 비슷한 맛까지 다양했다. 물론 그중에는 방금 전에 느낀 방광이나 고환처럼 끔찍한 맛을 느껴야 하는 경우도 많았다. 그럼에도 나는 매일 내 몸이 새롭게 느껴지는 경험이 싫지 않았다. 내 몸에 대해 새롭게 알아가는 시간들만 계속된다면 앞으로도 혀가 돌아다니는 걸 내버려둘 의향마저 있었다. 내 혀 덕분에 나는 어느새 세상에서 제일가는 식도락가가 되어가고 있었다.

여자친구는 문자로 내게 비난을 퍼부었다. 문자 속에서 나는 대책이 없는 한량이자 비열한이었고 결혼을 빙자해 사람을 속인 사기꾼이었다. 여자친구는 최후통첩을 하듯 물었다. '그래서 회사에 더 다닐 수 있다는 거야, 없다는 거야?' 여자친구의 물음에 답이라도 하듯 회사에서도 문자가 왔다. 다소 장황한 문자의 핵심은 역시 마지막 문장이었다. '높은 역량과 그간 회사에 이바지한 공로를 인정해 차장으로 승진시키고 제주 지사 영업부로 발령함.' 그 외에도 여기저기서 많은 스팸 문자가 와 있었다. 잘 모르는 번호로 부재중 전화도 몇 통인가 와 있었다. 나는 스팸 문자를 지워나

가다가 같은 부서에서 일하던 여직원이 보낸 문자에서 멈추고 말았다. 갑자기 속이 메슥거리고 답답해졌다. 나는 망설인 끝에 문자를 열어보았다. 생각 같아선 읽지 않고 그대로 지워버리고 싶었지만 양심이 내 손가락을 꼭 쥐고서 놓질 않았다. 여직원이 보낸 문자는 짤막했다. '언제까지 침묵하실 건가요? 증언을 꼭 부탁드립니다.' 증언이라니, 얼마나 용기 있는 행위인지. 내겐 그런 용기도, 부지런함도 없었다. 게다가 지금은 증언을 할 수도 없는 상황이었다. 나는 혀 먹은 벙어리나 진배없었다. 게다가 요즘 혀가 내 몸 여기저기에 들러붙어 투덜거리는 탓에 정신을 차릴 수 없었다. 언제부터인가 혀는 달라붙은 내 신체 부위와 관련된 기억이나 사건을 다시금 떠올리게 했다. 문제는 이 과정에서 환각과 환청이 일어난다는 점이었다.

처음 찾아온 것은 환청이었다. '아파.' 늦은 점심 대신으로 천천히 우유를 입에 머금었다가 조금씩 흘려보내는 중이었다. 나는 잘못 들은 게 아닌가 싶어 유심히 귀를 기울였다. 그러자 다시 한번, 아기 옹알이 같은 말투로 똑같은 말이 들려왔다. '아파.' 나는 배나 가슴을 만져보며 혀가 어디쯤에 있는지를 가늠하려 애썼다. 처음 혀를 삼키고 나서 얼마 지나지 않아 나는 손으로 몸 여기저기를 만져서 혀가 대강 어디쯤 위치하는지 알아보는 법을 터득했다. 나는 몸 곳곳을 만져보다가 혀가 등허리 부근에 얌전히 자리를 잡고 움직이지 않는다는 걸 알았다. 그럼에도 혀가 자리한 부근에서 조금씩 통증이 느껴졌다. 동시에 눈앞이 아득해지더니 등허리를 구타당한 일이 떠올랐다. 대학교 축제 때 학생회관 뒤에서 선배 몇 사람에게 끌려가 교육을 받은 적이 있었다. 선배는 나를 엎드려뻗쳐 시킨 다음 야구방망이로 엉덩이를 때렸다. "소리 나지 않게 이 악물어라. 선배 말을 얌전히 들어야지 어디서 대꾸야. 뭐, 질문 있습니다? 이게 그 질문에 대한 답이다." 선배는 야구방망이로 엉덩이를 계속 때리면서도 주의를 주었다. "조심, 조심. 잘못 맞으면 허리 나간다." 나는 이를 악물고 참으면서도 허리를 맞지 않도록 조심했다. 그럼에도 마지막에 선배는 야구방망이로 내 허리 부근을 때렸다. 실수라기보다는 다분히 의도적인 행동이었다. 나는 그대로 바닥에 엎드려서 몸을 웅크렸다. 허리를 중심으로 상체와 하체로 전류가 흐르듯 통증이 온몸으로 퍼져나갔다. 숨이 막히고 아예 몸을 움직일 수도 없었다. 선배는 쭈그리고 앉더니 나를 보며 말했다. "잘 참았어. 앞으로도 그렇게 입 닥치고 생활해." 그러고는 야구방망이를 던지고는 뒤돌아섰다. 나는 벌떡 일어서서 땅에 떨어진 야구방망이를 주워든 다음 곧장 선배의 뒤통수를 갈겼다. 그러자 골프티 위에 놓인 공이 골프채에 맞아 날아가듯 선배의 머리가 목에서 떨어져나가 저멀리 날아갔다. 그런데도 선배와 나란히 걸어가던 다른 선배들은 아무것도 보지 못한 듯 계속 걸어가기만 했다. 심지어 머리가 날아간 선배도 목만 남은 채 계속 걸어갔다. 나는 그들의 등에다 대고 말했다. "나이스 샷." 그러고 나서야 정신을 차리고 현실로 돌아왔다. 환각이 끝나자 거짓말처럼 통증이 사라져 있었다. 나는 주위를 둘러보았다. 변함없는 내 방이었다.

내 몸은 나의 예상보다 훨씬 더 많은 상처와 통증을 품고 있었다. 내가 기억하고 있던 일들도 많았지만 전혀 기억에 없는 아픔도 제법 있었다. 혀가 내 몸 어딘가로 가서 자리를 잡으면 언제나 '아파'라는 소리가 먼저 들려왔다. 그러고는 혀가 감싼 부위에서 통증이 전해지고 눈앞이 아득해지면서 환각을 경험했다. 환각의 끝은 항상 현실과 달랐다. 대학생 시절 허리를 다쳤을 때도 나는 선배의 뒤통수를 갈기기는커녕 아무 말도 못한 채 1년을 휴학했다. 통원 치료 끝에 가까스로 나았지만 이후에도 비가 올 때마다 허리가 쑤셨다. 하지만 그때 맞았던 등허리 부근에 혀가 들러붙고 환각을 경험한 이후로는 전혀 아프지 않았다. 혀가 아랫배에 달라붙어 있을 땐 중학생 시절 나를 괴롭히던 녀석이 떠올랐다. 녀석은 항상 내게 '빌려간다'며 돈을 뜯어갔다. 그러던 어느 날 녀석은 늘 그러듯 내게서 돈을 빌려가더니 갑자기 몸을 돌려 내 아랫배를 향해 주먹을 날렸다. 나는 아랫배를 움켜쥔 채 그대로 주저앉아 몸을 동글게 말았다. 위장이 뒤집어지는 느낌이었다. 하지만 혀가 달라붙고 환각을 경험했을 때, 나는 한 대 맞은 뒤에 자리에서 벌떡 일어서서 녀석을 흠씬 두들겨 패주었다. 녀석이 피투성이가 돼

서 쓰러지고 나서야 환각은 끝났고 동시에 아랫배에서 느껴지던 통증도 사라졌다.

엉덩이로 내려간 혀는 꽤 오랫동안 머물렀다. 아무래도 어렸을 때나 학창 시절에 엉덩이나 종아리를 자주 맞은 탓인 듯했다. 엉덩이에 달라붙어 있을 때는 초등학교 때 말도 안 되는 이유로 나를 체벌하던 교사의 모습이 파노라마처럼 눈앞에서 지나갔다. 정말이지 여러 교사가 이런저런 체벌 도구로 내 엉덩이를 때렸다. 교사들은 내 엉덩이를 때리고 나서는 무릎을 꿇더니 눈물을 흘리며 반성문을 썼다. 그러고는 반성문을 내게 내밀고는 뒤돌아서 환한 빛 가운데로 걸어가 사라졌다. 혀가 종아리근육에 달라붙어 있을 때는 피부와 가까운 곳에 자리를 잡은 탓에 혀의 윤곽이 드러나 보였다. 나는 종아리에 울룩불룩 튀어나온 혀의 윤곽을 조심스럽게 손으로 매만졌다. 길쭉한 혀는 나뭇잎처럼 보이기도 했다. 약간의 온기도 느껴졌다. 나의 착각인지는 모르겠지만 내 손이 닿자 혀가 잠깐 움찔했다. 그러다가 이내 말 잘 듣는 고양이처럼 가만히 움직이지 않았다. 혀만큼 나를 잘 알아주는 대상은 여태껏 없었다. 혀는 이후에도 내 몸 곳곳을 돌아다니며 맛을 보고 통증을 일으키고, 환각을 보여주었다. 그때마다 나는 몸과 마음이 치료되는 느낌이었다.

또하나의 혀가 자라기 시작한 것은 여자친구에게서 이별을 통보받은 날 오후였다. 여자친구는 전화 대신 문자를 보내 그만 만나자는 말을 전했다. '어차피 당신도 나에게 할말이 없을 테니'라고 시작하는 문자를 나는 여러 번 되읽었다. 사실 할말은 많았다. 말을 할 수가 없었을 뿐이다. 나는 문자를 지울까, 말까 망설이다가 다음에 결정하기로 하고 내버려두었다. 게다가 아침부터 입안에서 느껴지던 여러 증상 탓에 여자친구의 이별 통보는 사실 부차적인 문제로 여겨졌다. 자고 일어나자 입안이 무척 가려웠다. 게다가 묘하게 열감도 느껴졌다. 그러다 점심 무렵부터는 꾹꾹 쑤셔왔다. 나는 다시 거울 앞에 서서 입을 쩍 벌려보았다. 입안 깊숙한 곳에 무언가가 톡 튀어나와 있었다. 나는 좀더 자세히 보기 위해 손전등을 찾아 입안을 비추었다. 그러자 목구멍 안쪽에 작은 돌기 같은 게 솟아 있는 게 보였다. 나는 그것이 작은 혀라는 걸 금세 알아차렸다.

새로운 혀는 하루가 다르게 쑥쑥 자라났다. 이틀 만에 원래 혀의 3분의 2 정도 크기까지 커졌다. 나는 시험 삼아서 말을 해보았다. 다소 어눌하긴 하지만 충분히 알아들을 수 있을 만한 소리가 났다. 그러다 문득 내 몸속에 들어 있는 또다른 혀가 떠올랐다. 원래의 혀는 명치 부근에 가만히 자리잡고서는 움직이지 않았다. 기이한 생각이지만 또다른 혀가 생겨나자 원래 혀는 잠든 것처럼 느껴졌다. 왠지 원래의 내 혀가 안쓰럽다는 생각이 들었다.

하루가 더 지나자 새로운 혀는 완전히 원래의 혀를 대신했다.

문제는 혀가 내 의도와는 다르게 움직인다는 점이었다. 나는 새로운 혀가 자라난 3일째 아침을 난생처음 해보는 욕설과 함께 시작했다. 잠에서 깨어 하품을 하다 나도 모르게 한 번도 사용한 적 없는 욕이 불쑥 튀어나왔다. 그것을 신호로 하루종일 나는 수많은 욕을 내뱉었다. 흔히 사용하는 미친, 혹은 개로 시작하는 욕부터 나도 모르는 욕까지 분별없이 쏟아졌다. 마치 사이비 종교에서 이른바 계시를 받은 교주가 자신의 의사와 상관없이 이런저런 말을 마구잡이로 내뱉는 것과 비슷했다. 사실 나는 누군가를 욕한 적이 별로 없었다. 욕이 나오는 상황에서도 참고 입을 닫아버리는 게 편했다. 내게서 새로 돋아난 혀는 그동안의 이런 버릇을 답답하게 여긴 게 분명했다. 처음에는 그동안 말하지 못해 생긴 스트레스도 풀리고 조금은 나 자신이 남자다워지는 느낌이었다. 하지만 욕설이 계속 이어지자 점점 더 우울해졌고 결국 비참한 기분에 빠졌다. 무엇보다 목이 너무 아팠다. 오후에 회사에서 전화가 걸려왔지만 받을 수가 없었다. 말을 할 수 있게 됐지만 통화하다가 나도 모르게 욕이 쏟아져나올 것 같았다. 다행히 욕은 점점 나오는 횟수가 줄어들더니 한밤중이 되자 완전히 멈추었다. 대신 이번에는 참을 수 없는 식욕이 찾아왔다. 나는 냉장고 문을 열어 먹을 수 있는 것들을 하나하나 꺼내 해치웠다. 혀는 그간 제대로 음식을 맛보지 못한 스트레스를 한 번에 다 풀려는 듯했다. 배가 불러서 더 이상 먹을 수 없게 되자 그동안 먹었던 게 그대로 구토로 이어졌다. 나는 입에 욱여넣었던 음식들을 좌변기에다 모두 뱉었다. 그러고는 다시금 냉장고 문을 열고 안에 담긴 이런저런 음식들을 먹어치웠다. 유통기한이 열흘쯤 지나 슬슬 맛이 변해가는 두부를 마지막으로 해치우고 나는 다시 화장실로 달려갔다.

눈을 떠보니 내가 누워 있는 곳은 거대한 혀 위였다. 이내 나는 실제로 눈을 뜬 게 아니라는 사실을 깨달았다. 늘 사용하던 눈은 여전히 감겨 있었다. 내 눈앞에 펼쳐진 꿈 혹은 환각은 지금껏 감겨 있던 또다른 눈이 보고 있었다. 한쪽 눈을 뜨면 다른 쪽 눈은 반드시 감고 있기 마련이다. 마찬가지로 혀가 제자리에서 이탈하고 나서야 나는 비로소 해야 할 말과 행동들을 찾아가는 느낌이었다. 다행히도 내 몸이 누워 있는 거대한 혀는 당장에는 말을 하거나 움직일 생각이 없는 듯했다. 거대한 혀는 잠이 든 고래가 천천히 헤엄을 치는 것처럼 규칙적으로 위아래로 조금씩 들썩거렸다. 물론 혀 위였기에 내 몸은 온통 젖어서 번들거렸다. 게다가 몸이 반쯤 혀 속에 잠겨 있었다. 접착제에 들러붙은 것처럼 끈적거리는 몸을 혀에서 떼어내니 온몸 여기저기에 거미줄처럼 침이 길게 늘어졌다. 주위를 둘러보다가 문득 악취를 느끼고는 코를 틀어막았다. 그때 누군가 나를 부르는 소리가 들렸다.

'깨셨어요?'

나는 계속 혀 위에 달라붙는 신발을 힘겹게 떼어내며 소리가 나는 쪽으로 걸어갔다. 처음 목소리를 들었을 때 어느 정도 예상은 했지만 역시나 내 추측대로 회사 여직원이 혀에 몸을 반쯤 묻은 채 나를 올려다보았다. 나는 여직원에게 손을 내밀었다. 여직원은 내가 내민 손을 무심히 바라만 보았다.

'그때는 침묵하시더니 왜 이제 와서 손을 내밀죠?'

나는 내민 손을 거둬들였다.

'침묵한 게 아니야. 양쪽 입장을 모두 들어봐야 판단할 수 있다고 생각했을 뿐이야.'

그러자 여직원이 비웃더니 나를 올려다보며 물었다.

'그래서 양쪽 입장을 다 들어본 지금은 어떠신가요?'

'사실 양쪽 입장을 다 들어보지도 못했어. 부장은 아무런 설명도 하지 않았거든.'

'어차피 과장님은 말하지 않을 생각이었어요.'

여직원은 고개를 저으며 말했다.

'이젠 다 필요 없어요. 난 이미 이 거대한 혀 너머 목구멍 속으로 빠져버렸으니까. 여기 남아 있는 건 나의 일부일 뿐이에요. 이 사이에 낀 찌꺼기와 비슷하죠.'

몇 년 전에 끊었던 담배가 간절히 생각났다. 나는 담배를 피우는 대신 드넓은 혀 주변을 둘러보았다. 머리 위로는 단단한 어둠이 자리했다. 주위에는 여전히 쓰레기통에서 날 법한 악취와 습기가 가득했다. 그래도 냄새에 적응한 탓인지 이제는 코를 틀어막지 않아도 견딜 만했다.

'있잖아, 믿기지 않겠지만 얼마 전에 내 혀가 빠져서 목구멍 속으로 넘어가버렸어.'

내 말에 여직원은 흥미롭다는 표정으로 나를 가만히 바라보았다.

'근데 이 혀가 내 몸 곳곳을 돌아다니면서 맛을 보기 시작하더군. 나도 내 몸이 그처럼 여러 가지 맛을 낼 줄 몰랐어. 나를 변태처럼 바라보는군. 맞아. 시간이 지날수록 내 몸 자체에 빠져들었지. 그러다 나중에는 자기 연민까지 가더라고.'

'과장님 몸이 어떤 맛을 낼지 궁금하긴 하네요.'

'여러 가지 맛이 있더라고. 엉덩이 쪽, 다리 쪽, 아랫배 쪽, 다 맛이 달라. 마치 소고기나 돼지고기, 참치회가 부위별로 맛이 조금씩 다른 것과 비슷하지. 근데 나중에는 혀가 한 가지 맛만 찾아 돌아다니더라고.'

'어떤 맛이요?'

'아주 짜고 씁쓸한 맛. 근데 그 맛이 나는 부위들은 대부분 고통스럽거나 후회스러운 기억들과 얽혀 있었어.'

'거기에 저에 대한 기억도 포함되어 있나요?'

'응, 있는 것 같아.'

고개를 들어보니 지평선처럼 보이는 곳에서 해가 떠오르듯 조금씩 빛이 퍼지는 게 보였다. 처음에는 눈이 부셔서 제대로 볼 수 없었지만 조금 적응하고 나자 하늘처럼 보이던 입천장과 커다란 바위 같은 이빨이 보였다. 빛은 점점 더 많이 들어와 이내 우리 주변까지 환한 빛에 싸였다. 우리를 집어삼킨 거대한 입이 서서히 열리는 중이었다. 나는 허리를 구부리고 여직원에게 손을 내밀었다. 여직원은 다소 망설이다가 내가 내민 손을 잡았다.

나는 떴던 눈을 감고, 감았던 눈을 떴다. 그러고는 다시 현실로 돌아왔다는 사실을 확인했다. 볼 안쪽이 화끈거렸다. 무언가가 볼에 달라붙어 꾸물거렸다. 그것이 무엇인지 알 것 같았다. 나는 일어서서 거울 앞에 다가가려다 놀라서 잠깐 멈칫했다. 침대 발치에 말라비틀어진 거대한 지렁이 같은 게 놓여 있었다. 나는 그것을 주워들어 유심히 살폈다. 돌돌 말린 그것을 펼치자 이내 내 혀라는 걸 알 수 있었다. 나는 떨어져나온 혀를 들고서 거울 앞에 다가갔다. 오른쪽 볼이 불룩불룩 튀어나왔다가 가라앉기를 반복했다. 그러다가 오른쪽 볼에 달라붙어 있던 그것이 입천장을 지나 왼쪽 볼로 옮겨갔다. 거기서도 그것은 자리를 잡으려는 듯이 꾸물거렸다. 여직원에 대한 이런저런 기억이 떠올랐다. 그중에는 낯뜨겁고 부끄러운 기억도 포함되어 있었다. 그동안 그것은 왼쪽 볼에서 좀 더 안쪽으로 움직이기 시작했다. 이내 그것은 나의 목젖을 건드리고는 목 안쪽 깊숙한 어둠이 도사리는 곳, 예전에 혀가 있던 자리로 스르륵 움직였다. 목젖과 성대 부근이 불에 데기라도 한 듯 화끈거렸다. 나는 이를 악물고 신음이 나오려는 걸 가까스로 참았다. 그러자 조금씩 화끈거림이 사라지더니 요동치던 목구멍 안쪽이 잠잠해졌다. 나는 거울 앞에 서서 천천히 입을 벌려보았다. 역시나 내 예상대로 혀가 입안에 얌전히 자리해 있었다. 비로소 혀는 다시 원래의 자리로 돌아온 것이다. 그때 침대에서 현실을 불러오듯 휴대전화 벨소리가 들렸다. 휴대전화를 집어들자 낯익은 혐오가 자신의 이름과 번호를 드러내 보였다. 나는 시험 삼아 여보세요, 라고 말해보았다. 다소 발음이 부정확했지만 못 알아들을 정도는 아니었다. 조금만 더 연습하면 완전히 원래 목소리와 발음으로 돌아갈 수 있을 듯했다. 휴대전화가 계속 시끄럽게 울려댔기에 귀찮았지만 나는 결국 전화를 받았다. 휴대전화 너머로 부장의 목소리가 들렸다.

"이제야 겨우 연락이 닿았군. 언제 제주도로 내려갈 건가?"

나는 침대에 앉아서 말라비틀어진 또다른 혀를 가만히 내려다보았다. 이건 가짜 혀였을까. 아니면 진짜 혀가 돌아오기까지 나를 지탱해준 또다른 혀였을까. 내 혀가 이탈했다가 다시 원래의 모습으로 돌아오는 동안, 즉 집에서 칩거하는 동안에도 세상은 그다지 변한 게 없어 보였다. 고개를 돌리자 침대 옆 협탁 위로 수면제가 담긴 병 주변에 알약 몇 알이 흩어져 있는 게 보였다. 나는 말라비틀어진 혀를 약병 옆에 놓고는 길쭉한 타원형의 수면제를 한 알 들어보았다. 이걸 언제 먹었는지 기억이 잘 나지 않았다. 내가 계속 침묵하자 부장은 짜증스럽다는 듯이 말했다.

"나의 마지막 배려라 생각하고 말없이 제주도로 내려가. 이봐, 듣고 있는 건가?"

"그만 때리고 입 좀 다물어. 냄새나니까."

나는 그 말을 끝으로 전화를 끊어버렸다. 그런 다음 바닥에 뒹구는 수면제를 끌어모아 약병에 넣고 뚜껑을 닫았다. 다시 휴대전화 벨소리가 들렸지만 그대로 끊어버렸다. 대신 나는 그동안 지울지 말지 망설였던 번호를 찾았다. 나는 잠깐 번호를 내려다보다가 통화 버튼을 눌렀다. 이 전화를 시작으로 오늘 하루종일 바쁠 듯했다. 혀가 다시 돌아온 날, 나는 해야 할 말이 많았다.

골목의 이면

새벽 2시 10분 22초, 골목 안 거주자들 가운데 깨어 있던 마지막 사람이 잠드는 것을 신호로 골목이 깨어난다. 잠들기 직전까지 이곳 사람들이 입 밖으로 내뱉었거나 입안 깊숙이 담아두었던 무수한 말들이 골목 안 여기저기에서 메아리치고, 전갈좌가 명왕성과 일직선을 이룬다. 수군대고 뒤척이는 골목길로 유령이 걸어간다. 연립주택 앞을 지나는 유령. 시각은 2시 10분 23초. 달은 23일 2시간 10분 24초째 지구를 공전중이다. 유령은 골목길 위, 북북서 방향에 떠 있는 달빛을 받으며 계속 걷는다. 상체를 꼿꼿이 세운 채. 유령의 키는 165센티미터. 몸무게는 21그램. 나체에 맨발. 머리가 없음. 머리는 유령의 발치께에 떨어져 있다. 유령은 자신의 머리를 툭 발로 찬다. 머리가 유령보다 앞서 골목길 위를 굴러간다. 유령은 머리가 굴러간 지점까지 걸어가서 다시 머리를 발로 찬다. 그런 식으로 유령은 머리를 앞세우며 천천히 걷는다. 잘린 유령의 목에서는 시간당 4리터씩 색색의 유화물감이 흘러나온다. 빨간색, 노란색, 파란색, 군청색, 인디언옐로, 번트시에나…… 수많은 색의 줄기들이 유령의 나신에 긴 줄을 긋는다.

유령이 걷고 있는 골목의 총길이는 442미터. 폭은 4.14미터. 직선으로 곧게 뻗은 이 골목길은 입구에서부터 240미터 지점에서 또다른 골목길과 직각으로 만난다. 위에서 내려다보면 두 골목길은 십자가 모양이다. 유령이 걷고 있는 골목길을 수평으로 가로지르는 또다른 골목길의 총길이는 442미터. 수직으로 뻗은 골목길이 수평으로 뻗은 골목길을 정확히 이등분한다. 따라서 수평으로 뻗은 골목길은 동서로 221미터씩 뻗어 있으며, 양끝은 단독주택으로 막혀 있다. 수직으로 뻗은 골목길에는 전봇대가 좌우로 각각 20개씩 22미터 간격으로 서 있다. 좌우 전봇대는 정확히 대칭을 이룬다. 십자가의 팔 부분에 해당하는 골목길 역시 전봇대가 서 있다. 그 개수는 총 40개. 역시 22미터 간격. 왼쪽에 20개, 오른쪽에 20개. 전봇대는 모두 골목길 양편에 마주서 있다. 물론 정확히 서로 대칭이다. 골목길의 입구와 출구는 하나. 버스 정류장 표지판이 서 있는 자리가 입구이자 출구이다. 골목 안의 거주자들은 이곳으로 하루에도 수십 차례씩 드나든다. 남쪽에 버스 정류장이 있다면 북쪽에는 두 개의 애드벌룬이 떠 있는 6층의 연립상가가 우뚝 서 있다. 연립상가를 중심으로 골목길 좌우로는 3층짜리 연립주택들이 늘어서 있다.

유령이 걷고 있는 골목길에 서 있는 전봇대에는 100와트의 가로등이 달려 있다. 그 주위로 네눈박이산누에나방이 맴돈다. 네눈박이산누에나방의 수는 가로등마다 정확히 두 배씩 증가한다. 골목길 입구에 서 있는 첫번째 전봇대의 가로등 주위에 모여 있는 네눈박이산누에나방은 모두 세 마리. 그다음 가로등에는 여섯 마리. 또 그다음 가로등에는 열두 마리. 물론 그다음 전봇대에서는 스물네 마리의 네눈박이산누에나방을 볼 수 있다. 나방이 날개를 펼치면 네 개의 눈이 드러나고 접으면 사람의 귀 모양이 된다. 나방이 날갯짓을 할 때마다 번뜩이는 네 개의 눈이 나타났다가 사라지기를 반복한다. 동시에 가로등 주위의 귀들이 사라졌다가 나타났다가 한다. 네눈박이산누에나방은 한밤중에 골목에서 일어나는 일이라면 무엇이든 알고 있다. 언제나 보거나 듣고 있기 때문이다. 수직으로 뻗은 골목길의 가로등 주위가 부산한 반면 수평으로 뻗은 골목길의 전봇대는 가로등이 모두 꺼져 있다. 가로등에 전구가 달려 있어야 할 곳은 텅 비어 검은 구멍을 드러내 보인다. 빠져나온 전구들은 전봇대 아래에 하나씩 얌전히 놓여 있다. 깨지거나 먼지가 낀 전구는 하나도 없다. 다만 전구의 필라멘트가 모두 끊어져 있다. 가로등마저 그 길에서 벌어지는 일들에 대해서는 외면하고 눈을 감는다.

한 소녀가 왼쪽 골목길 막다른 집의 붉은 대문을 열고 밖으로 나온다. 대문은 군데군데 녹이 슬어 있다. 철문을 닫는 쇳소리가 텅 빈 골목길에 울린다. 소녀의 키 150센티미터. 몸무게 21그램. 긴 머리카락. 계란형 얼굴. 하얀 블라우스. 체크무늬 치마. 빨간 하이힐. 연립상가 앞에도 젊은 여자가 하나 서 있다. 여자의 키 165센티미터. 몸무게 21그램. 뱃속에는 6개월 된 태아가 들어 있다. 긴 머리카락. 계란형 얼굴. 하얀 블라우스. 체크무늬 치마. 빨간 하이힐. 여자는 상가 건물을 올려다보더니 건물 입구로 들어선다. 달은 23일 2시간 10분 47초째 공전중이다. 소녀는 수평으로 뻗은 골목길의 서쪽에서 동쪽으로 이동한다. 소녀에겐 크게 세 가지 경우의 수가 있다. 하나는 교차로에서 왼쪽으로 꺾어서 연립상가 건물로 곧장 걸어가는 경우. 소녀가 이 선택지를 택할 확률은 95퍼센트. 또다른 하나는 그대로 직진하는 경우. 이것을 선택할 확률은 3퍼센트. 나머지 하나는 교차로에서 오른쪽으로 꺾어서 유령과 조우하게 되는 경우. 이 경우는 1퍼센트이다. 물론 다른 경우의 수도 있다. 소녀가 발걸음을 멈추는 경우. 교차로까지 나오기 전에 소녀가 다른 집 대문 안으로 사라지는 경우. 소녀가 되돌아서서 오던 길을 되짚어가는 경우. 마지막으로 소녀가 맨홀에 빠지는 경우. 소녀가 이 모든 기타 상황들 중 하나를 겪게 될 확률 1퍼센트.

맨홀은 골목길의 한가운데에 일렬로 20미터 간격씩 묻혀 있다.

하수맨홀, 역류방지맨홀, 통신맨홀, 전기맨홀, 도시가스맨홀…… 맨홀의 지름은 제각각이지만 뚜껑은 원형과 사각형 두 가지이다. 하나만 제외하고 맨홀의 뚜껑은 전부 닫혀 있다. 뚜껑이 열려 있는 맨홀은 십자 교차로에서 서쪽으로 10미터 떨어진 지점에 있다. 맨홀의 지름은 600밀리미터. 충분히 소녀가 통과할 수 있다. 맨홀 주위에 주의를 표시하는 삼각대가 동서남북으로 놓여 있다. 소녀는 계속 걸어간다. 맨홀에서 볼 때 소녀와의 거리는 5미터, 왼쪽과 오른쪽에 마주보고 서 있는 전봇대와는 대각선으로 6.3미터 떨어져 있다. 소녀가 걷는 자세는 일정하고 흔들림이 없다. 보폭도 규칙적이다. 소녀는 태엽의 별자리를 타고났다. 이 속도로 계속 소녀가 이동하다 맨홀을 피해 방향을 오른쪽으로 잡는다면 30초 뒤, 유령을 보게 된다. 만약 유령과 소녀가 만난다면 정장 차림의 남자가 교차로를 기점으로 동쪽으로 50미터, 지상에서 3.2미터 떨어진 연립주택 창문 옆에 설 예정이다. 그로부터 5초 뒤 창문이 열리고 남자는 창문 밖으로 고개를 내밀 것이다. 하지만 이 확률은 앞서 보았듯이 극히 희박하다.

연립상가 건물 6층에는 미술학원과 속셈학원이 하나씩 있다. 두 학원은 하나의 복도를 중심으로 수평으로 마주보고 있다. 5층에는 술집과 게임방이 사이좋게 수직으로 이등분해서 들어서 있다. 4층은 미장원과 세탁소, 비디오 대여점이 삼등분해서 사용한다. 3층과 2층은 원룸이다. 길이 5미터, 폭 2미터의 직사각형 공간에 한 사람씩 들어가 생활한다. 구성원은 막노동꾼, 백수, 술집 여종업원, 휴학생. 그리고 네팔인 한 명, 인도인 두 명, 베트남인 세 명, 중국인 네 명이 있다. 인도인 중 한 명은 시바 신을 믿는다. 그의 방은 3층 오른쪽 끝이다. 창가에는 시바 신 조각상이 세워져 있다. 하지만 방안의 불이 꺼져 있어 볼 수는 없다. 상가 1층에는 슈퍼, 약국, 빵집, 정육점, 문방구가 들어서 있다. 이들은 1층을 정확히 다섯 등분 해서 사용한다. 연립상가 외벽에는 녹슨 철제 계단이 달려 있고, 철제 계단의 첫번째 층계참과 두번째 층계참 사이에는 검은색 스프레이로 그린 낙서가 보인다. 가로 70센티미터, 세로 2미터의 직사각형과 세로 70센티미터, 가로 2미터의 직사각형이 서로 직각으로 만나는, 십자가 모양의 낙서다. 상가 건물 정면으로는 열두 개의 간판이 달려 있는데, 간판 사이로 검은 전깃줄이 늘어져 있고 에어컨이 반쯤 녹슨 지지대 위에 달려 있다. 간판들은 2층과 3층을 비운 채 위아래로 몰려 있다. 상가 건물 곳곳에서는 균열의 흔적이 보인다. 균열 부위마다 덧칠한 페인트. 덧칠 위로 흘러나와 말라붙은 녹물. 상가 건물에서는 아침마다 시멘트 가루가 조금씩 지상으로 떨어진다.

미술학원 바로 아래에 위치한 술집의 네온 간판이 어둠 속에서 홀로 깜박거린다. 네온사인관을 구부려 만든 여자가 칵테일 잔을 든 채 간판에 걸터앉아 있다. 과장되게 굴곡진 몸매. 빨간 하이힐.

빨간 비키니 수영복. 쭉 뻗은 다리. 사실 여자의 다리는 셋이다. 가지런히 모은 두 다리 옆으로 쭉 뻗은 다리가 하나 더 달려 있다. 두번째 다리와 세번째 다리에 불이 들어오느냐 오지 않느냐에 따라 여자의 다리는 주기적으로 앞을 찼다가 제자리로 돌아온다. 여자 아래로 '아리아드네'라는 글자가 보인다. 마지막 글자 '네'에 불이 들어오지 않아 '아리아드'까지만 읽힌다. 지금 불 꺼진 술집 안에는 마담이 바에 엎드려 잠들어 있다. 마담의 왼손 끝에는 3분의 2를 비운 양주병이 놓여 있다. 마담의 키는 169센티미터. 몸무게 48킬로그램. 머리는 갈색. 나이는 42세. 알코올중독. 마담의 신체에는 과거에 커다란 변화가 한 번 있었고, 현재 진행중인 변화가 하나 있다. 마담은 자신의 과거에 있었던 변화에 대해서는 너무도 잘 알고 있고, 현재 일어나는 변화에 대해서는 너무도 모르고 있다. 과거에 일어났던 일은 자궁 적출. 마담의 테세우스는 신화처럼 그녀 곁을 떠났다. 현재 진행중인 일은 간암 3기. 앞으로 여자의 남은 수명은 151일 12시간 30분 42초. 방아쇠는 언제나 과거가 당긴다. 하지만 디오니소스의 사랑으로 살아갈 힘을 얻었던 아리아드네는 지금의 변화가 그저 원망스럽지만은 않다.

골목길에 옅은 밤안개가 깔린다. 수은주가 2도 상승. 습도는 20퍼센트 증가. 풍속은 0m/s. 아리아드네의 여자는 안개 속에서도 계속 발길질을 해댄다. 안개가 더욱 짙게 깔린다. 골목길 어귀에 사람 그림자 하나가 길게 드리워졌다가 사라진다. 연립상가 앞에는 두 개의 사람 형상이 그려져 있다. 한 형상은 직각으로 구부린 오른팔을 위로 뻗고 있고, 역시 직각으로 구부린 왼팔을 아래로 향하고 있다. 오른다리는 무릎을 굽히고 있고, 왼다리는 쭉 뻗어 있다. 그 옆으로 그려진 또하나의 형상 역시 똑같은 포즈이지만 상하좌우가 다르다. 하나의 그림을 180도로 돌려놓으면 남은 다른 하나의 그림과 똑같다. 다만 위치가 서로 조금 떨어져 있다. 미술학원의 젊은 원장은 48시간 전에 연립상가 옥상에서 뛰어내렸다. 원장의 키는 178센티미터. 몸무게는 60킬로그램. 원장은 뛰어내리기 직전 상가 건물 앞에 하얀 분필로 키스 해링의 작품을 연상시키는 사람 형상을 그렸다. 그런 다음 원장은 옥상으로 올라가 심호흡을 두 번 하고 옆구리운동을 각각 왼쪽과 오른쪽 한 번씩 했다. 옥상 난간에 오른 원장은 두 팔을 앞으로 쭉 뻗은 채로 지상을 향해 기역자에서 시옷자로 점점 몸을 구부리더니 떨어지는 순간 니은자가 되었다가 이내 일자로 쭉 뻗은 모습으로 낙하, 지면에 부딪치는 순간 그림과 비슷한 포즈를 취했다. 원장은 매사가 늘 우유부단하고 일처리가 미숙한 편이었지만 마지막 순간만큼은 생애 처음으로 결단력 있게 행동했다. 그러나 그림을 상하좌우 반대로 그려놓은 것은 별도로 하더라도 뛰어내리고 나서도 일처리가 미숙한 건 여전해서 자신의 그림에 정확히 떨어지지 못했다.

뱃속에 6개월 된 태아가 들어 있는 여자가 연립상가의 1층을 지나 2층으로 연결된 계단을 올라간다. 한 계단, 한 계단, 또 한 계단. 계단을 오를 때마다 뱃속의 양수가 출렁거린다. 태아는 아직 불완전하다. 또한 불안정하다. 여자의 아드레날린이 매캐한 담배 연기처럼 온몸에 분비되자 태아는 움찔한다. 또 한 계단. 양수의 출렁임. 태아는 다시 움찔한다. 빨간 하이힐이 계단에 부딪치는 소리가 어둠 속에서 울린다. 그 소리는 규칙적이다. 여자 역시 태엽의 별자리를 지녔다.

소녀는 가장 높은 확률을 따라 왼쪽으로 꺾어서 연립상가 쪽으로 걸어간다. 수직으로 뻗은 골목길에서 소녀는 입구에서부터 안쪽으로 250미터 떨어진 곳에 위치한다. 유령은 소녀로부터 50미터 떨어져 있다. 골목길로 치자면 안쪽으로 200미터 지점. 유령과 소녀가 만나지 않았으므로 정장 차림의 남자는 의자에서 일어서서 거울 앞으로 간다. 남자의 키 180센티미터. 몸무게 21그램. 앞머리의 3분의 1이 벗어졌음. 하얀색 와이셔츠에 위아래 모두 검은 양복 차림. 넥타이도 검은색. 남자의 몸은 전체적으로 역삼각형. 각진 턱. 다부진 입술. 얼굴은 전체적으로 사각형. 남자는 거울을 보며 넥타이를 고쳐 매고 양복 상의를 매만진다. 모든 준비가 끝나자 거울 아래 놓인 휘발유통 두 개를 양손에 든다. 거울에 비친 남자의 입꼬리가 2밀리미터 내려간다. 남자는 현관문을 열고 밖으로 나간다.

안개는 더욱 짙게 깔린다. 소녀는 연립상가를 올려다보며 계속 걷는다. 연립상가는 어둠 속에서 소녀를 내려다본다. 술집 아리아드네 간판과 3층 원룸의 가장 왼쪽에 위치한 방의 창가에만 불빛이 보인다. 소녀는 불빛이 보이는 원룸을 잠시 바라본다. 연립상가 안의 여자는 예의 그 단조롭고 규칙적인 움직임을 계속하는 중이다. 한 걸음. 또 한 걸음. 여자는 막 3층에서 4층으로 이어지는 첫번째 계단에 빨간 하이힐을 신은 발을 올려놓는다. 소녀가 노래를 흥얼거린다. 이를 앙다문 탓에 노랫가락은 그저 웅얼거림. 떨리는 소녀의 두 다리. 두 주먹은 꼭 쥔 채. 소녀의 뒷모습을 바라보던 유령이 발걸음을 멈춘다. 유령의 머리는 1미터 앞에 떨어져 있다. 유령의 두 눈동자가 멈춰 선 유령의 몸을 물끄러미 올려다본다.

양손에 휘발유통을 든 정장 차림의 남자는 골목길에서 유령과 만난다. 남자를 확인한 유령은 두 걸음 뒤로 물러선다. 남자는 머리가 없는 유령을 바라보더니 휘발유통을 내려놓고는 오른손을 죽 내민다. 유령은 두 걸음 더 뒤로 물러선다. 남자의 오른손이 가볍게 떨린다. 고개를 젓듯이 유령의 목 근육이 좌우로 서너 번 비틀린다. 남자는 내려놓은 휘발유통을 다시 들고서 돌아선다. 이번에는 유령이 오른팔을 남자에게 뻗는다. 하지만 팔을 뻗은 방향과 달리 몸은 다시 두 걸음 더 뒤로 움직인다.

소녀는 현재 정지한 채 달을 올려다보고 있다. 달은 23일 2시간 12분 5초째 공전중이다. 남자의 출현으로 유령과 소녀 사이의 거리는 92센티미터 더 멀어졌다. 49번 버스가 정류장에 멈춰 선다. 버스 안의 유일한 승객은 하얀 한복 차림의 노파. 키 158센티미터. 몸무게 21그램. 버스의 자동문이 열린다. 노파가 지팡이를 짚으며 느릿느릿 버스에서 내린다. 버스 운전사는 백미러로 노파의 등을 바라보며 고개를 살짝 숙여 인사한다. 노파가 인도에 올라설 때까지 버스는 문을 연 채로 기다린다. 노파가 인도에 올라서자 버스는 문을 닫고 스물일곱번째 정류장을 향해 떠난다.

새벽 2시 13분 31초, 현재 골목길에서 배회하는 인원은 총 세 명. 유령, 소녀, 남자. 여자는 연립상가 안을 배회중이다. 유령은 골목길 입구에서부터 연립상가까지 수직으로 뻗은 길을 다시 걷고 있다. 연립상가 안의 여자는 4층을 둘러보는 중이다. 남자는 소녀가 나왔던 왼쪽 골목으로 들어선다. 소녀는 유령보다 앞서 연립상가 쪽으로 가고 있다. 연립상가 옥상에 떠 있는 두 개의 애드벌룬이 이들을 내려다본다. 두 애드벌룬 사이의 중심점을 기준으로 각자는 다음의 위치에 있다. 유령은 남쪽으로 53미터 지점. 소녀는 남쪽으로 22미터 지점. 남자는 남쪽으로 202미터, 다시 서쪽으로 35미터 지점. 여자는 중심이며, 수직으로 7미터 아래 지점. 그리고 노파가 남쪽으로 442미터 떨어진 골목길 입구에 나타난다.

노파는 지팡이로 골목길을 짚으며 거슬러오르기 시작한다. 그 순간 술집 아리아드네의 마지막 글자 '네'가 깜박거린다. 노파는 고개를 들어 연립상가 쪽을 바라본다. 어린 사내아이 하나가 노파의 옆을 스쳐지나간다. 사내아이의 키는 미정. 그저 가능성으로만 남아 있다. 몸무게는 21그램. 노파를 앞서가던 사내아이가 발걸음을 멈춘다. 노파와 사내아이의 거리는 3미터. 사내아이가 뒤돌아서서 노파를 바라본다. 노파는 말없이 사내아이를 내려다본다. 사내아이는 이상하다는 듯이 고개를 한쪽으로 갸우뚱 기울인다. 그러더니 그대로 노파를 바라보며 미소를 짓는다. 노파가 손을 뻗자, 사내아이는 뒤돌아서서 골목길을 달려간다. 달려가는 사내아이의 키가 점점 짧아진다. 사내아이의 몸은 뛰어갈수록 서서히 골목길 속으로 잠겨든다. 일종의 늪, 혹은 진창. 발목부터 서서히. 종아리, 무릎, 허벅지, 허리, 가슴, 어깨, 목, 입, 코, 눈. 사내아이는 마지막으로 머리 일부분을 보이더니 완전히 골목길 아래로 사라진다. 두개골이 깨지는 소리가 들려온다. 178센티미터, 몸무게 60킬로그램의 남자가 20미터 높이에서 지상으로 떨어졌을 때 두개골이 받는 충격. 그 충격으로 인해 두개골이 깨졌을 때 낼 수 있는 다양한 음역의 소리들 중 평균값의 소리이다. 남자의 웃음소리.

길을 건넌 소녀가 뒤돌아본다. 소녀는 잠시 귀를 기울이더니 다시 걷기 시작한다. 유령은 등을 꼿꼿이 편 채로 걷는다. 소녀가 연립상가의 애드벌룬을 올려다본다. 애드벌룬 아래로 피뢰침이 날카롭게 하늘로 솟아 있다. 바람에 휘발유 냄새가 실려온다. 휘발유통을 든 남자는 골목길 막다른 곳을 향해 계속 발걸음을 옮긴다. 이야기를 들려주겠니. 노파가 중얼거리자 깜박이던 아리아드네의 마지막 글자 '네'에 완전히 불이 들어온다. 네.

노파는 술집에 앉아 있다. 술집 안의 테이블과 의자의 아랫부분은 10센티미터까지 농무에 감싸여 보이질 않는다. 네온사인이 흐르는 여자가 노파 앞에 칵테일 잔을 든 채 앉아 있다. 여자는 몸의 윤곽선을 따라 흐르는 네온사인 덕에 짙은 안개에 싸여서도 도드라져 보인다. 아리아드네 간판 위의 여자는 규칙적으로 다리를 앞으로 차올렸다가 내리기를 반복한다. 여자는 허공에다 네온사인으로 글자를 만들어 첫인사를 건넨다. 어서 오세요. 노파는 고개를 끄덕이고 나서는 곧장 궁금했던 것을 묻는다. 아리아드네의 여자는 네온사인으로 답한다. 소문. 노파는 안타깝다는 듯이 고개를 젓더니 다시 묻는다. 아리아드네의 여자가 답한다. 복수. 그러더니 우울한 말들이 이어진다. 분노. 폭력. 방화. 배회. 그러더니 아리아드네의 여자는 마지막 말을 만든다. 죽음. 농무가 술집 안을 가득 메우고 노파는 다시 길 위에 서 있다. 아리아드네의 간판 위에 걸터앉은 여자는 노파에게 손을 흔들듯이 규칙적으로 다리를 차올린다.

같은 시각, 술집 아리아드네의 마담이 악몽을 꾼다. 그녀는 지금 아리아드네의 간판 위에 비스듬히 누운 채로 오른쪽 다리를 구부렸다가 폈다가를 반복한다. 마담의 배꼽에서 빠져나온 전기 플

러그가 콘센트에 꽂혀 있고, 몸의 굴곡을 따라 네온이 흐른다. 침묵. 어쩌면 진즉에 침묵했어야 했다. 하지만 마담은 이제야 침묵하고 있다. 침묵해야 할 때 침묵하지 않으면 침묵하지 말아야 할 때 침묵하기 마련이다. 침묵. 마담은 침묵하지 않았다. 목소리를 낮춘 수많은 입들과 주위를 살피는 은밀한 눈들이 마담에게 소문을 먹고 자라는 태아에 관해 이야기했다. 다행히 마담은 다른 이들과 달리 그리 수다스럽지는 않았다. 마담은 단 한 사람에게만 그 소문을 전했다. 하지만 불행히 그 단 한 사람을 잘못 선택했다. 단골 고객이었던 연립주택 반지하방 사내. 휘발유통을 들고 골목을 배회하는 남자의 어릿광대이자 동생인 사람.

새벽 2시 15분 12초, 골목길을 배회하는 인원은 모두 넷. 유령, 소녀, 남자, 노파. 유령은 여전히 골목길 입구에서 연립상가까지 수직으로 뻗은 길을 걷고 있다. 노파가 그 뒤를 따른다. 골목길에는 짙은 밤안개. 아리아드네라는 글자 위에 위태롭게 올라타 있는 여자는 계속 발길질을 해댄다. 여자의 발끝에 수분 입자가 부딪혀서 흩어졌다가 다시 몰려든다. 몸속에 네온이 흐르는 여자. 노파에게 그녀는 길잡이별이다. 노파는 고개를 들어 간간이 간판을 바라보며 자신의 현재 위치를 확인한다. 수은주가 다시 2도 상승. 습도는 20퍼센트 증가. 풍속은 0.3m/s. 안개를 밀어내지 못한다. 소녀는 이제 연립상가 앞. 남자는 왼쪽 골목길의 막다른 집 앞. 연립상가 안의 여자는 6층에 다다른다. 골목길 어귀에 사람 그림자 하나가 길게 드리워졌다가 사라진다.

녹슨 붉은 철문 앞에 선 남자가 휘발유통을 내려놓고 문을 열려 한다. 남자의 오른발 뒤꿈치에서 45도 각도로 5.3미터 떨어진 지점, 연립주택 반지하방에는 한 사내가 잠들어 있다. 굳게 닫힌 반지하방 창문을 통해 방바닥에 평행사변형 그림자가 드리운다. 사내가 몸을 뒤척이더니 기침을 해댄다. 사내의 키는 170센티미터. 몸무게는 59킬로그램. 머리는 검은색. 나이는 42세. 니코틴중독. 과거에 일어났던 일은 신장 적출. 현재 진행중인 일은 폐암 3기. 앞으로 사내의 남은 수명은 151일 12시간 30분 42초. 지면에서 10센티미터 높이로 솟아 있는 반지하방의 창문처럼 사내의 인생도 그만큼 빛을 받을 뿐이다. 살아오면서 불쑥 시야에 들어왔다 사라지곤 했던 무수히 많은 구두와 하이힐, 운동화 들. 사내는 전직 구두닦이였고 현직 백수다. 청력이 뛰어난 사내는 발소리만으로도 골목 안 사람들의 신원을 맞혔다. 사내는 여자와 남자와 소녀와 미술학원 원장의 발소리도 모두 구별할 수 있었다. 인간 소나sonar. 사내는 고등의 별자리를 타고났다. 사내의 방 안으로 휘발유 냄새가 스며든다. 다시 사내는 기침을 하고 모로 눕는다. 누군가의 정의가 다른 누군가에게는 죄가 되는 경우도 있다. 사내의 정의는 워낙 훌륭했으므로 죄 역시 너무나 컸다. 오른쪽 귀에서는 천사가 찬송하고, 왼쪽 귀에서는 악마가 저주한다. 그런 연유로 사내는 언제나 쉽게 잠들지 못한다. 새벽 2시 16분 55초.

사내는 전생에 어릿광대였다. 왕의 옆에서 시중을 들며, 곡예를 선보이고 류트를 연주했다. 그의 노랫소리는 왕의 오른쪽 귀로 흘러들어갔다. 그러다가 왕이 손짓으로 부르면 사내는 왕의 왼쪽 귀에 대고 저잣거리의 소문을 전했다. 휘발유통을 든 남자는 뒤척이고 있는 반지하방 사내의 왕이었고, 이 골목에서는 사내가 언제나 따라야 할 형님이었다. 사내는 몸을 뒤척이며 자신의 왕이자 형님에게 골목의 소문을 일러바친 것을 후회한다. 아리아드네의 마담에게서 들은 이야기는 지저분했다. 어디에나 널려 있을 법한 이야기. 어느 동네의 골목길에서든 흔히 들려올 법한 이야기. 하지만 어느 동네의 골목길에서도 듣기 힘든 결말로 끝이 난 이야기.

머리를 발로 차며 골목길을 걸어가던 유령 앞으로 연립상가의 불길한 전경이 점점 더 가까워진다. 연립상가 입구에는 여전히 두 개의 우스꽝스러운 사람 형상이 백묵으로 그려져 있다. 머리가 없는 유령은 원래 미술학원 원장이 여자를 모델로 그린 초상화였다. 휘발유통을 들고 거리를 배회하던 남자는 여자의 집에 불을 지르기 직전, 벽에 걸려 있던 그림을 떼어내어 바닥에 내팽개치고는 칼로 그림의 머리 부분을 잘라내어 불쏘시개로 썼다. 그것은 두개골 파열로 죽음에 이른 원장과 일견 닮은 종말이었다. 머리가 없는 유령이 연립상가 옥상을 올려다보는 것처럼 목의 근육을 미세하게 움직인다. 저만치 앞에 굴러가 있는 머리도 허공을 올려다본다. 유령의 두 눈에 옥상의 애드벌룬이 비친다.

남자는 붉은 철문을 열더니 다시 휘발유통을 들고 집안으로 사라진다. 소녀는 연립상가 옥상을 올려다보며 휘파람을 분다. 연립상가 안의 여자는 옥상으로 향하는 철문 앞에 서 있다. 노파는 머리가 없는 유령의 등뒤로 30미터, 소녀로부터는 50미터 떨어진 지점이다. 잠시 멈춰 선 노파가 지팡이로 골목길을 두 번 두드린다. 노파의 정면, 5미터 앞, 사내아이의 머리가 지면 위로 불쑥 솟아오른다. 사내아이는 코까지만 내밀고 있다. 노파는 사내아이를 향해 고개를 두 번 끄덕여준 뒤 눈짓으로 머리가 없는 유령과 소녀를 가리킨다. 노파의 시선을 눈치챈 사내아이는 골목길 위로 목까지 내밀더니 주위를 두리번거린다. 사내아이는 머리가 없는 유령과 소녀의 뒷모습을 발견하고 활짝 웃는다. 연립상가 안의 여자가 철문을 열고 옥상으로 나온다. 여자의 등뒤로 철문이 요란한 쇳소리를 내며 닫힌다. 사내아이가 다시 노파를 올려다본다. 노파는 연립상가 위에 떠 있는 애드벌룬을 올려다본다. 애드벌룬 아래 소녀는 발끝을 내려다본다. 휘파람은 멈추었다. 직사각형 옥상에 다다른 여자는 등을 꼿꼿이 편 채로 난간을 향해 일직선으로 걷는다. 노파가 양팔을 벌린다. 사내아이는 킥킥거리더니 노파를 향해 빠르게 뛰어간다. 뛰어갈수록 사내아이의 몸이 점점 지면 위로 드러난다. 일종의 부력, 혹은 융기. 목부터 서서히. 어깨, 가슴, 허리, 허벅지, 무릎, 종아리, 발. 골목길 위로 완전히 솟아오른 사내아이와 노파의 거리가 점점 가까워진다. 5미터, 4미터, 3미터, 2미터, 1미터. 사내아이는 그대로 노파의 몸을 통과해서 멀어진다. 1미터, 2미터, 3미터, 4미터, 5미터. 사내아이가 노파의 품에 안긴 시간은 1초. 둔탁한 소리가 들려온다. 178센티미터, 몸무게 60킬로그램의 남자가 20미터 높이에서 떨어져 두개골이 깨질 때 나는 소리. 동시에 옥상에 서 있는 여자의 뱃속에서 태아의 울음소리가 들려온다.

공기 속에는 탄화수소 분자가 섞여 있다. 골목을 배회하는 모든 존재가 발화점을 기다린다. 옥상 난간에 도착한 여자가 아래를 내려다본다. 소녀가 위를 올려다본다. 소녀와 여자의 두 눈이 마주친다. 여자는 소녀에게서 눈길을 거두고 노파를 바라본다. 노파는 여자를 확인하자 땅바닥만 바라보며 다시 묵묵히 걷는다. 여자는 합장한 채로 두 팔을 하늘을 향해 곧게 뻗는다. 옥상 난간에 선 여자의 몸은 일직선. 여자 옆으로 피뢰침이 서 있다. 피뢰침과 여자는 동시에 번개를 기다린다. 수은주가 다시 2도 상승. 습도는 20퍼센트 증가. 현재 기온 31도, 습도 85퍼센트. 불붙기에 좋은 날씨는 아니다. 엄마. 소녀는 여자에게서 눈을 떼지 못한다.

연립상가 앞에 그려져 있는 두 개의 사람 형상 중 오른쪽 형상이 땅바닥에서 조금씩 일어선다. 누군가 사람 모양의 스티커를 머리부터 조심스럽게 뜯어내듯이. 머리, 목, 어깨, 허리, 그리고 마지막으로 두 발이 지상에서 떨어져나온다. 선으로 윤곽만 그려진 2차원의 사람 형상이 연립상가 앞에 서 있다. 사람 형상은 고개를 숙여 여전히 땅바닥에 누워 있는 자신과 똑같이 닮은 또다른 사람 형상을 내려다본다. 그러다가 자신의 발밑에 떨어진 유령의 머리를 주워든다. 마침내 연립상가에 다다른 머리가 없는 유령이 소녀의 옆에 가서 나란히 선다. 사람 형상은 머리가 없는 유령에게 다가가 주워든 머리를 건넨다. 유령이 고개를 가로젓는다. 그러자 사람 형상은 유령의 발치에 머리를 조심스럽게 내려놓은 다음 소녀 쪽으로 몸을 돌리더니 두 무릎을 땅바닥에 대고 양팔을 활짝 벌린다. 안아주고 싶은 몸짓이거나 안아주기를 바라는 몸짓이거나. 소녀는 사람 형상을 무심한 눈빛으로 바라본다. 사람 형상이 양손을 두 번 마주치더니 다시 양팔을 벌린다. 소녀가 사람 형상의 허리를 더듬더듬 잡는다. 그러더니 사람 형상의 몸 안으로 고개를 쑥 들이민다. 소녀는 몸을 숙이며 천천히 사람 형상을 통과해 반대편에 선다. 그런 다음 그대로 뒤도 돌아보지 않고 앞으로 걸어간다. 사람 형상은 여전히 무릎을 꿇고 팔을 벌린 채다. 소녀는 연립상가 건물 안으로 완전히 자취를 감춘다. 사람 형상은 벌린 팔을 내리며 일어선다. 소녀가 내린 벌은 5초 만에 끝났다. 사람 형상은 몸을 돌려 상가 건물 입구를 바라본다. 목이 없는 유령도 건물 입구를 바라본다. 그때 뒤에서 노파의 목소리가 들린다. 자네들은 언제까지 여기 이러고 있을 참인가. 사람 형상과 머리가 없는 유령이 뒤를 돌아본다. 노파의 손에 이끌려 온 사내아이가 사람 형상과 머리가 없는 유령을 향해 방긋 웃는다. 그들은 사내아이를 보고 몸을 살짝 떠는가 싶더니 동시에 한 걸음을 내딛는다. 노파는 얼른 사내아이를 자신의 등뒤에 숨긴다. 나와 함께 가세. 여기 계속 있을 순 없네. 그들은 한 걸음 더 내딛는다. 노파가 나직한 목소리로 다시 한번 말한다. 어서 가세. 결국 그들은 멈춰서서 슬픈 듯이 고개를 숙인다. 노파는 유령을 보고는 안타깝다는 듯이 혀를 찬다. 안개가 더욱 심해진다. 노파는 연립상가의 옥상을 올려다보며 휘파람을 분다. 그러고 나서 사내아이의 손을 잡고 뒤돌아서서 골목길을 내려간다. 사람 형상과 머리가 없는 유령은 나란히 손을 마주잡고 노파의 뒤를 따른다.

새벽 2시 19분 11초. 현재 여자, 남자, 소녀, 노파, 사내아이, 사람 형상, 머리가 없는 유령, 이들 각자의 위치는 다음과 같다. 버스 정류장 간판이 서 있는 골목길 입구 기준. 여자는 북으로 442미터, 지상에서 20미터 떨어진 상가 건물 옥상 난간 위. 남자는 북으로 240미터, 서로 232미터에 위치한 주택 안방. 소녀는 북으로 447미터, 지상에서 20미터. 옥상 난간에 선 여자 등뒤로 5미터 북으로 더 떨어진 지점이다. 노파와 사내아이는 함께 북으로 130미터, 지상 0미터. 사람 형상과 머리가 없는 유령은 북으로 131미터, 지상에서 -20센티미터, 즉 무릎 아랫부분이 땅속에 잠긴 채로 이동중이다. 남자가 텅 빈 휘발유통을 내려놓고 라이터를 켠다. 12초 뒤, 남자가 서 있는 안방에서 불길이 치솟는다. 옥상에 선 소녀가 고개를 30도 돌려 불길 쪽을 바라본다. 노파와 사내아이와 사람 형상과 머리가 없는 유령이 몸을 돌려 불길을 바라본다. 여자는 계속해서 피뢰침처럼 꼿꼿이 서 있다. 불길을 향해 고개를 돌리지도 않는다. 불길은 남자를 중심으로 원을 그리며 타오른다. 남자는 불길이 동심원을 만들며 점점 물결처럼 퍼져나가는 것을 묵묵히 바라본다. 남자는 원주율의 별자리를 타고났다. 마지막 순간까지 그의 손에 닿는 것은 아무것도 없다. 불길과 불길 사이에 또 하나의 불꽃 원이 만들어진다. 이제 남자는 무수히 많은 불꽃 원으로 둘러싸여 있다. 노파와 사내아이와 사람 형상과 머리가 없는 유령은 몸을 돌려 다시 골목길을 내려간다. 남자는 호주머니에서 약병을 꺼내 마신다. 그 순간을 기다렸다는 듯이 불길이 남자의 두 발 위로 기어오른다. 불길은 발을 거쳐 종아리와 허벅지, 성기와 배, 배꼽, 가슴과 양팔로도 기어오르더니 마침내 얼굴과 머리끝까지 다다른다. 휘발유통을 발 옆에 둔 남자는 이제 맹렬히 솟아오르는 하나의 불기둥이다. 그때 연립상가 옥상에서 피뢰침처럼 꼿꼿하게 서 있던 여자의 손끝으로 번개가 떨어진다. 여자의 손끝에서 시작된 불은 금세 손목과 팔뚝, 어깨와 머리로 옮겨붙었다가, 가슴을 타고 배와 배꼽, 자궁, 허벅지와 종아리를 거쳐 발까지 내려간다. 여자의 온몸에 불길이 치솟자 태아가 양수 속에서 춤을 춘다. 동시에 골목길의 사내아이가 연립상가 옥상 위에 피어오른 불을 보고 같이 춤을 춘다. 두 개의 불. 두 개의 춤. 지상에서 솟아오른 불과 옥상에서 솟아오른 불이 맹렬히 타오르는 동안 반지하방 사내는 땀을 흘리며 모로 눕고 아리아드네의 마담은 악몽에 끙끙거린다. 골목길에 바람이 불어오지만 열기를 가득 머금은 탓에 사내의 땀을 식히지 못한다. 풍속은 7m/s. 바람이 지상의 불기둥에서 검은 재들을 끌어모아다가 연립상가 옥상으로 날린다. 옥상의 불기둥에서 흩날리는 검은 재와 지상의 불기둥에서 올라온 검은 재가 허공에서 서로 섞여 맴돈다. 옥상의 소녀가 제자리에서 펄쩍펄쩍 뛰며 재를 양손으로 모으려 한다. 아빠. 엄마. 소녀의 손끝과 발끝이 천천히 검은 재로 변해서 바람에 휘날린다. 제자리 뛰기를 하면 할수록 소녀의 몸은 점점 더 부서져간다. 소녀는 쭉 뻗은 양팔의 팔꿈치 윗부분과 무릎 아랫부분이 사라진 상태에서도 계속 제자리 뛰기를 한다. 소녀의 배꼽이 마지막으로 재로 변하자 공중을 떠다니던 재들이 회오리바람에 휘말려든 것처럼 하늘 위로 솟구친다. 수직으로 뻗은 골목길의 가로등마다 맴돌던 네눈박이산누에나방들도 일제히 공중으로 날아올라 바쁜 날갯짓으로 골목길 여기저기를 날아다닌다. 창문이 덜컹거리고 버려진 종잇조각이며 비닐봉지들이 바람에 휘말려 정신없이 떠다닌다.

수평으로 뻗은 골목길의 전봇대 아래에 일렬로 놓여 있던 전구에 불빛이 들어와 깜박거리다 환하게 불을 밝힌다. 마침내 골목길은 어둠 속에서 온전히 네 방향으로 모두 불을 밝힌 십자가가 된다. 메뚜기떼처럼 골목의 끝에서 끝까지 구석구석을 누빈 네눈박이산누에나방은 다시 흩어져 각자의 가로등 밑으로 돌아와 맴돈다. 풍속 0m/s. 모든 것이 천천히 가라앉는다. 천천히. 십자가는 사라지고 골목 안 거주자들은 저마다 나직한 신음을 내뱉으며 몸을 뒤척인다. 그들의 눈구멍은 모두 비어 있고, 귀가 있어야 할 자리는 밋밋하다. 네눈박이산누에나방.

사내아이와 노파와 머리가 없는 유령과 사람 형상은 여전히 앞을 보고 자로 잰 듯이 똑바로 걸어간다. 하지만 유령과 사람 형상은 몸이 골목길 속으로 잠겨가는 중이다. 버스 정류장까지 30미터 남은 지점에서 그들의 발걸음이 느려진다. 결국 유령과 사람 형상은 버스 정류장에서 10미터 떨어진 지점에서 완전히 멈춰 선다. 노파와 사내아이가 뒤돌아본다. 유령과 사람 형상은 이미 코 아래까지 땅속에 잠긴 채로 연립상가 쪽을 돌아본다. 그 모습 그대로 그들은 땅속으로 다시 완전히 잠긴다. 노파의 손을 잡고 있던 사내아이도 이미 사라진 뒤다. 노파가 지팡이로 골목길을 두드려보지만 그들은 나타나질 않는다. 대신 골목길 안쪽에서 철문을 여는 쇳소리가 울린다. 한 소녀가 왼쪽 골목길 막다른 집의 붉은 대문을 열고 밖으로 나온다. 대문은 군데군데 녹이 슬어 있다. 소녀의 키 150센티미터. 몸무게 21그램. 긴 머리카락. 계란형 얼굴. 하얀 블라우스. 체크무늬 치마. 빨간 하이힐. 술집 아리아드네의 잠든 마담과 반지하방 사내가 동시에 신음을 내뱉는다.

노파는 여전히 안개에 휩싸여 있는 골목 안쪽을 잠시 바라보다가 고개를 내젓고는 버스 정류장으로 걸어간다. 멀리서 49번 버스가 천천히 다가온다. 버스는 곧 정류장에 똑바로 멈춰 선다. 문이 열리고 노파는 지팡이를 짚으며 느릿느릿 버스에 오른다. 버스 운전사는 노파에게 고개를 살짝 숙여 인사를 건넨다. 노파가 좌석에 앉을 때까지 버스는 문을 연 채로 기다린다. 노파가 좌석에 앉자 버스는 문을 닫고 스물일곱번째 정류장을 향해 떠난다. 노파를 태운 버스가 멀리 사라지자 취객 세 명이 시끄럽게 떠들면서 골목길로 다가온다. 어깨동무를 한 두 사람. 뒤처진 한 사람. 골목길로 들어선 취객들이 보는 것은 비슷하지만 조금은 다른 풍경이다. 데칼코마니가 완벽한 좌우대칭은 아닌 것처럼. 이쪽에 묻은 물감은 저쪽 면에는 조금 덜 묻어 있다. 취객들은 반지하방 사내와 아리아드네의 마담처럼 이쪽과 저쪽 골목길 사이에 사건의 책갈피처럼 끼어 있지도 않다.

골목길로 취객들이 들어서면서부터 안쪽의 붉은 대문 집은 사라지고 아침에 동네 주민들이 구경했을 때와 똑같은, 새까맣게 탄 잿더미만이 남아 있다. 유령도, 사람 형상도, 그들만의 별자리도,

애드벌룬도, 네눈박이산누에나방도 모두 사라진다. 그 밖의 것들도 여기저기 흩어진다. 대칭으로 서 있던 가로등은 다시 듬성듬성 자리한다. 골목길 한가운데에 일렬로 죽 놓여 있던 맨홀 뚜껑들도 모두 저마다의 자리로 불규칙하게 옮겨간다. 그곳과 달리 이곳은 항상 모든 것이 불분명하다. 다시 비대칭적이고 불규칙한 세계로 돌아온 골목길은 믿을 수 없고 납득하기 어려운 비현실적인 사건이 일어나도 전혀 새삼스럽지 않은 곳이 된다.

주

주*

* 독자들은 이미 잘 알겠지만 본서의 내용은 이 세상에서 가장 길고 정체가 불분명한 기둥에 관한 이야기다. 그러므로 후주인 여기에 꽃표로 달린 주(주*)는 주柱의 주註의 주註가 된다. 이런 언어유희는 긴긴 주석을 달아야 하는 저자에게 얼마 안 되는 소소한 즐거움 가운데 하나이므로 독자들도 넓은 아량으로 이해하리라 믿는다. 여기서 또 한 가지 독자에게 미리 양해를 구할 것이 있다. 아마도 이 책의 후주는 책에서 다루고 있는 기둥만큼이나 길고, 어딘가 알 수 없는 곳까지 다다라 있을 것이며, 기둥만큼이나 불친절할 수도 있다는 점이다. 이는 주석의 본분을 망각한 짓이지만 이 책에서 다룬 기둥 역시 사실 기둥이라 불리기 힘든 물건임을 감안할 때, 이러한 주석의 성격도 책의 내용과 그리 이질적이지는 않으리라 본다.

1 물론 이 거대하고도 해괴한 구조물에 관해서는 기둥이라는 의견 외에 여러 이견이 존재한다. 종교 측에서는 신이 지구에 박아놓은 못으로 바라보며(물론 그냥 못이 아니라 십자가에 달린 그분에게 쓰인 못과 같은 것이라고 단정짓는 특정 종교도 있다), 사이언톨로지에서는 외계인이 지구에 착륙한 장소 혹은 외계인의 길잡이 역할을 하는 안테나로 보기도 한다. 한때는 고고학적 견해에 따라 특정 문명이 이 기둥을 제작했다고 보는 견해가 지배적이었다. 다만 이 마지막 견해는 여러 과학적 증거들로 인해 오늘날 부정당하는 추세다. 이에 대해서는 2장에서 보다 더 자세히 기술했다.

2 기둥이 발견된 초창기에는 현대의 누군가가 재미 삼아 인공적으로 만든 구조물로 단정짓기도 했다. 물론 이런 견해는 탄소 동위원소를 분석한 결과와 그 밖의 과학적 증거들로 인해 즉각 부정되었다. 문제는 이런 과학적 방법으로 기둥을 설명하기가 점점 더 어려워지고 있다는 사실이다.

3 하워드 크래프트 박사와의 인터뷰, 2017년 4월 12일.

4 위와 같은 날 인터뷰. 하워드 크래프트 박사는 호탕하게 웃으며 이렇게 덧붙였다. "만약 이 기둥을 이쑤시개로 쓴다면 역사라는 거대한 이빨 사이에 낀 잃어버린 조각들을 찾을 수 있을지도 모르죠."

5 사실 엄밀히 말해 이 구조물을 기둥이라 부르기는 어렵다. 일반적인 기둥이 기반 위에 세워져 무언가를 떠받들고 있다면 이 구조물은 거꾸로 밑동 부분을 지표면에 드러내놓고 땅속 깊이 박혀 있기 때문이다. 하지만 이 구조물의 투시 영상 자료를 살펴보면 영락없이 거꾸로 땅속에 처박힌 기둥 모습이다.

6 앞서 이야기했듯이 그동안 이 기둥을 만든 주인공이 누구냐에 대한 논의는 분분했다. 오늘날 학계에서는 외계인이 설치한 구조물이라는 설과 잃어버린 고대 문명의 흔적이라는 설이 지배적이다. 일종의 자연현상에 불과하다는 설은 여러 가지 이유로 부정당하고 있는데, 그럼에도 아직까지 이 이론을 신봉하는 몇몇 학자들이 남아 있다. 그들은 여러 과학적 측정 자료, 예를 들어 기둥 내부를 투시한 엑스레이나 단층촬영 자료라든가 기둥에서 측정되는 지나치게 높은 방사능 수치 등을 단순한 기계적 오류로 치부하는 경향이 있다. 이를 두고 하워드 크래프트 박사는 "거꾸로 처박힌 기둥만큼이나 무식하고 단단한 인간들"이라고 평한 바 있다(하워드 크래프트, 『잃어버린 기둥의 기원을 찾아서』, 케임브리지 대학 출판부, 2015, 123~125쪽 참조).

7 처음부터 기둥에서 방사능이 뿜어져나온 것은 아니다. 기둥과 그 주변에 사람이 접근하기 힘들게 된 것은 '기둥의 대폭발'이라 불린 사건 이후다(50번 주 참조). 그전까지는 기둥에 접근하는 데 아무런 문제가 없었다. 오늘날 우리가 기둥에 대해 알게 된 사실들은 모두 이 '평화로웠던 시

절'에 실시한 조사를 통해 도출된 것이다. 기둥의 대폭발 이전에 촬영된 사진에서는 기둥 주변에 세워진 여러 시설과 장비, 천막 등을 볼 수 있으며 밝은 얼굴로 기둥 주위를 어슬렁거리는 연구진의 모습도 많이 남아 있다. 심지어 기둥 바로 위에 연구진이 일렬로 드러누워 일광욕을 즐기는 사진도 있을 정도다. 물론 오늘날 그렇게 하다가는 햇볕에 피부가 익기 전에 방사능에 바싹 타버릴 것이다.

8 같은 책, 133~136쪽 참조.

9 하워드 크래프트 박사와 주고받은 이메일, 2017년 5월 5일. 이 외에도 크래프트 박사의 고견은 이 책을 저술하는 데 많은 도움을 주었다.

10 이 문장은 『우리가 발견한 놀라운 원주圓柱와 원주에 새긴 글자들에 대하여』란 비교적 긴 제목의 책에 실려 있다. 또한 이 문장에는 다음과 같은 원주原註가 달려 있다. "유명한 과학자이자 저술가였던 그는 이 말을 하면서 동시에 '저 기둥은 인간이 지금껏 이룩해온 문명 발달을 상징하는 집약체이기도 하다'고 덧붙였다. 동시에 '한마디로 인류라는 거대한 존재의 거대한 좆 같은 물건'이라고 작게 중얼거렸음도 밝혀둔다. 잘 알려져 있다시피 그는 백인 우월주의자이자 나치즘을 찬양한 인물이었으며 나아가 그의 아들은 KKK단의 남부 지구를 이끌던 비밀 수장이었다. 물론 그러한 전력이 지금 인용한 그의 말을 부정할 근거로 작용할 수는 없다. 그의 인격을 평할 만한 근거는 될 수 있을지언정." 이 원주를 쓴 필자

는 기둥을 "거대한 좆"이라고 표현한 이 인종차별주의자가 53번 국도변에 있는 작은 주유소 화장실에서 목을 맨 채 죽었다는 사실을 덧붙일지 말지를 놓고 꽤나 망설였을 것이다. 대낮부터 술에 취해 있던 주유소 직원이 팽창한 방광에 더이상 술을 담을 수 없다는 사실을 인정하고 화장실로 향한 뒤에야 그는 발견되었다. 때는 한여름이었고, 그 주유소는 사막 한가운데에 자리해 있었다. 직원의 신고를 받은 경찰이 현장을 방문하기까지는 다시 한 시간 가까이 걸려야 했다. 그동안 그의 시신은 빠르게 부패해 경찰이 화장실 문을 열었을 때는 이미 녹기 시작한 젤리 같은 상태였다고 한다. 경찰은 외부 침입이 없고, 바지와 팬티가 벗겨져 있으며 목을 맨 채 한 손은 자신의 초라한 성기를 꽉 쥐고 있었다는 사실 등으로 미뤄 볼 때 자기색정사라고 결론짓고 사건을 마무리했다. 경찰이 화장실 바닥에 들러붙기 시작한 그의 시신을 떼어내는 동안 KKK단의 남부 지구 수장이었던 그의 아들은 친구와 맥주를 마시며 러시안룰렛 게임을 하다가 권총이 오발되는 바람에 현장에서 즉사했다. 두 사람은 현재 나란히 공동묘지에 안장되어 있다. 그들의 묘비에는 길고 우람한 총신을 자랑하는 38구경 리볼버 권총이 새겨져 있다.

11 『월간 굴삭』 2016년 7월호, 132~140쪽 참조. 기둥을 밖으로 뽑아내는 데에는 여러 가지 문제가 있다. 전문가들은 기둥의 둘레와 길이, 재질을 고려해 계산해본 결과 기둥을 안전하게 뽑아내기 위해서는 최소한 24대의 골리앗 크레인이 동시에 움직여야 할 것으로 보았다. 게다가 골리앗 크레인의 높이도 두바이의 부르즈칼리파 정도는 되어야 하기 때문

에 기둥을 완전히 지상으로 뽑아내는 것은 사실상 불가능하다.

12 이 놀라운 현상을 발견했을 당시 사람들은 경악하다못해 몇몇은 비명을 지르며 현장에서 도망치기도 했다. 처음에 이러한 조사 결과를 보고받은 사람들 중 거의 대부분은 조사단장이 미쳤거나 아니면 미쳐가는 중이라 여겼다. 하지만 다양한 조사를 거친 끝에 이 놀라운 현상이 실제 일어나고 있는 사실이란 점이 증명되자 학계와 몇몇 정부, 기둥과 연관된 국제기구(이를테면 유네스코) 등은 경악하고는 침묵을 지켰다. 다행히도 지구상에서 가장 힘이 세고, 또 가장 비밀이 많은 국가(그러니까 미국)가 나서 쿠르드족 민병대와 사전 협의 형식을 띠었지만 일반적으로는 통보라 부를 만한 조치를 취한 이후 기둥 주변 반경 10킬로미터를 군사 보호구역으로 지정하고 조사팀을 모두 강제로 내쫓았다. 하지만 백악관의 대처는 그야말로 가장 미련한 짓이자 악수였음이 이내 밝혀졌다. 이러한 과도한 행동이 오히려 언론의 관심을 불러일으켰기 때문이다. 기둥 주변이 군사 보호구역으로 지정되고 난 바로 다음날, 보란듯이 알자지라 방송의 보도용 헬리콥터가 기둥 주변을 날아다니며 생중계를 해버렸다. 그 결과 거대한 기둥의 밑동은 물론이고 그 주변에 바리케이드를 치고 장갑차들이 포진한 모습이 낱낱이 방송되었다.

13 미군의 머리 바로 위로 보도용 헬리콥터를 띄우는 이 무모한 계획을 수행한 그는 그해 '올해의 보도상'을 수상했다. 이후로도 그의 다소 무모한 취재는 계속되었는데 결국 끝이 좋지 않았다. 그는 남미의 마약상을

취재하는 도중 총격전을 피해 몸을 숨기다가 그만 맨홀에 빠져 죽었다.

14 오늘날 기둥 주변은 유엔군에 의해 철저히 통제되고 있으며 전 세계 10개국이 참여한 공동 조사단이 기둥을 조사하고 있다. 물론 이 10개국에 포함되지 않은 다른 많은 나라들은 이러한 결정에 불만을 표시하고 있다. 표면상 조사 결과는 유엔에 보고되고 전 세계 모든 나라들이 공유하도록 되어 있으나 이러한 유엔 결의를 믿는 나라는 거의 없다. 그러다 보니 오늘날 기둥은 전 세계 테러리스트들의 좋은 표적이기도 하다. 그들은 기둥을 서방 제국주의에 물든 10개국의 야합의 상징물로 생각한다. 그들의 표현에 따르면 지구에 박힌 이 '가시'를 뽑아내야만 모두가 평등하고 행복해질 수 있다.

15 이 인터뷰에 응한 J. F. K.는 여러모로 흥미로운 인물이었다. J. F. K.는 초코바를 무척이나 좋아하는 테러리스트인데 사제 폭탄을 만들면서 초코바 껍질을 그 안에 넣는 것으로 유명하다. 다행히도(그에겐 불행히도) 그가 제작한 폭탄은 지금껏 한 번도 제대로 폭발한 적이 없다. 그는 항상 자신의 폭탄에 불만이 많았는데 왜 제대로 터지지 않는지 의문이라고 내게 말하곤 했다. 그러면서도 그는 언젠가 자신의 인생에서 잭팟을 터뜨릴 거라고 강조했다. 현재 J. F. K.는 폭탄을 성공적으로 터뜨리기 위해 시민을 대상으로 하는 인근 도시의 교양 강좌에서 '일반화학개론 I'을 신청해 듣고 있다. 인터뷰 말미에 나는 못 견디게 궁금했던 탓에 J. F. K.가 존 F. 케네디를 뜻하느냐고 물었다. 내 질문을 들은 J. F. K.는 무슨 헛소

리를 하느냐는 식으로 멀뚱히 나를 바라보더니 이내 노골적으로 불만스럽다는 표정을 지었다. 그러고는 자신의 이름은 존 F. 케네디가 아니라 존 Fuck you 케네디라고 말했다. 이쯤에서 그가 열렬한 공화당 지지자라는 점을 덧붙여둔다.

16 이 밖에도 기둥에서 일어나는 신비한 현상으로는 몇 가지가 더 있다. 이와 관련한 명저 『기둥을 둘러싼 신비로운 여러 현상들』(애슈턴 스미스 지음, 옥스퍼드 대학 출판부, 2016)을 참조하라. 간략하게나마 미리 소개하자면, 한밤중에 갑자기 공중으로 치솟아오르는 빛, 만조와 간조 때에 맞춰 들려오는 진동 및 울림, 기둥 주위에서 항상 감지되는 자기력의 갑작스러운 증폭, 동물들의 집단 출현 및 떼죽음 등을 들 수 있다. 특히나 한밤중에 치솟아오르는 빛줄기는 너무나도 유명한 현상이라 오늘날 여러 학자들의 경고에도 불구하고 수많은 관광객들이 이를 보러 몰려들고 있다. 물론 기둥에서 방사능이 뿜어져나오는데다가 주변 반경 10킬로미터 이내는 군사 보호구역으로 엄격히 출입이 통제되므로 관광객들이 기둥에 접근하기란 사실상 불가능하다. 그럼에도 빛줄기가 워낙 굵고 길게 치솟기 때문에 10킬로미터 밖에서도 충분히 감상이 가능하다. 여러 감상 지점이 있는데 그중에서도 가장 유명한 곳은 일명 '대머리독수리 바위'라 불리는 인근의 산 정상으로 이곳에 오르면 탁 트인 시야로 마음껏 빛줄기를 감상할 수 있다.

17 과학자들은 기둥에서 치솟아오르는 빛줄기에 몇 가지 패턴이 반복

되고 있다는 점을 발견했다. 그냥 맨눈으로 보기에는 똑같은 빛이 뿜어져 나오는 것 같지만 분광기로 관측한 결과 몇 가지 스펙트럼이 규칙적으로 나타났다. 또한 빛이 뿜어져나올 때는 기둥에서 관측되는 방사능의 양도 항상 일정하게 증폭 혹은 감소되었다. 기둥에서 어떤 원리로 빛이 나오며 이 빛이 인체에 어떤 영향을 미치는지 등에 대해서는 아직까지 논의가 분분할 뿐 명확하게 알려진 것이 없다.

18 현재까지는 지하 450미터 지점까지 기둥에 관한 여러 측정이 끝나 있다. 조사는 기둥 주변으로 긴 통로를 여러 개 뚫어 관측 기기를 내려보낸 다음 그 끝에서 다시 수평으로 통로를 확보해가며 기둥에 접근하는 방식으로 이뤄진다. 이것은 기둥을 온전히 유지하면서도 가장 저렴하고 확실하게 관측할 수 있는 방법이지만 그럼에도 몇 가지 문제가 있다. 가장 큰 문제는 기둥에서 나오는 강력한 방사능 때문에 측정 기기가 쉽게 망가진다는 점이다. 또한 지하로 깊게 파고들면 들수록 내부의 온도가 올라가 정밀한 관측 기기들이 오작동을 일으키는 경우가 많다. 기둥의 관측을 위해 특수 제작한 거대한 지표 투과 레이더GPR, Ground Penetrating Radar로 분석한 결과 기둥이 지하 10킬로미터 지점까지 뻗어 있는 것을 확인했다. 문제는 그 뒤로 더 깊게 뻗어 있는 듯한데 지표 투과 레이더조차 그 끝을 알 수 없어 흐릿한 형상으로밖에 확인할 수 없다는 점이다. 즉, 우리는 현재 기둥의 4.5퍼센트 정도만을 겨우 알고 있다. 기둥을 코끼리로 치면 상아 끝이나 꼬리 끝 일부분만을 더듬거리며 만지고 있는 셈이다.

19 엑스레이 촬영 결과 기둥 내부가 여러 층으로 나뉘어 있다는 사실이 밝혀졌다. 각 층에서 여러 부장품들이 발견되었는데 '14-F'라고 명명된 층에는 다량의 말과 아이들 뼈가 있었다. 어떻게 기둥 속에 이러한 것들이 담겨 있게 되었는지는 현재로서는 알 수 없다. 이와 관련한 가설조차 세우기 힘든 실정이다. 왜냐하면 각각의 층에 담긴 부장품들 간에 연관성을 찾기 힘든데다가 어떤 층은 텅 비어 있기도 하기 때문이다.

20 실례로 16-D층은 텅 비어 있으며 19-A층에는 알 수 없는 액체가 가득 들어차 있다.

21 현재까지 기둥 내부에서 총 222개의 층이 발견되었다. 하지만 앞서 말했듯이 우리가 알고 있는 기둥은 극히 일부에 지나지 않으므로 땅속 깊이 묻힌 부분에 얼마나 많은 층이 존재할지는 알 수 없다(18번 주 참조).

22 처음으로 기둥에서 빛줄기가 뿜어져나온 해에는 여러 일들이 일어났다. 우선 일본의 원자력발전소에서 방사능이 누출되었고, 그 사실은 연일 매스컴에 뜨겁게 오르내리다가 어느 순간 다른 기사에 묻혀 사라져버렸다. 사람들은 이제 방사능에 오염된 생물을 보고도 더이상 경악하지 않는다. 오히려 방사능에 오염된 생물만을 거래하는 온라인 사이트 '두 얼굴의 개구리'가 생겨나기도 했다(당연히 현재 이 사이트는 폐쇄 조치되었다. 하지만 또다른 '두 얼굴의 개구리'가 암암리에 등장해 개구리가 이리저리 뛰듯이 여기저기 홈페이지 주소를 옮겨다니며 성업중이다). 또한

이해에는 미국 전역에서 개기일식이 일어났으며 IS 잔당들은 크고 작은 신전을 파괴하고 다녔다. 물론 IS에게 이 기둥만큼 매력적인 제물도 드물어서 실제로 그들이 몇 번이나 테러를 감행하려 했지만 그때마다 조기에 발각되어 모두 실패로 돌아갔다. 그 밖에도 여러 재난 사고들이 연이어 일어났는데 그럼에도 인류는 여전히 멸망하지 않고 버텨내는 중이다. 멸망하지 않은 인류가 그해에 남긴 그나마 쓸모 있는 결과물이라곤 몇 가지 안 되었는데, 그중 하나가 '국제주석협회'를 창설한 일이다. 현재 국제주석협회 본부는 노르웨이 트롬쇠의 북극광 관측소 바로 옆에 있다.

23 국제주석협회에서는 '주석만 읽는 사람들의 모임'을 분파로 인정해야 할지, 아니면 협회의 규칙에 어긋나는 이단으로 규정해야 할지를 놓고 여전히 의견이 분분하다.

24 '주석만 읽는 사람들의 모임' 의장과의 전화 통화, 2017년 11월 5일.

25 의장은 자신들이 책의 본문을 무시하거나 내용의 진실성을 의심하는 것은 아니라고 주장했다. 그는 다소 단호한 어조로 말했다. "단지 우리는 주석만 읽었을 때 느껴지는 미묘한 리듬감, 주석을 통해서 본문의 내용을 상상하는 즐거움을 잃고 싶지 않을 뿐입니다." 만약 그렇다면 주석만 먼저 다 읽은 다음, 나중에 본문과 함께 다시 한번 주석을 찾아가며 읽으면 즐거움이 배가되지 않겠느냐는 나의 물음에 의장은 보다 더 단호해진 목소리로 말했다. "미지의 영역은 그대로 남겨두어야만 합니다. 땅

속에 거꾸로 처박힌 저 기둥을 계속해서 파고들어가 조금이라도 더 땅 위로 끄집어내려고 달려드는 걸 볼 때마다 난 우리가 얼마나 소름 끼치는 존재인지를 깨닫고는 몸서리를 칩니다. 사실 우리가 이 땅에 이룩한 문명이라든지, 역사라든지 하는 건 정말이지 지구라는 거대한 책의 불과 몇 페이지 하단에 짤막하게 단 주석 정도밖에는 안 되는 것들입니다. 그러면서 우리는 마치 이 거대한 책의 본문을 직접 읽고 써내려가고 있다고 착각하곤 하죠."

26 '주석 읽는 밤'은 현재 매주 금요일 저녁마다 진행되고 있다. 모인 회원들은 아무 말도 하지 않고 내리 두 시간 동안 주석만 읽다가 헤어진다. 물론 본문을 읽거나 본문 내용을 가지고 이야기를 한다는 건 상상조차 할 수 없는 일이다. 모이는 장소는 그때그때마다 다른데 회원들이 사는 지역의 작은 서점을 빌리는 경우가 대부분이다.

27 '주석만 읽는 사람들의 모임' 의장과 주고받은 이메일, 2017년 11월 10일.

28 '주석만 읽는 사람들의 모임' 의장과 주고받은 이메일, 2017년 11월 11일. 참고로 의장은 주석만 가려 읽을 다음 책으로 『네크로노미콘』을 꼽았다. 만약 그가 정말로 이 책의 주석을 읽는 일에 도전한다면 '주석만 읽는 사람들의 모임' 역사상 가장 긴 시간 동안 주석을 읽어야만 할 것이다.

29 기둥교는 주류 종교계로부터 이단으로 취급받고 있다. 심지어 사이언톨로지까지 기둥교를 미개한 종교라고 평가한다. 하지만 그런 외면과 무시에도 기둥교의 신자 수가 조금씩이지만 갈수록 늘고 있다는 점에 주목할 필요가 있다. 그들의 최종 목표는 기둥 바로 위에 자신들만의 신전을 짓는 것이다. 다만 그들은 기둥에서 여전히 뿜어져나오고 있는 치명적인 방사능은 염두에 두지 않고 있는 듯하다. 만약 그들의 바람대로 기둥 바로 위에 신전을 짓고 예배를 벌였다간 10초마다 한 번씩 엑스레이 촬영을 백만 번 하는 것과 맞먹는 양의 방사능에 계속 노출될 테고 정말 운이 나쁘게 1년에 서너 번씩 일어나는 '기둥의 대폭발' 시기와 겹치기라도 한다면 그대로 그 자리에서 순교하게 될 가능성도 다분하다.

30 기둥교는 기둥에 지금까지 지구의 모든 역사와 신의 말씀이 적혀 있다고 본다. 열렬한 기둥교 신자들은 자신의 집 마당에 기둥의 모양을 본뜬 모형 기둥을 심어놓고서 예배를 올리기도 한다.

31 이 예식의 절차에 관해 좀더 자세한 설명이 필요하다면 다음 책을 참조하라. 러브 윈필드, 『세계는 하나의 기둥에서 시작되었다—기둥교의 발생과 역사』, 박민정 옮김, 기둥과뿌리, 2016.

32 실제로 기둥교 신자들은 마천루를 좋아하지 않는다. 그들은 하늘 높이 치솟은 빌딩을 땅속 깊이 박힌 기둥에 반대되는 부정의 상징이자 신에 대한 도전으로 여긴다. 이는 사탄을 숭배하는 사람들이 거꾸로 처박힌

십자가를 자신들의 상징으로 삼는 것과 유사하다. 즉, 기독교에서는 거꾸로 처박힌 십자가가 악의 상징이라면 기둥교에서는 반대로 땅 위에 높이 솟은 빌딩들이 악의 상징이다.

33 부르즈칼리파 앞에서 기둥교 신자들이 모여 시위를 벌인 것이 가장 대표적인 사건이다. 이외에도 기둥교 신자들은 각국의 대표적인 초고층 빌딩 앞에서 시위를 벌이거나 그들만의 예배를 올린다.

34 어떻게 해서 사람이 기둥 속으로 빨려들어갈 수 있는지는 아직 밝혀진 바가 없다. 기둥의 표면은 우리 주변에서 흔히 발견되는 일반 규암과 성분이 비슷하다.

35 소피아 하프트 그린은 기둥 속으로 빨려들어간 최초의 인물이다. '주석만 읽는 사람들의 모임'에서 열렬히 활동하기도 했던 그녀는 저명한 고고학자이자 러브크래프트 소설의 광적인 팬으로도 알려져 있다. 소피아 하프트 그린은 주위 사람들에게 러브크래프트 소설에 달린 주석을 권하며 자주 이런 악몽 같은 주석을 읽다보면 언제나 현재가 살 만하다는 사실에 위안을 얻을 수 있으며 삶의 희망도 찾을 수 있다고 말했다. 다만 여러 가지 정황상 그녀는 러브크래프트의 소설에 달린 주석뿐만 아니라 소설 자체도 읽은 것으로 보인다.

36 소피아 하프트 그린 다음으로 기둥에 빨려들어간 존재는 그녀가 기

르던 개였다.

37 지금까지 공식적으로 일곱 명의 사람이 기둥 속으로 빨려들어갔다. 하지만 비공식적으로는 이보다 더 많은 수의 사람과 동물(사막여우를 포함해)들이 기둥 속으로 빨려들어갔을 것으로 보인다.

38 이와 관련해서는 다양한 논의가 이뤄지고 있다. 러브 윈필드의 지적처럼 지표면에 드러난 기둥 밑면에 올라선다고 해서 모든 사람들이 기둥 속으로 빨려들어가는 것은 아니다. 어떤 원리로 기둥이 사람을 흡수하거나 흡수하지 않는지는 앞으로도 많은 논의가 필요해 보인다.

39 당시 탐사정은 땅속에 박힌 기둥의 410미터 지점까지 촬영하는 데 성공했는데, 놀랍게도 기둥 표면에서 한국어로 쓰인 '바보'란 낙서가 발견되었다. 특수 제작된 탐사 로봇도 오랜 시간 조심스럽게 제어한 끝에 도달한 지점에, 그것도 조사팀 수백 명의 눈을 피해 감쪽같이 낙서를 남기기란 불가능에 가깝다. 어떻게 이런 낙서가 쓰일 수 있었는지에 대해서는 여전히 의견이 분분하다.

40 소피아 하프트 그린은 일찍이 기둥을 한 권의 책으로 비유한 바 있다. "어쩌면 이 기둥은 지구가 써내려가는 한 권의 책인지도 모릅니다. 기둥 표면에 보이는 스크래치 같은 흔적들은 확실히 일정한 패턴을 띠고 있어요. 얼핏 보면 수메르의 설형문자를 연상시키기도 합니다. (……)

언젠가는 이 언어를 해독할 수 있을 겁니다."(소피아 하프트 그린, 『기둥에 얽힌 오해와 진실』, 케임브리지 대학 출판부, 2014, 112~114쪽)

41 기둥이 점점 더 자라고 있다는 과학적 증거는 여러 곳에서 발견된다. 이와 관련해서는 16번 주에 소개된 저서를 참조하라.

42 기둥 조사단은 새로운 두번째 기둥이 발견되었다는 소식에 관해서 아무런 공식적인 답변도 하지 않고 있다. 쿠르드 자치구에서 발견된 기둥 이외에 또다른 기둥들이 지구 곳곳에 존재한다는 이야기는 음모론자들이 가장 좋아하는 괴담 가운데 하나이다.

43 이와 관련하여 로버트 하워드는 내게 "기둥이라는 존재 자체가 신이 숨겨놓은 커다란 음모"라고 말했다(로버트 하워드와의 전화 통화, 2016년 8월 9일).

44 미국 스미스소니언 국립 자연사박물관 기둥 일부에서 처음 피가 흐르기 시작한 것은 2016년 7월 4일로 알려져 있다. 이날은 미국 독립기념일로 많은 사람들이 박물관을 찾았다. 처음에 박물관 측은 당연히 피가 아니라 일종의 페인트가 묻었다고 여기고는 관람객들이 만지지 못하게 한 다음 얼른 청소 직원을 불러 피를 닦았다. 하지만 7월 4일을 기점으로 피는 계속 흘러내렸으며 급기야 박물관 출입이 통제되기에 이르렀다. 다행히도 피는 한 달이 지난 8월 4일에 멈추었다.

45 이후 세계 여러 유수의 박물관이나 미술관 기둥에서 유사한 현상이 보고되었다. 그중에서도 자연사박물관의 기둥 여기저기에서 자라나기 시작한 수많은 털은 학자들을 당황시키기에 충분할 만큼 풍성하게 자랐다.

46 카스피호랑이, 도도, 모아, 틸라신, 콰가 등이었다. 그 밖에도 정체를 알 수 없는 동물의 털 2종이 추가로 발견되었다. 학자들은 이 2종 역시 지구상에서 멸종된 동물의 털이라고 추측하고 있다.

47 엑스레이 촬영을 비롯해 첨단 관측 기기들로 기둥 내부를 면밀히 검토했으나 그저 철근과 콘크리트로 속이 가득 채워져 있을 뿐이었다.

48 '기둥의 합창'이라 불리는 이 현상은 지금도 한국의 서해에서 한 달 가운데 조수 간만의 차가 가장 큰 시기를 기점으로 주기적으로 발생하고 있다.

49 이날 있었던 사고의 전조가 예전부터 조금씩 있어왔다는 지적이 많다. '기둥의 대폭발'이라고 불린 이 사건이 벌어지기 일주일 전에 기둥 주변에 설치해놓았던 지진계의 그래프가 요동치며 진도 3의 지진이 연이어 발생하는가 하면, 기둥 주변으로 수증기와 가스가 여러 차례 방출되기도 했다. 또한 밤사이 기둥에서 솟아오른 빛의 기둥이 평상시보다 2배나 더 길게 지속되었다는 관측 결과도 있었다. 아울러 기둥 주변의 풀들이 모두

말라 죽었으며, 근방의 야생동물들이 모두 도망쳐 사건이 벌어지기 이틀 전에는 이미 기둥 주변에 살아 있는 생명체라고는 현장에 남아 있던 연구 인력과 군인들뿐이었다. 물론 그들도 상황이 그 지경에 이르자 불길한 낌새를 느끼고 만일의 경우를 대비해 철수 대책을 마련하기 시작했다. 문제는 그런 결정이 내려지고 나서 24시간도 채 지나지 않아 '기둥의 대폭발'이 일어났다는 것이다.

50 '기둥의 대폭발'이라 불리긴 하지만 실제로 기둥이 폭발을 일으킨 것은 아니다. 다만 기둥 주변에서 다량의 방사능과 열기가 쏟아져나와 반경 500미터 주변을 미디엄 스테이크 정도의 굽기로 구워버렸을 뿐이다. 기둥 주변에서 연구를 하거나 경비 업무를 담당하던 인원 전부가 그 자리에서 즉사했다. 1킬로미터 밖에서 2차 저지선을 지키던 군 병력 대다수도 치사량이 넘는 방사능에 피폭되거나 열기에 화상을 입어 현장에서 즉사했고, 일부 불운한 이들은 병원으로 옮겨져 장기간 치료를 받으며 서서히 죽어가야 했다. 2킬로미터 밖 1차 저지선에 주둔하고 있던 군인들도 무사할 수는 없었다. 3분의 1에 해당하는 병력이 이런저런 후유증으로 목숨을 잃었으며 남은 군인들도 기준치의 3배나 되는 방사능에 피폭된 것이 확인되었다. 처음에 유엔은 이 사건을 테러로 보고 배후를 찾기 위해 노력했으나 결국 기둥에서 자체적으로 일어난 현상이라는 사실이 밝혀졌다.

51 '기둥의 대폭발' 이후 각국은 기둥의 처리를 두고 여러 입장으로 나뉘었다. 기둥 주변에 무인 관측 기기만을 두고 주변의 출입을 금지하자는

온건한 주장부터 기둥을 폭격해서 파괴해야 한다는 강경한 주장에 이르기까지 다양한 의견이 나왔다. 결국 유엔은 온건파의 주장을 받아들여 무인 관측 기기를 설치하고 반경 3킬로미터 내 모든 인력을 철수시켰다. 이러한 결정이 내려지게 된 가장 큰 이유는 온건파의 협박이 강경파를 설득시켰기 때문이다. 온건파는 만에 하나 기둥을 폭격할 경우 유례가 없는 대폭발을 일으켜 국제적인 참사가 벌어질 수도 있다고 주장했다. 그들은 기둥에서 쏟아져나온 방사능과 열을 근거로 기둥 자체가 커다란 핵폭탄과 같다고 여겼다.

52 무인 관측 기기는 대부분 무인 로봇을 이용해 설치되었다. 하지만 기둥 주변에 철조망을 치거나 기기를 섬세하게 세팅하기 위해서는 결국 인력을 동원할 수밖에 없었다. 이 위험천만한 임무를 맡은 사람들은 모두 방사능 보호복을 입고 작업에 투입되었다. 그들 중에는 유서를 쓰고, 고해성사까지 끝마친 뒤 임무에 임한 사람도 있었다. 이들은 '바이오 로봇'이라고 불렸는데 실상 엄밀히 이야기하자면 '바이오 로봇 2'라 불러야 했다. 이미 그들의 선조 격인 '바이오 로봇'들이 체르노빌 원자력발전소 사고 때 활약한 바 있었기 때문이다.

53 자신을 '기둥 전대 바이오 로봇'이라 불러달라고 한 이고르 코스틴은 무척이나 유쾌한 인물이었다. 인터뷰 내내 그는 적절한 유머를 섞어가며 나를 즐겁게 해주었다. 다만 기둥 주변에서 일한 덕분에 얻게 된 자신의 능력에 대해서는 그다지 말하고 싶은 눈치가 아니었다. 그럼에도 그는

나의 물음에 단답형이었을망정 최대한 친절히 답변해주려 애썼다. 참고로 그는 '주석만 읽는 사람들의 모임'의 특별회원이었다.

54 이고르 코스틴의 능력 가운데 하나는 투시력이었다. 그는 벽 너머의 풍경을 간간이 볼 수 있었다. 연구진 몇 명 앞에서 그는 자신의 능력을 증명해 보였다. 다른 방의 테이블 위에 놓여 있는 물건을 맞히는 시험에서 그는 총 열 번 중 여덟 번을 맞혔다. 맞히지 못한 두 번은 그 스스로 투시가 되지 않는다고 말했다. 연구진은 뇌파검사와 뇌 단층촬영 등을 통해 정밀히 그의 몸을 검사했다. 그 결과 대뇌에서 시신경을 관장하는 부위가 눈에 띄게 활성화되어 있다는 사실을 발견했다. 동시에 그들은 뇌종양도 함께 발견했다.

55 평생 자신의 능력을 탐탁지 않게 여겼던 이고르 코스틴은 작년에 39세의 나이로 사망했다. 그는 자신을 화장해달라는 유언을 남겼으나 연구진이 유가족을 끈질기게 설득한 끝에 대학병원 해부실로 넘겨졌고 그의 시신을 두고 면밀한 검사가 진행되었다. 현재 그의 뇌는 적출되어 러시아 상트페테르부르크 대학교 해부학박물관에 보관되어 있으며 그의 뇌 조직은 전 세계 12개국 20여 개처에서 연구에 쓰이고 있다.

56 '바이오 로봇 2'로 활동한 이들 가운데 몇 사람은 이고르 코스틴처럼 특별한 능력을 발휘했다. 하지만 모두들 각종 암이나 백혈병으로 투병하다가 세상을 등지고 말았다. 현재 그들의 신체 장기는 전 세계 대학병

원과 연구실로 흩어져 연구에 이용되고 있다.

57 '기둥을 지키는 무녀'라고 불린 그녀의 정체에 대해서는 아직도 의견이 분분하다. 그녀가 어떻게 엄중한 검문검색을 뚫고 그렇게 홀연히 기둥 옆에 나타나게 되었는지는 여전히 미스터리다. 기둥 주변을 지키고 있는 유엔군 소속 빌 브라이트 사령관은 외부 인물이 경계 병력을 뚫고 기둥까지 접근하는 것은 불가능하다고 딱 잘라 말했다. 사실 그보다 더 놀라운 사실은 그녀가 아무런 보호 장비도 없이, 심지어 나체로 기둥 주변을 어슬렁거렸다는 점이다. 여전히 기둥에서는 방사능이 치사량에 가까운 수치로 뿜어져나오고 있다. 과학자들은 보호복 차림으로도 30분 이상 머무르지 말 것을 권고하고 있을 정도다.

58 오늘날에도 기둥 주변에 설치된 122대의 감시 카메라는 그녀가 기둥 주변을 한가롭게 산책하거나 노래를 부르거나 자신의 긴 머리를 쓸어내리는 장면을 가감 없이 보여주고 있다. 한때 기둥 주변에 머물러 있는 그녀의 영상이 조작된 것이라는 의혹이 제기되기도 했다. 하지만 전문가들은 영상을 분석한 결과 위조되지 않은 실제 촬영물이라고 결론 내렸다. 게다가 뒤이어 설명하겠지만 몇몇 조사단원들이 그녀와 직접 접촉함으로써 이러한 의심은 완전히 사라졌다.

59 그녀를 알아보는 사람은 아직까지 단 한 명도 나타나지 않았다. 학자들은 나체 차림으로 기둥 주변을 걸어다니는 여자가 처음 목격되었을

때 모두들 소피아 하프트 그린이라 생각했다. 그녀는 공식적으로 기둥 속에 빨려들어간 첫번째 인물이자 기둥을 연구하는 학자들 사이에서 상징적이고 중요한 인물이었기 때문이다. 하지만 영상을 면밀히 분석해본 결과 소피아 하프트 그린이 아닌 제3의 인물로 결론이 났다.

60 "물론 당연히 놀라지 않을 수 없었죠." 그녀와 만났던 J는 이 말을 여러 번 반복했다. "그녀는 놀라움 자체예요. 지금도 나체로 내 앞에 서 있던 그녀 모습이 생생하게 떠오릅니다. 뭐랄까 여신 같았어요." J는 현재 정보기관에서 일하고 있으며 어떤 신상 정보도 노출하지 않는다는 조건하에 어렵사리 인터뷰에 응했다. 고맙게도 그는 그녀와 만났을 때 촬영한 사진을 내게 보여주었다. 특수 장비로 카메라를 보호했음에도 불구하고 강한 방사능으로 인해 사진 귀퉁이가 검게 변색되어 있었다. 그럼에도 사진 한가운데에 서서 말없이 미소를 띠고 있는 그녀의 모습은 또렷이 볼 수 있었다. 지금 그 사진을 독자들에게 보여줄 수 없다는 사실이 안타깝다. 그녀는 정말, 정말 아름다웠다. J가 어째서 그녀에게 열광하는지 충분히 이해할 수 있었다.

61 조사단을 접한 그녀가 적대적인 행위를 할 경우 어떻게 대응할 것인가는 큰 문제 가운데 하나였다. 혹시 모를 위험에 대비해 조사단은 보호복 안에 방탄복을 추가로 입었다. 덕분에 조사단원들은 모두 하나같이 커다란 눈사람처럼 변했고 걸을 때마다 펭귄처럼 뒤뚱거려야 했다. 다행히도 그녀는 조사단원을 보고 아무런 위협도 가하지 않았다. 좀더 정확히

말하자면 그녀는 조사단에 관심조차 두지 않았다.

62 조사단이 세계 각국의 인물들로 구성된 데에는 어느 특정 국가가 '기둥을 지키는 무녀'의 신변을 독점하는 것을 막으려는 의도도 담겨 있었지만 그보다 더 중요한 이유는 따로 있었다. 바로 그녀와 어떤 언어로 의사소통을 하게 될지 모른다는 점이었다. 그래서 조사단원 중에는 수화를 할 줄 아는 통역사도 한 명 포함되어 있었다.

63 그녀가 기둥 주변을 배회하면서 부르는 노래는 17세기 플랑드르 근방에서 유행했던 목동의 노래와 유사하다. 물론 그 노랫말의 의미는 현재로서도 알 수 없다.

64 '기둥을 지키는 무녀'가 언젠가 기둥 속으로 돌아가리라 믿는 사람들은 의외로 많다.

* 끝으로 '주석만 읽는 사람들의 모임' 의장이 내게 이 책의 주석을 해석하는 또다른 주석을 그들이 별도로 달면 어떻겠느냐고 제안했다는 사실을 밝혀둔다. 나는 의장의 제안을 흔쾌히 받아들였을 뿐만 아니라 과분한 영광이라고도 말했다. 만약 '주석만 읽는 사람들의 모임'이 내가 단 이 주석에 그들만의 또다른 주석을 단다면, 그들의 주 역시 주柱의 주註의 주註라 불러도 될 것이다. 다만, 그들 모임의 특성상 이 책의 본문 내용은 읽지 않고 내가 단 이 후주만 읽고서 주석을 달 소지가 다분하므로 엄

밀히 따지자면 그들의 주는 '주註의 주註'라고만 해야 할지도 모른다. 하지만 일찍이 보르헤스가 예견했듯이 만약 '주석만 읽는 사람들의 모임'이 단 주석에 또 누군가 주석을 단다면 주註의 주註의 주註 행렬이 계속 이어지게 될 것이다. 마치 기둥의 끝이 어디에까지 가닿아 있는지, 기둥 속에서 무엇이 더 발견될지 모르는 것처럼 말이다. 여기서 나는 '주석만 읽는 사람들의 모임'에 속하는 그들이 일종의 사제처럼 여겨진다는 말을 마지막으로 덧붙이고자 한다. 그들은 명확한 이유를 댈 수는 없지만 어떤 면에선 '기둥을 지키는 무녀'와 비슷한 느낌을 주는 사람들이다.

해설

복도훈(문학평론가)

토템과 터부

1. 담 너머로 사라지는 남자

박화영의 첫 소설집 『악몽 조각가』를 되풀이해 읽을 때마다 흐릿한 이미지 하나가 내내 나를 떠나지 않았음을 고백하면서 글을 시작하고 싶다. 어린 시절, 표제도 기억나지 않는 어느 어린이 잡지에서 본 그림이었다. 대충 '담 너머로 사라지는 남자' 같은 제목이었을 것이다. 그림은 담을 뛰어넘는 한 남자의 모습을 담고 있었다. 그런데 담 안쪽의 그의 팔과 다리는 그대로 있는데, 담장 바깥으로 넘어갔을 머리와 다른 팔과 다리는 지워져 있었다. 단순한 그림이었지만, 그런 그림을 처음 본 나로서는 충격이었다. 사차원, 버뮤다 삼각지대, 블랙홀 같은 신기한 것들에 대해 한창 호기심을 키울 무렵이었다. 그 남자는 그렇게 담 너머 다른 곳으로 사라졌고, 다시는 되돌아오지 않았으며, 누구도 더는 그를 볼 수 없을 것이었다. 도대체 그는 어디로 사라졌을까. 우리가 사는 삼차원은 다른 차원을 은밀하게 품고 있는 걸까. 그리고 어느 특별한 순간에 공간은 다른 차원을 개방하는 것일까. 그때부터 담이나 문, 터널, 화장실 같은 곳이 한 차원에서 전혀 다른 차원으로 사람을 이동시키는 경로일지도 모른다는 상상을 제법 진지하게 한 것도 같다.

박화영 단편들의 무대인 화장실, 공터, 기둥, 닭 가공 공장, 호수, 터널, 벽, 골목은 분명 삼차원의 공간이다. 그러면 이 공간들 안에서 도대체 어떤 사건들이 일어나는가. 박화영의 소설에서 한 번 그곳에 들어간 사람들은 다시는 돌아오지 않거나, 다른 존재로 변이하거나, 조금도 놀라지 않고 유령들을 본다. 아니면 물리적인 세계에서는 한 번도 볼 수 없었던 새로운 공간이 기존의 공간에 틈입한다. 우리에게도 익숙한 일상 공간은 뭔가 특별한 사연을 가진 사람들과 만나면서 다른 공간으로 구부러지는 것 같다. 어쩌면 사차원 세계란 삼차원 너머의 다른 세계가 아니라, 바로 삼차원 공간의 비밀을 말하는지도 모른다. 따라서 『악몽 조각가』에 묶인 아홉 편의 단편을 환상소설이라고 명명하는 것은 어렵지 않다.

그러면 어떠한 환상일까. 박화영 소설에서 환상은 현실과 다른 차원에 속한 어떤 것인가. 그렇지 않다. 그의 소설에서 환상은 삼차원 공간이 조금 다른 용법으로 구부러질 때 열리는 어떤 것이다. 그러면 어떤 공간인가. 박화영 소설의 공간은 특별하게는 사라져 다시는 돌아오지 못한 사람들과 밀접하게 관련되어 있는 것 같다. 박화영의 소설은 사라진 사람들을 회상하며 이야기를 시작하고, 그들을 애도하면서 이야기를 진행하며, 떠나보내면서 이야기를 맺는 경우가 적지 않다. 글쓰기란 이 작가에게 사라진 이들을 소환하고, 그들을 기억하며, 애도하는 작업이라는 뜻일까. 그의 소설은 감정이 잘 절제된 문장으로 표현되며, 슬프거나 무서운 이야기인데도 유머러스하다. 작가의 문장은 마치 뭔가를 한참 동안 곱씹고 삼킨 다음에야 상대방에게 나직하고도 믿음직스럽게 건네는 사람의 말을 닮았다. 슬프고 웃기면서도 따뜻한 단편인 「화장실 가이드」를 읽으면 확실히 그렇다는 생각이 든다. 「화장실 가이드」는 박화영이 펼쳐놓은 환상의 세계로 독자를 인도하는 매력적인 가이드가 되겠다.

2. 화장실이란 무엇인가

화장실은 어떤 공간인가. 보통은 대소변을 보는 장소이겠고, 실은 은밀하고 사적인 공간이며, 또한 청결과 불결이 공존하는 곳이다. 그런데 「화장실 가이드」에서 화장실은 무엇보다도 "사람이 갑자기 사라지는 일"(9쪽)이 일어나는 장소다. 그리하여 화장실은 다른 차원으로 진입한다. 그곳은 누군가가 태어난 곳이지만, 다른 누군가가 태어난 아기를 버리고 영원히 사라진 곳이기도 하다. 무엇보다도 주인공 '나'가 그런 존재다. "나 역시 화장실에서 태어났다."(10쪽) 게다가 그곳은 친구가 '나'와 마지막으로 만난 날 들어간 이후 다시는 모습을 드러내지 않은 공간이기도 하다. 그렇게 화장실은 태어남과 사라짐이, 만남과 이별이 교차하는 장소가 된다. 그리고 '나'는 화장실 주변을 영원히 맴돌 수밖에 없는 '화장실 가이드'가 된다. 우리의 화장실 가이드는 무슨 일을 하는가. '나'는 군대 화장실에서 먹었던 초코파이의 맛을 다시 느끼고 싶다는 남자, 화장실만큼 혼자 울기에 적합한 장소는 없다고 말하는 여자, 화장실에서 담배를 실컷 피우고 싶다는 여학생, 화장실에서 자신이 있던 세계와는 조금 다른 평행세계로 이동한다고 믿는 남학생을 의뢰인으로 만난다. 화장실은 '나'가 그들을 갱생으로 인도하는 제의의 공간이다. 제의의 장소에 걸맞게 화장실에서도 지켜야 할 '규칙'이 하나 있다.

그것은 이 성스러운 장소에서 의뢰인들이 준수해야 할 가장 중요한 의례다. "화장실을 나서기 전에 반드시 변기의 물을 내릴 것. 허기진 배가 꾸르륵거리는 소리를 연상시키는 특유의 소음과 더불어 물이 소용돌이를 일으키며 빠르게 내려갔다가 천천히 차오르는 동안 당신은 옷을 추스르고 문을 연 다음 그곳을 나가기만

하면 된다."(10쪽) 이 문장을 따라 몸에서 나온 이물과 뒤섞인 좌변기의 고인 물이 소용돌이치며 내려간 다음 다시 물이 천천히 차오르는 장면을 가만히 상상해보자. 마치 한 세계가 다른 차원의 세계로 순간이동한 것 같지 않은가. 그리고 그 순간에 몸은 다른 몸으로 변한 것 같지 않은가. 그렇다면 화장실은 한 몸이 다른 몸으로 태어나는 치유와 갱생, 세례의 공간이다. 물론 화장실 밖으로 나오자마자 우리는 그 경이감을 잊겠지만.

그러나 화장실이 '나'에게 처음부터 그런 장소는 아니었다. 화장실은 '나'에게 근원적인 장소, 태어나자마자 버려진 상실의 공간이다. 변기 속에 바닥 모를 무無가 컴컴한 입을 벌리고 있는 화장실은 결핍과 상실의 우주였을 것이다. '나'의 어머니는 화장실에서 '나'를 낳자마자 그렇게 버렸다. 그렇지만 근원적인 상실을 '나'는 어떻게 대하는가. "어머니는 갓 태어난 나를 좌변기에 밀어넣고 물을 내릴 수도 있었지만 다행히도 그 정도로 잔인하지는 않았다. 다만 잔인하지 않았던 어머니는 나를 키울 엄두도 나지 않았던 모양이다."(11쪽) 자기 출생의 비극을 마치 남의 일을 대하듯 능청스레 진술하는 이런 문장은 「화장실 가이드」를 포함해 박화영의 다른 단편에서도 볼 수 있는 유머러스한 과소진술이다. 상실과 고통을 마주하되 그것을 원망과 분노로 표출하는 대신에 천천히 삼키고 오래 되새김질한 끝에 아무렇지도 않은 듯 말하기. 아무렇지도 않지 않겠지만 아무렇지도 않은 것처럼 분노와 원망을 마주할 수는 있다.

화장실에서 구출된 '나'를 데려간 고아원 원장은 어느 날 화장실에서 볼일을 보고 물을 내리지 않은 어린 '나'의 빰을 후려치면서 참으로 자상하게도 말씀하셨으니—"더러운 것들은 이 세상에서 모두 쓸어버려야 한단다. 하나님도 홍수로 그러셨어요. 그러니 너도 더러운 아이가 되면 안 되겠지?"—'나'는 고아원에서 추방되기 전까지 참고 견딘다. 그리고 고아원을 나오던 날, 다음과 같이 통쾌하게 복수한다. "고아원의 모든 화장실 변기에다 옷이며 장난감 등 온갖 것을 쑤셔넣어 틀어막아버렸다." 작가는 '나'의 분한을 직접 표출하는 대신에 이렇게 유머러스하게 진술한다. "아마도 그날만큼은 원장도 더러운 것들을 흘려보내지 못해 꽤나 애를 먹었을 것이다"(12쪽)라고. 같은 방식으로 화장실 가이드인 '나'는 남학생이 자신을 화장실에 가둬 다른 평행세계로 떠돌아다니게 만든 녀석들에게 복수를 다짐하자 이렇게 말린다. "대개의 경우 복수는 처벌을 부르거든. 그러면 결국 마지막까지 넌 피해자로 남는 거야. 나쁜 놈들이 죽어가면서까지 너를 괴롭히는 셈이지."(29쪽) 그 말을 들은 남학생은 화장실로 들어가, 다시는 나오지 않는다. 아마도 다른 평행세계로 떠났을 것이다. 마치 '나'를 낳자마자 버린 어머니와 '나'를 원망하면서 사라진 친구처럼. 그렇게 믿어보자. 그들은 "화장실에서 화장실로, 평행세계를 여행하는 중이라고"(33쪽). 그런데 이렇게 믿는 것은 도피에 불과할까. 사라진 사람들이 다른 평행세계를 살아간다고 믿는 '나'의 환상은 상실을 틀어막지 않는가.

이 소설에서 '화장실 가이드'라는 별난 직업은 '나'의 근원적인 상실에서 비롯된 것이지만, '나'처럼 다른 존재로 변이하거나 다른 세계에서 살아가고 싶은 사람들의 상한 마음을 보살피는 일이기도 하다. 그것은 새끼 고양이들에게 젖을 먹이는 길고양이 가족을 '나'가 집으로 데려오는 소설의 아름다운 마지막 장면처럼, "남학생과 친구와 어머니가 고양이들과 함께 있었으면 하고 바라"는 '나'의 간절한 소망과 결코 무관하지 않을 것이다. 화장실의 "문 너머로 고양이가 나를 부르는 소리"(35쪽)는 그렇게 '나'의 상실을 만회한다. 비록 버려진 '나'였지만, '나'는 누군가를 버리지 않을 것이다.

3. 휘어지는 일상의 장소들

「화장실 가이드」를 조금 자세하게 읽으면서 얼핏 난해해 보이는 박화영의 소설세계로 한 걸음 더 친숙하게 들어간 것도 같다. 최소한 두어 가지 중요한 진실을 확인했다. 첫째, 박화영 소설에 등장하는 인물들의 몸과 마음은 근원적인 상실을 겪고 있거나 분한으로 속앓이를 한다는 것이다. "말하자면 사소"할 수도 있지만

"말하지 않고 덮어두기에는 불길한"(「무정란 도시」, 99쪽) 그 문제들은 언제든 작중인물의 몸과 마음 바깥으로 끓어넘칠 준비가 되어 있다. 둘째, 작중인물의 몸과 마음이 앓는 증상은 특정한 장소와 결코 분리될 수 없다. 「화장실 가이드」에서 배설물을 빨아들이는 변기의 꾸르륵거리는 물소리와 배설물이 빠져나오는 몸의 특정 기관이 내는 소리는 닮았다. 말하자면 몸-화장실이다. 박화영의 소설에서 장소는 마음과 몸의 연장이다. 그의 소설은 비단 거기서 그치지 않는다. 장소가 몸과 마음처럼 앓는 일도 일어난다. 그래서 박화영의 소설은 크게 세 갈래로 나누어지는 것 같다. 하나는 화장실처럼 일견 평범한 것 같지만 수상쩍은 사건들이 일어나는 특정한 물리적·심리적 장소에 대한 흥미롭고도 환상적인 목격담이다. 『악몽 조각가』에 실린 상당수의 단편은 이 경이로운 목격담의 계열에 속해 있다(「자살 관광특구」「벽」「악몽 조각가」「공터」「골목의 이면」「주」). 다른 하나는 몸의 특정 기관에서 일어나는 기이한 사건에 대한 관찰지다. 신체의 한 부위이지만 신체를 초월하는 기관에서 일어나는 사건에 대한 환상적인 기록 말이다(「혀」). 마지막으로 신체의 변이와 장소의 변이가 마치 감염주술처럼 서로에게 영향을 끼치는 소설적인 사례도 있다(「무정란 도시」).

박화영의 소설에서 재현되는 장소는, 프로이트의 용어를 빌리면 토템과 터부의 대상에 가깝다. 「화장실 가이드」에서 화장실은

'나'의 출생과 유기遺棄가 동시에 일어난 곳이다. 그곳은 삶이 버림받는 장소, 이 세계에서 마음을 앓는 누군가가 영원히 평행세계로 떠날 수 있는 통로, 더러는 소용돌이치면서 내려가는 변기 물에 자신의 분한을 마음껏 쓸려보내는 치유의 공간이다. 박화영의 소설이 선택하는 장소는 요컨대 유사종교적인 제의와 의식, 삶과 죽음을 둘러싼 비밀이 숨어 있는 곳이다. 「자살 관광특구」를 읽어보면 그렇다. 이 단편은 수많은 유령 목격담이 전해지는 어느 마을의 자살 명소인 호수 주변을 떠도는 수색자 '나'의 이야기다. '나'는 갑자기 사라진 '그녀'가 엽서에 남긴 단서만 갖고 호수가 있는 마을에 도착하지만 끝내 그녀가 어디로 사라졌는지 알아내지 못한다. 이 단편에는 죽음을 가리키는 기호가 한가득이다. 사라진 그녀의 엽서에 적혀 있는, 저승을 일곱 바퀴 돌아 흐른다는 강 '스틱스Styx'라 이름 붙은 펍, 스윈들이라는 이름의 죄수가 마지막 366번째로 목매달렸다는 커다란 전나무, 사라진 그녀에 대한 정보를 알고 있다며 지나치게 하얀 얼굴로 '나'에게 접근하는 수수께끼의 '알비노 여자', 자살하기 위해 마을로 들어온 사람들과 수상쩍은 복장을 한 유사종교의 교주와 신도들, 죽음을 가리키는 기호를 상품화하여 죽음으로 번창하는 마을과 마을 사람들. 사람들은 죽음을 환기하는 특정한 사물을 토템으로 숭배하며 터부의 대상인 호수 주변을 순례한다.

박화영 소설에 등장하는 비의적인 장소는 사람들이 두려워하면서 숭배하는 토템의 대상으로, 어떤 경우에는 유령이 버젓이 배회하는데도 물리적 시공간의 법칙을 조금도 거스르지 않는다.「골목의 이면」은 "골목 안 거주자들 가운데 깨어 있던 마지막 사람이 잠드는 것을 신호로" 골목이 깨어나는 "새벽 2시 10분 22초"(219쪽)에서 "새벽 2시 19분 11초"(238쪽)를 조금 더 지난 시간 사이에 벌어지는 이야기다. 유령은 산 사람을 통과해 지나가고 산 사람은 유령 또는 몽유병자처럼 걷는다. 이 단편은 다소 강박적일 정도로 유령이나 사람 형상이 출현하는 특정한 시간과 장소와 위치를 일일이 알려주고 있다. 다시 말해 우리가 살고 있는 물리적인 시공간이, 이를테면, 이미 사차원으로 휘어 있다는 뜻일 테다. 말하자면 세계에 신비가 숨어 있는 것이 아니라, 세계 자체가 신비인 것이다. 나로서는 유령이 걷는 골목의 가로등 주위를 맴도는 나방, "날개를 펼치면 네 개의 눈이 드러나고 접으면 사람의 귀 모양"이 되며, "날갯짓을 할 때마다 번뜩이는 네 개의 눈이 나타났다가 사라지기를 반복"하고, "한밤중에 골목에서 일어나는 일이라면 무엇이든 알고 있"으며, "언제나 보거나 듣고 있"는(221쪽) 네눈박이산누에나방이 은유하는 것이 무엇일까 궁금했다. 다만 나는 그것을 환상을 투시하는 작가의 눈에 대한 은유라고 볼 도리밖에 없다. 그리고 이때의 환상은 현실과는 별개의 어떤 것, 세계의 비현실성이 아니라고 말하고 싶다. 그것은 현실과 얼마든지 혼동되어도 좋은 것이며, 오히려 현실의 가치를 새롭게 바라보게 만드는 주요한 틀frame이기도 하다. 박화영은 이 틀을 만드는 데 주력하는 작가다.

4. 불길한 핏자국

그런데 박화영 소설에 등장하는 장소, 삼차원이지만 사차원의 비밀을 품는 장소, 사람들이 그 주변으로 모여들어 뭔가 불길하면서도 신성한 의례를 드리는 장소에서 일관된 공통점이 하나 눈에 띈다. 그것은 그 장소 또는 그곳에 있던 사물에서 '피血'의 흔적이 발견된다는 것이다. 도심 고원지대에 위치한 공터에서 발견된 "마네킹의 손목에서"는 "조금씩 피가 스며나오기 시작"하며(「공터」, 187쪽), 닭 가공 공장에서 일하는 남자는 공장 안을 소독하다가 "탯줄 같은 붉은색 주름관들이 달려" 있는 "새알"을 발견한다(「무정란 도시」, 123쪽). 땅속 깊이 박혀 있는 "이 세상에서 가장 길고 정체가 불분명한 기둥"(247쪽)에서도 "피"가 흘러내린다(「주」, 262쪽). 악몽에 시달리던 한 인물이 악몽 조각가를 만나 통과하는 꿈속의 "터널 안"은 "따뜻했고 주위에서 약하게 피냄새가" 나는 곳이다(「악몽 조각가」, 134쪽). 그리고 마지막으로 도심 광장 한가운데 갑작스럽게 나타난 "벽에 피가 스며든"다(「벽」, 80쪽). 대규모 집회에서 부상당한 사람이 흘린 피가 벽으로 빨려들어갔던 것이다. 그렇다면 왜 피는 공터, 새알, 정체불명의 기둥, 터널, 벽에서 발견되는 걸까. 떠올려보면 「화장실 가이드」의 '나' 또한 화장실에서 "핏덩이"(10쪽)로 버려진 채 발견된다.

앞서 나는 박화영의 소설에서 육체는 장소와 분리되지 않으며, 곧 장소이며 장소는 육체의 연장이라고 말했다. 공교롭게도 일인칭 주인공이 등장하는 「화장실 가이드」와 「악몽 조각가」에서 '피'는 탄생과 결부된 이미지로 살짝 환기된다. 피가 양가적인 터부의 대상, 비체abject라는 점은 어렵지 않게 말할 수 있을 것이다. 그것은 「무정란 도시」를 포함해 박화영의 소설집 곳곳에 나타나는 불임, 불모의 모티프와도 무관하지 않다. 다시 말해 피는 생명력을 신성하게 환기하기보다는 오히려 생명력의 결여와 그와 결부되어 발생하는 여러 불길한 사건들과 더 밀접하게 관련되어 있다. 예를 들면 「공터」에서 버려진 공터는 사람들이 "단지 버리기 위해서만" 찾는 곳이 아니라 "뭔가를 태우거나, 파묻거나, 뿌리기 위해서도" 찾는 곳이다(166쪽). 그곳을 찾는 사람들은 "마치 음험한 제단에 몰래 제물을 바치러 오는 신자들"(165쪽)과 닮았다. 여자는 공터에 놓인 드럼통에 뭔가를 집어넣은 뒤 불을 붙이고, 남자는 공터에 뭔가를 파묻으려고 하며, 노파는 공터에 소금을 뿌린다. 누군가는 뭔가를 버리고, 누군가는 비밀을 은폐하며, 누군가는 그에 대한 속죄 의식을 행하는 곳. 공터는, 배설 후 손을 씻는 의례를 수행하는 화장실처럼, 사람들이 행하는 비밀스럽고 수수께끼 같으며 감히 말하기 어려운 사건들이 막강한 자기장을 형성하는 토템과 터부의 장소다. "공터는 강력한 자석처럼 주변 사람들을 자신에게서 벗어나지 못하도록 옭아맸다. 바야흐로 사람들은 공터가 가진 거대한 힘을 서서히 느끼는 중이었다."(181쪽) 그렇지만 고양이와 공터 주변 사람들이 공유하던 공터의 생태계는 곧 파괴된다. 다른 누군가들에게 공터는 개발을 위한 은밀한 사업을 진행하는 곳이다. 그 사실은 검은 승용차에 탄 남자들이 이곳을 다녀갈 때마다 공터 주변의 사람들이 삶의 오래된 터전을 버리고 황급히 떠나는 일과 관련이 있겠다. 마네킹의 손목에서 피가 나는 사건도 언뜻 이해하기가 쉽지는 않지만, 공터 주변 사람들 모두 개발로 인해 반강제적으로 쫓겨나거나 자살하고 공터의 생태계 절반을 담당했던 고양이가 죽어나가는 일련의 사건들에 대한 상징적인 환기라고 할 수 있다.

「공터」를 도시 재개발에 대한 환상적인 괴담으로 읽는 것이 허용된다면, 「무정란 도시」는 공터의 마력 자체가 오래전부터 존재하지 않게 된 SF적인 도시 괴담으로 읽을 수 있을 것이다. 「무정란 도시」는 일종의 감염주술, 곧 불모와 불임의 전염으로 인해 몸과 마음이 서서히 황폐해지고 결국에는 사라지는 부부의 이야기다. 소설에 따르면, 부부가 일하는 "닭 가공 공장에서는 언제나 닭 냄새가 났다"(103쪽). 닭 가공 공장이 세워진 도시는 사람들이 이따금씩 하늘로 빨려올라가 구름 너머로 사라지는 "승천"(100쪽)

이 일어나는 곳이며, 지금 사람들의 조상도 이전에는 "반인반조"(109쪽)였다. 그렇다면 무정란을 대량생산하는 닭을 대량 처분하는 닭 가공 공장은 도시에 대한 제유적인 미니어처가 되겠다. 성별을 지니지 않은 아이들이 한동안 태어나다가 어느 때부터는 신생아의 울음소리마저 들을 수 없게 된 이 도시는 한마디로 비상하는 날개를 잃어버리고 무정란을 낳다가 처분되고 마는 불임의 공간인 것이다. 따라서 남편이 실종되고 홀로 남은 아내가 낳은 "길쭉한 타원형의 알"(125쪽)은 "돌이 되어버린 알"(128쪽)이 되고 만다. 알에서 얼핏 비치던 붉은색 주름관은 오히려 불모의 탄생, 탄생의 불모를 환기한다. 「무정란 도시」에서 더욱 흥미로운 점은 닭백숙 냄새가 나는 여자와 그녀의 남편이 마치 "알을 품은 암탉과 다시 그 암탉을 품은 수탉처럼 서로 웅크리고 포옹한 채 잠이 들곤 했다"(115쪽)거나 공장을 청소하는 근로자들이 "새의 머리를 닮은 방독면을 쓴 채 소독 작업에 한창"(119쪽)이라고 서술하는 등의 감염주술적인 은유가 작품 전체로 확산되어 닭 가공 공장도 사물이기를 멈추고 의인화된다는 것이다. 이쯤 되면 몸-장소라는 상상은 장소-몸에 대한 상상으로 역전된다.

「주」와 「벽」도 지표면 깊숙한 곳에서 발견된 기둥과 광장에 느닷없이 세워진 벽이 마치 사람들이 숭배하거나 두려워하는 토템처럼 그 자체의 생명력을 갖고 있는 존재로 취급된다는 독특한 상상력이 발휘된 흥미로운 단편들이다. 「주」의 '주'는 "이 세상에서 가장 길고 정체가 불분명한 기둥에 관한 이야기"(247쪽)의 주인공인 기둥柱인 한편으로, 이 수수께끼 같은 기둥에 대해 쓴 책 뒤편에 달린 수십 개의 주註를 뜻한다. 순전히 '주'만으로 이루어진 소설로도 흥미롭게 읽히거니와 정체불명의 기둥을 둘러싸고 벌어지는 추론, 음모, 숭배, 제의, 풍자의 말들은 박화영 작가의 상상력의 한 출처를 능히 짐작하게 한다. 「벽」은 『악몽 조각가』에 실린 환상적인 단편들 가운데서 최근 몇 년간 한국의 현실을 넌지시 환기하는 작품이 아닐까 싶다. "벽은 원래부터 그 자리에 있었다는 듯이 어느 날 문득 도심 광장 한복판에 들어섰다."(69쪽) 이쯤 되면 박화영 소설에 등장하는 정체 모를 기둥이나 벽이 다른 누가 세우지도 만들지도 않은 사물이라는 것쯤은 충분히 짐작되고 남을 것이다. 더 정확하게는 기둥이나 벽은 다른 누구와 무엇에 의해서가 아니라 스스로 존재하게 된 것이겠지만, 다른 한편으로는 사람들이 그것을 둘러싼 무수한 이야기로 쌓아올린 경이로운 토템이기도 할 것이다. 시위 도중 부상당한 누군가의 피가 스며드는 벽, 사람들이 적의를 가지고 마주보는 벽, 웨스트뱅크 장벽을 넘다가 죽은 아랍인이 그 밑에서 깨어난 벽, 자라나는 벽, 불도저 같은 시장의 명령으로 철거될 위기에 처한 벽, 나중에는 스스로 수많은 다리를 달고 바다로 사라지는 벽, 사람이 터를 잡으면 언제든 다시 쌓아올려질 벽. 이 환상적인 토템들에 대한 박화영의 목격담은 과연 어디까지 이어질까.

5. 악몽 조각가

「화장실 가이드」에서 시작된 몸-장소에 대한 작가의 상상은 「무정란 도시」에 이르러 장소-몸에 대한 상상으로 한 바퀴 길게 회전했다고 할 수 있다. 그리고 「혀」는 몸-안의-몸, 장소-안의-장소에 대한 또다른 진귀하고 환상적인 체험 수기가 되겠다. 박화영의 소설은 첫 문장을 인용하지 않고서는 그에 대해 운을 떼기가 쉽지 않은 이야기가 대부분인데, 「혀」도 마찬가지다. 도대체 어떻게 하다가 '나'는 혀를 삼켰으며, 나중에는 혀가 '나'와 '나'를 둘러싼 세계를 삼키는 것일까. "그 일은 수면제 30알을 뱉어내다가 일어났다."(193쪽) 그래서 어떻게 되었나. 혀는 몸속을 돌아다니면서 장기에 들러붙어 '나'의 몸을 구석구석 맛본다. 얼핏 이것은 그저 끔찍한 악몽이 아닌가. '나'가 처한 상황은 제법 심각해 보이지만 조금은 유머러스하게 묘사된다. 흥미로운 것은 혀가 몸안을 돌아다니게 되면서 생긴 일련의 사건들이다. 말하지 못하게 된 '나'를 향한 여자친구의 이런저런 불만 표출, 혀가 머무는 부위와 관련된 잊고 있었던 마음의 상처들, 그리고 회사 내부에서 발생한 불미스러운 일을 고발한 여직원과 연대하지 못한 데 대한 명확해진 죄의식. '나'는 몸을 구석구석 돌아다니던 혀가 "내 몸 어딘가로 가서 자리를 잡으면" 언제나 환청을 듣는다. "아파"(206쪽).

혀는 아픈데도 아프다고 말 못한 채 몸의 한구석에 담석처럼 쌓아둔 통증을 일깨웠던 것이다. 그런데 사건은 여기서 그치지 않는다. 여자친구로부터 이별을 통보받은 날, '나'는 다른 혀가 자라나 원래의 혀를 대신하면서 꿈틀대는 것을 느낀다. 그런데 차이가 있다. 이전의 혀가 '아파'라고 말했다면, 새로운 혀는 마구 욕설을 한다. "욕이 나오는 상황에서도 참고 입을 닫아버리는"(209쪽) 삶에 '나'는 염증을 느끼고 있었던 것이다. 그리고 '나'는 꿈속 거대한 혀 위에서 문제의 여직원에게 손을 내밀어준 후, 비로소 깨어나 혀를 되찾는다. 그리고 통쾌하게도, '나'를 괴롭히던 부장에게서 걸려온 전화에 최초의 대꾸를 한다. "그만 때리고 입 좀 다물어. 냄새나니까."(215쪽) 우리 몸은 신음으로조차 발설되지 못한 상처와 흉터, 혀 너머로 삼켜진 말들로 얼마나 가득한 것일까. 혀가 몸안을 돌아다니면서 억눌린 아픔을 일깨워주고, 하고 싶었던 욕을 맘껏 하게 만드는 박화영의 환상은 얼마나 소중한가.

어떻게 보면 박화영이 상상한 이 모든 이야기들, 평행세계로 가는 화장실, 불길한 공터, 유령들이 걸어다니는 골목, 사람이 알을 낳는 닭 가공 공장 등을 배경으로 하는 수많은 도시 괴담, 정체불명으로 출현한 기둥과 벽에 대한 목격담들, 신체의 한 기관이 신체 전부를 삼키는 꿈은 좀처럼 깨어나기 힘든 악몽이라고 해도 좋겠다. 그렇다면 이 작가를 '악몽 조각가'라고 명명해볼 수 있을까. 비유컨대 작가는 "악몽의 바다 위에 떠 있는 구명정 같은 곳에서 작업을 하는"(「악몽 조각가」, 145쪽) 존재이고, 악몽은 제아무리 "살아서 날뛰는 거대한 공룡" 같더라도 일단 "마음의 돌"에 조각하고 구체화할수록 "분석 가능한 것" "돌에 새겨진 화석" "거리를 두고 객관적으로 보기 시작"(147~148쪽)할 수 있는 어떤 것이 된다. 이러한 설명은 작가 자신이 다소 친절하게 자신의 작품들에 주석으로 달아둔 작가론이며 작품론일까. 그러나 지금까지 박화영의 소설세계를 차분히 따라온 독자라면 '악몽 조각가'로서 작가가 수행해온 작업이 결코 쉽지 않다는 것을 분명히 알 수 있다. 게다가 고통과 울분에 짓눌리지 않으려는 소설 곳곳의 유머러스한 문장은 박화영의 첫 소설집을 더욱 빛낸다. 이제 작가가 어떠한 상상의 날개를 달고 이야기의 하늘로 승천할지 여유롭게 지켜볼 일만 남았다.

작가의 말

책의 말미에 실리는 '작가의 말'은 누군가에게는 당선이 되거나 상을 받은 다음 써야 할 수상 소감 다음으로 세상에서 제일 쓰기 힘든 글이다. 내가 아는 소설가 가운데 한 사람은 신춘문예에 당선되고 나서도 수상 소감을 쓰는 게 너무도 힘들고 두려워(믿기 어렵겠지만 정말로 그는 가벼운 공황에 빠져 있었다) 심지어 수상 거부까지 심각하게 고려했을 정도다. 물론 처음부터 그가 이런 공황 상태에 빠진 건 결코 아니었다. 오히려 가벼운 마음으로 수상 소감문을 보내기 전전날까지도 놀다가 막상 보내려고 한 문장을 쓰고 나니, 그 직후 손이 오그라들어버렸다고 한다. 평상시 같으면 알코올의 힘을 빌려 한겨울에 얼어붙은 속을 따뜻하게 데우듯 움츠러든 손을 어찌어찌 폈겠지만 그날따라 바쿠스 신을 영접할

수록 더 손을 움직일 수 없었던 모양이다. 그나마 다행히도 수상 소감의 지면 분량이 정해져 있지 않았다는 사실이 그를 구제했다. 그는 겨우겨우 수상 소감을 쥐어짜듯 써냈고 그대로 탈진해버렸다. 물론 두 번 다시 자신의 수상 소감을 읽어볼 엄두도 내지 못했다. 그 결과 그는 지금도 자신의 소설이 신문에 어떻게 실렸는지 알지 못한다. 그는 내게 만약 수상 소감을 쓰는 일이 다시 생긴다면 그 즉시 절필해버리겠노라고 말했다. 물론 술에 취해서 한 말이긴 하지만 눈빛만은 진지했던 걸로 보아 정말로 그럴지도 모른다. 다행히도(!) 그는 이후 어떠한 문학상도 받은 적이 없기에 지금도 계속 소설을 쓰고 있다. 작가라면 글을 쓰는 것만큼 중요한 일도 없으므로 그는 정말 복을 타고난 셈이다.

작가의 말을 써 보내야 하는 시점에서 전전긍긍하던 나는 자연스럽게 그를 떠올렸고 그 즉시 전화를 걸어 내가 처한 상황을 이야기하고 도움을 구했다. 그러자 그는 실로 명쾌하고도 놀라운 해결책을 내놓았다. "그냥 책을 안 내면 되잖아." 보통은 '작가의 말' 없이 책을 내라고 할 텐데 왜 이런 답을 내게 들려주었는지는 지금도 알 길이 없다. 아마 앞으로도 알지 못할 것이다. 내가 그에게 다시 연락할 일 따위는 없을 테니까. 그래도 나는 넓은 아량으로 그가 계속해서 상복이 없기를 지금도 기도해주고 있다.

다행히 나 역시도 운이 아주 없지는 않았는지 우연히 들른 헌책방에서 『작가의 말 작법』이란 책을 발견하고 구원을 얻었다. 세상에는 여러 종류의 글쓰기 책이 있지만 '작가의 말 작법'이 있으리라고는 꿈에도 몰랐다. 판권 면을 살펴보니 출판사 이름이 낯선데다 1996년에 1쇄만 찍고 만 것으로 보아 이 책의 신빙성이 상당히 의심스러웠지만 고민에 지쳐 있던 나로서는 따질 겨를이 없었다. 다행히도 이 책에는 세상의 모든 작가를 위해 작가의 말을 쓰는 법이 친절하게 소개되어 있었다. 게다가 이런저런 독특한 작가의 말도 예시로 실려 있어 매우 유용했다. 정말이지 이 세상에는 수많은 책만큼이나 다양한 종류의 작가의 말이 남아 있었다. 오직 마침표 하나만 찍어놓은 경우도 있었고, 시를 쓴 경우도 있었으며, 또다른 단편소설 한 편을 남긴 작가도 있었다. 개인적으로 마침표 하나만 남긴 경우는 약간 오만해 보였고, 시는 내게 유체역학만큼이나 어려운 분야이므로 작가의 말을 대신하기란 불가능했다. 그렇다고 단편소설 한 편 분량의 또다른 창작물을 내놓자니 지금껏 앞서 내 소설을 읽느라 피곤했을 독자들에게 더 못할 짓이란 생각이 들었다(나는 고통스러워하는 사람을 더 고통스럽게 하면서 만족을 얻는 변태가 결코 아니다). 그러다가 이 책의 마지막 문장에 힘입어 작가의 말을 쓸 수 있게 되었다. 『작가의 말 작법』에 실린 마지막 문장은 이렇다. "그래도 쓰기 힘들다면 남은 방법은 오직 하나뿐이다. 그냥 써라."

물론 여기까지 글을 읽은 인내심 많은 독자들은 이 '작가의 말'

에 지어낸 이야기와 실제 이야기가 뒤섞여 있다는 사실을 이미 알아차렸을 것이다. 사실 이 방법은 『작가의 말 작법』에 실린 세번째 기술을 그대로 써본 것이다. 이 방법 말고도 여섯 가지 방법이 더 있으니 혹시 작가의 말을 쓰는 데 어려움을 느끼는 분들이 있다면 『작가의 말 작법』을 빌려드릴 용의도 있다. 게다가 이 책에는 작가의 말에 얽힌 여러 가지 재미있는 일화도 실려 있으니 글을 쓰는 분들에게 여러모로 도움이 되지 않을까 생각한다.

끝으로 진부하지만 그래서 어떤 면에선 가장 솔직한 이야기로 마무리를 지을까 한다. 나의 첫 책을 내기까지 가족들, 친척들, 친구들, 선배들이 있어 힘을 낼 수 있었다. 졸고에 해설을 써주시느라 고생하신 복도훈 선생님께도 감사드린다. 이 책이 나오기까지 번거로운 일도 마다하지 않으신 편집자분도 빼놓을 수는 없다. 나중에 가능하다면 편집자분과 나의 역할을 바꿔서 내가 편집자분의 책을 편집해보는 것도 재미있을 것 같다.

여기까지 썼으니 이제 물을 한 모금 마셔도 괜찮을 듯하다. 사실 작가의 말을 쓸 때 주의해야 할 점 가운데 하나가 물은 글을 다 쓰고 나서 마셔야 한다는 것이다. 이러한 훌륭한 지침은 물론 『작가의 말 작법』에 실려 있는 것이다. 이 책을 쓴 저자는 물과 관련된 조언과 함께 불우했던 19세기 어느 영국 작가의 사연을 전하고 있다. 이 무명 작가는 생애 첫 책의 출판을 앞두고 마지막 작업으로 작가의 말만 남겨두었다고 한다. 작가의 말만 마무리지으면 세상을 깜짝 놀라게 할 대작이 잉크 냄새를 풀풀 풍기며 미천한 서점 진열대 위에 강림하실 예정이었으나 결국 그 책은 계속 하늘 위에 머무를 수밖에 없었다. 작가의 말을 쓰다 말고 저자가 콜레라로 사망했기 때문이다. 이 불우한 저자가 잘못한 일이라곤 글을 쓰기 직전 물을 한 잔 마신 것뿐이었다. 하지만 안타깝게도 그 물은 콜레라균에 감염되어 있었고 가뜩이나 대작을 쓰느라 심신이 지쳐 있던 작가는 병을 이겨내지 못했다. 책을 출판하기로 했던 출판사 사장은 무척이나 꼼꼼한데다 원칙주의자이며 게다가 (이것이 정말 더 큰 문제였는데) 미신을 신봉하는 사람이었다. 출판사 사장은 작가의 말이 빠진 책은 출판할 수 없다고 생각했다. 더욱이 출판을 앞두고 작가가 급사까지 했으니 새점부터 카드점에 이르기까지 온갖 미신의 신봉자였던 이 양반은 결국 출판을 포기하고 말았다.

내 책이 물론 그 불우한 작가의 책에 비할 바는 못 되지만 그래도 나름 고생한 만큼 서점 진열대의 미미한 구석에라도 자리잡기를 바란다. 그런 의미에서 작가의 말이 얼마나 중요한지 다시 한번 되새기게 된다.

2019년 1월

박화영

문학동네 소설집
악몽 조각가

초판인쇄 2019년 1월 11일
초판발행 2019년 1월 23일

지은이 박화영
펴낸이 염현숙
책임편집 정은진 | 편집 황예인 김내리 이성근 이상술
디자인 강혜림 유현아 | 마케팅 정민호 박보람 나해진 최원석 우상욱
홍보 김희숙 김상만 이천희
제작 강신은 김동욱 임현식 | 제작처 영신사

펴낸곳 (주)문학동네
출판등록 1993년 10월 22일 제406-2003-000045호
주소 10881 경기도 파주시 회동길 210
전자우편 editor@munhak.com | 대표전화 031) 955-8888 | 팩스 031) 955-8855
문의전화 031) 955-3576(마케팅) 031) 955-8864(편집)
문학동네카페 http://cafe.naver.com/mhdn | 트위터 @munhakdongne
북클럽문학동네 http://bookclubmunhak.com

ISBN 978-89-546-5469-2 03810

* 이 도서의 국립중앙도서관 출판예정도서목록(CIP)은 서지정보유통지원시스템 홈페이지(http://seoji.nl.go.kr)와 국가자료공동목록시스템(http://www.nl.go.kr/kolisnet)에서 이용하실 수 있습니다.(CIP 제어번호: 2019000885)

www.munhak.com